hush, hush

hush, hush

BECCA FRITZPATRICK

Traducción de Pablo M. Migliozzi

EDICIONES B
GRUPO ZETA

Barcelona • Bogotá • Buenos Aires • Caracas • Madrid • México D. F.
Montevideo • Quito • Santiago de Chile

Título original: *Hush, hush*

Traducción: Pablo M. Migliozzi

1.ª edición: junio 2010
5.ª reimpresión: mayo 2013

© 2009 by Becca Fitzpatrick
© Ediciones B, S. A., 2010
   Consell de Cent 425-427 - 08009 Barcelona (España)
   www.edicionesb.com

Printed in Spain
ISBN: 978-84-666-4417-4
Depósito legal: B. 46.990-2010

Impreso por LIBERDÚPLEX, S.L.U.
Ctra. BV 2249 Km 7,4 Polígono Torrentfondo
08791 - Sant Llorenç d'Hortons (Barcelona)

Para Heather, Christian y Michael. Nuestra infancia no era nada sin imaginación. Y a Justin. Gracias por no elegir la clase de cocina japonesa. Te quiero.

Dios no perdonó a los ángeles cuando pecaron, sino que los arrojó al infierno y los dejó en las tinieblas, encadenados a la espera del juicio.

2 Pedro 2:4

PRÓLOGO

VALLE DEL LOIRA, FRANCIA,
NOVIEMBRE DE 1565

Chauncey estaba con la hija de un granjero en la orilla del río Loira cuando se desató la tormenta. Había dejado su caballo vagando por el prado, así que sólo le quedaban sus dos piernas para regresar al castillo. Arrancó una hebilla plateada de calzado, la depositó en la palma de la mano de la chica y vio cómo ella se alejaba corriendo, el barro salpicándole las faldas. Después se puso las botas y echó a andar rumbo a casa.

Mientras oscurecía, la lluvia caía como una cortina de agua sobre la campiña que rodeaba el castillo de Langeais. Chauncey caminaba tranquilamente sobre las tumbas hundidas y el humus del cementerio; incluso en medio de la niebla más espesa podía encontrar el camino a casa sin miedo de perderse. Esa noche no había niebla, pero la oscuridad y la lluvia torrencial engañaban bastante.

Percibió un movimiento a un lado y giró rápidamente la cabeza hacia la izquierda. Lo que a primera vista parecía un ángel que coronaba un monumento cercano se irguió en toda su altura. El muchacho tenía brazos y piernas, y no era de mármol ni de piedra. Llevaba el torso desnudo, holgados pantalones de campesino y los pies descalzos. Saltó del monumento; su cabello negro chorreaba agua. Las gotas se deslizaban por su rostro, oscuro como el de un español.

La mano de Chauncey fue a la empuñadura de su espada.

—¿Quién va?

La boca del muchacho insinuó una sonrisa.

—No juguéis con el duque de Langeais —le advirtió Chauncey—. Os he preguntado quién sois. Responded.

—¿Duque? —El chico se apoyó en un sauce retorcido—. ¿O bastardo?

Chauncey desenvainó la espada.

—¡Retiradlo! Mi padre era el duque de Langeais. Ahora el duque soy yo —añadió torpemente, y se maldijo por eso.

El chico meneó la cabeza con pereza.

—Vuestro padre no era el antiguo duque.

Chauncey se enfureció ante la nueva ofensa.

—¿Y vuestro padre? —preguntó extendiendo la espada. Todavía no conocía a todos sus vasallos, pero los estaba conociendo. El nombre de la familia de ese muchacho no se le olvidaría—. Os lo preguntaré una vez más —dijo en voz baja, secándose la cara con la mano—. ¿Quién sois?

El muchacho se acercó y apartó la hoja de la espada. De repente parecía mayor de lo que Chauncey había supuesto, quizás hasta tenía uno o dos años más que él.

—Soy un hijo del Diablo —respondió.

Chauncey notó un nudo en el estómago.

—Estáis como un cencerro —masculló—. Largaos.

Bajo los pies de Chauncey, de pronto el suelo se inclinó. Erupciones doradas y rojizas estallaron en sus retinas. Soltó la espada. Tuvo que encorvarse y las manos se le pegaron a los muslos. Levantó la vista hacia el muchacho, entre parpadeos y gemidos, tratando de comprender qué estaba ocurriendo. La cabeza le daba vueltas, como si hubiese perdido el dominio de su mente.

El chico se agachó a la altura de sus ojos.

—Escuchadme bien. Necesito algo de vos y no me iré hasta que lo tenga. ¿Habéis entendido?

Con los dientes apretados, Chauncey sacudió la cabeza para expresar su resistencia. Intentó escupir al muchacho, pero la lengua se negó a obedecer y la saliva cayó por su barbilla.

El chico apoyó las manos en las de Chauncey y el calor quemó a éste, que soltó un alarido.

—Necesito un juramento de lealtad feudal —dijo entonces el chico—. Inclinaos sobre una rodilla y jurad.

Chauncey ordenó a su garganta una risa áspera, pero la garganta se cerró y ahogó el sonido. Su rodilla derecha se flexionó, como si alguien le hubiese pateado la corva, pese a que detrás no había nadie, y él cayó de bruces en el barro. Se retorció de costado y vomitó.

—Juradlo —insistió el muchacho.

Chauncey tenía el cuello enrojecido de calor; requirió de todas sus fuerzas para cerrar sus manos en dos puños débiles. Se rio de sí mismo, incrédulo. No sabía cómo, pero aquel bribón le estaba provocando náuseas y debilidad. Y no levantaría el castigo hasta obtener su juramento. Diría lo que tenía que decir, pero jurándose a sí mismo que acabaría con el autor de semejante humillación.

—Señor, me declaro vuestro hombre.

El muchacho asintió y puso a Chauncey de pie.

—Venid a verme aquí para el comienzo del Jeshván

13

—dijo—. Necesitaré de vuestros servicios durante las dos semanas entre la luna nueva y la luna llena.

—¿Una… quincena? —Chauncey temblaba bajo el peso de su ira—. ¡Yo soy el duque de Langeais!

—Vos sois un Nefilim —replicó el muchacho con un amago de sonrisa.

Chauncey tenía una réplica profana en la punta de la lengua, pero se la tragó. Sus siguientes palabras fueron pronunciadas con fría malicia:

—¿Qué habéis dicho?

—Pertenecéis a la raza bíblica de los Nefilim. Vuestro verdadero padre era un ángel caído. Vos sois mitad mortal —buscó los ojos de Chauncey— y mitad ángel caído.

El duque oyó la voz de su tutor en algún rincón de su mente, leyéndole pasajes de la Biblia, hablándole de una raza desviada, creada cuando los ángeles expulsados del cielo se emparejaron con mujeres mortales. Una raza temible y poderosa. Un escalofrío que no le desagradó del todo lo recorrió de pies a cabeza.

—¿Quién sois vos?

El muchacho se dio la vuelta y se alejó sin más. Chauncey quiso seguirlo, pero no consiguió que las piernas aguantaran su peso. Arrodillado bajo la lluvia, alcanzó a ver dos gruesas cicatrices sobre la espalda de aquel torso desnudo. Las marcas se juntaban formando una V invertida.

—¿Sois un caído? —gritó—. Os han quitado vuestras alas, ¿verdad?

El chico, el ángel o quienquiera que fuera, no se volvió. Chauncey no necesitaba confirmación alguna.

—¿Qué servicio os prestaré? —gritó—. ¡Exijo saber de qué se trata!

La risa lejana del muchacho resonó en el aire.

CAPÍTULO

1

Entré en la clase de Biología y me quedé boquiabierta. Misteriosamente fijada en la pizarra había una muñeca Barbie, con Ken a su lado. Estaban cogidos del brazo y desnudos, salvo por unas hojas artificiales colocadas en puntos precisos. Sobre sus cabezas había una invitación garabateada con una tiza rosa de trazo grueso:

BIENVENIDOS A LA REPRODUCCIÓN HUMANA
(SEXO)

Vee Sky, que estaba a mi lado, dijo:

—Por esto están prohibidos los móviles con cámara. Unas fotografías de eso en la revista digital es todo lo que necesito para que la junta directiva quite la clase de Biología. Y entonces dispondríamos de esta hora para hacer algo productivo, como recibir tutorías personalizadas de chicos guapos de los cursos superiores.

—Venga, Vee —respondí—. Juraría que estabas de-

15

seando que llegara este tema desde que comenzó el semestre.

Ella pestañeó y sonrió con picardía.

—Esta clase no va a enseñarme nada que no sepa.

—Vee se escribe con V de virgen, ¿verdad?

—No grites tanto. —Me guiñó un ojo justo cuando sonó el timbre.

Fuimos a ocupar nuestros asientos, juntas en un pupitre compartido.

El entrenador McConaughy cogió el silbato que colgaba de su cuello y lo hizo sonar.

—¡Equipo, a vuestros asientos!

McConaughy consideraba que enseñar Biología en el cuarto curso de secundaria era una tarea accesoria respecto de su trabajo como entrenador de un equipo universitario de baloncesto, y nosotros lo sabíamos.

—Puede que no se os haya ocurrido, chicos, que el sexo es mucho más que una visita de quince minutos al asiento trasero de un coche. El sexo es ciencia. ¿Y qué es la ciencia?

—¡Un aburrimiento! —exclamó un alumno desde el fondo del aula.

—La única asignatura que voy a suspender —terció otro.

Los ojos del entrenador se pasearon por la primera fila y se detuvieron en mí.

—¿Nora?

—El estudio de algo —respondí.

Se acercó y apoyó el dedo índice sobre el pupitre, delante de mí.

—¿Qué más?

—El conocimiento alcanzado por medio de la observación y la experimentación. —Sonó bonito, la verdad,

como si estuviera haciendo una prueba para el audio-
libro.

—Dilo con tus propias palabras.

Me toqué el labio superior con la punta de la lengua,
en busca de un sinónimo.

—La ciencia es investigación. —Esta vez sonó como
una pregunta.

—La ciencia es investigación —repitió el entrenador
juntando las manos—. La ciencia requiere que nos trans-
formemos en detectives.

Dicho así, la ciencia parecía divertida. Pero yo había
pasado tiempo suficiente en sus clases como para perder
toda esperanza.

—Y un buen trabajo de detective requiere práctica
—continuó.

—El sexo también —fue el siguiente comentario desde el fondo. Todos reprimimos la risa, a la vez que el
entrenador advertía al listillo apuntándolo con el dedo.

—Eso no será parte de la tarea para esta noche.
—Volvió a centrarse en mí—. Nora, te sientas al lado de
Vee desde comienzos del semestre. —Asentí, aunque
tuve un mal presentimiento sobre adónde quería llegar—. Y las dos trabajáis juntas en la revista digital del
instituto. —Asentí nuevamente—. Apuesto a que os conocéis muy bien.

Vee me dio una patadita por debajo de la mesa. Sabía
lo que estaba pensando: que él no tenía la menor idea de
cuánto nos conocíamos. Y no me refiero sólo a los secretos que recogíamos en nuestros diarios personales. Vee es
mi alma gemela. Ella es una rubia platino de ojos verdes,
y le sobra algún que otro kilito en las curvas. Yo soy una
morena de ojos grises y un pelo rizado voluminoso que
se resiste a la mejor de las planchas. Y soy todo piernas,
como un taburete de barra. Pero hay un hilo invisible que

nos une; las dos creemos que ese vínculo comenzó mucho antes de nuestros nacimientos. Y estamos convencidas de que perdurará por el resto de nuestras vidas.

El entrenador miró al resto de la clase.

—De hecho, apuesto a que todos conocéis bastante bien al compañero que tenéis al lado. Habéis decidido sentaros juntos por alguna razón, ¿no es así? Confianza. Lamentablemente, los mejores detectives evitan la confianza. Es un obstáculo para la investigación. Por eso hoy vamos a modificar la disposición en el aula.

Abrí la boca para protestar, pero Vee se adelantó.

—¿Qué chorrada es ésa? Estamos en abril. Es casi el final del curso. Ahora no puede salirnos con ésas.

McConaughy insinuó una sonrisa.

—Puedo hacerlo hasta el último día de clase. Y si suspendes volverás a estar aquí el próximo semestre, y volveré a salir con ésas una y otra vez.

Vee lo miró ceñuda. Es famosa por su ceño fruncido: su mirada lo expresa todo sin abuchear de forma audible. Aparentemente inmune a su gesto, el entrenador se llevó el silbato a la boca, y nosotros captamos la idea.

—Quiero que todos los que estén sentados en el lado izquierdo del pupitre (éste es el lado izquierdo) se cambien al asiento de delante. Los de la primera fila (sí, Vee, tú también) se irán al fondo.

Vee metió su cuaderno en la mochila y desgarró la cremallera al cerrarla. Yo me mordí el labio y la despedí brevemente con la mano. Luego me di la vuelta para echar un vistazo a la clase. Conocía los nombres de todos mis compañeros… excepto el de uno. El alumno transferido. El entrenador nunca se dirigía a él, y al parecer él lo prefería así. Se sentaba con los hombros caídos en la mesa de atrás, y sus fríos ojos negros miraban fijamente al frente. Siempre igual. A veces me resultaba increíble que simplemente se sentara allí, día tras día, mirando a la nada. Con toda seguridad pensaba en algo, pero mi instinto me decía que probablemente era mejor no saberlo.

Dejó su libro de Biología sobre la mesa y tomó asiento en la antigua silla de Vee. Le sonreí.

—Hola. Soy Nora.

Sus ojos negros me calaron y las comisuras de sus labios se curvaron hacia arriba. En aquella pausa mi corazón titubeó, una sensación de lúgubre oscuridad parecía proyectarse como una sombra sobre mí. Desapareció al instante, y su sonrisa no era amistosa. Era una sonrisa que anunciaba problemas. Y una promesa.

Miré a la pizarra. Barbie y Ken me devolvieron la mirada sonriendo de un modo extrañamente alegre.

El entrenador dijo:

—La reproducción humana puede ser un tema difícil...

—¡Buuuh! —abucheó un coro de alumnos.

—Exige un tratamiento maduro. Y como en toda ciencia, la mejor forma de aprender es investigando. Durante lo que queda de clase practicaréis la técnica del detective para averiguar tanto como sea posible acerca de vuestro nuevo compañero de pupitre. Para mañana quiero un trabajo escrito sobre vuestros descubrimientos y, creedme, voy a verificar su autenticidad. Esto es Biología, no Literatura, así que ni se os ocurra inventar. Quiero ver una interacción real y un trabajo de equipo. —Sus palabras implicaban un «o algo más».

Permanecí en total indiferencia. La pelota estaba en el tejado del chico. Sonreí, sorprendida de lo bien que funcionaba. Fruncí la nariz, tratando de imaginar a qué olía. A cigarrillos no, a algo más fuerte y apestoso. Puros.

Localicé el reloj de pared y empecé a dar golpecitos

con el lápiz al ritmo del segundero. Hinqué un codo en la mesa y apoyé la barbilla en el puño. Suspiré.

Genial. A este paso iba a suspender.

Continuaba con la vista al frente, pero oía el suave deslizamiento de su boli. Estaba escribiendo, y yo quería saber qué. Diez minutos sentados juntos no lo cualificaban para sacar ninguna conclusión acerca de mí. Con una rápida mirada de soslayo vi que llevaba escritas unas cuantas líneas, y su folio seguía llenándose.

—¿Qué escribes? —le pregunté.

—Y además habla inglés —dijo mientras lo garabateaba en la hoja, con trazos suaves y perezosos.

Me acerqué a él tanto como me atreví, tratando de leer qué más había escrito, pero dobló el folio por la mitad, ocultándolo a la vista.

—¿Qué has escrito? —quise saber.

Alargó la mano para coger mi hoja limpia, deslizándola sobre la mesa hacia él. Hizo una bola con ella, estrujándola. Antes de que yo pudiera protestar, la arrojó a la papelera que había junto a la mesa del entrenador. Canasta.

Me quedé mirando la papelera un momento, paralizada, entre incrédula y furiosa. Luego abrí mi cuaderno por una página en blanco.

—¿Cómo te llamas? —le pregunté, lápiz en ristre.

Levanté la vista justo a tiempo para encontrarme con otra sonrisa oscura. Parecía desafiarme a que le sonsacara.

—¿Tu nombre? —insistí, deseando que mi voz quebrada estuviera sólo en mi imaginación.

—Llámame Patch. Lo digo en serio. Llámame.

Guiñó un ojo al decirlo, y tuve la certeza de que se burlaba de mí.

—¿Qué haces en tu tiempo libre? —interrogué.

—No tengo tiempo libre.

—Supongo que esta tarea lleva nota, así que ¿por qué no me lo pones fácil?

Se reclinó en el respaldo de la silla, entrelazando las manos detrás de la cabeza.

—¿Quieres que te lo ponga fácil?

Era una insinuación, de modo que me esforcé por cambiar de tema.

—En mi tiempo libre —retomó pensativo— hago fotos.

Escribí «fotografía» con letra de imprenta.

—No he acabado —dijo—. Tengo una colección bastante completa de una columnista de la revista digital que cree en la alimentación orgánica, que escribe poesía en secreto y que se estremece de sólo pensar que tiene que escoger entre Stanford, Yale y... ¿cómo se llama esa grande que empieza con H?

Lo miré fijamente un instante, conmocionada ante su acierto. No podía haber acertado de pura suerte. Sabía. Y yo quería saber cómo era que sabía tanto. Ahora mismo.

—Pero al final no irás a ninguna de ésas —añadió.

—Ah, ¿no?

Metió la mano debajo del asiento de mi silla y la arrastró hacia sí. Dudé entre apartarme, demostrándole así que estaba asustada, o no hacer nada y fingir que me aburría. Opté por lo segundo.

—Y aunque consiguieras entrar en las tres universidades —continuó—, las despreciarías por considerarlas un cliché del éxito. Pontificar es la tercera de tus tres grandes debilidades.

—¿Y cuál es la segunda? —dije bastante irritada. ¿Quién era ese tío? ¿Acaso todo formaba parte de una broma pesada?

—No confías en nadie. Rectifico: sólo confías en la gente equivocada.

—¿Y la primera?

—Te empeñas en tenerlo todo controlado.

—¿A qué te refieres?

—Tienes miedo de lo que no puedes controlar.

Se me erizó el vello de la nuca y el aula pareció enfriarse. Podría haberme acercado al escritorio del entrenador y solicitarle un nuevo cambio de ubicación. Pero me resistía a que Patch pensara que podía intimidarme o asustarme. Sentí una necesidad absurda de defenderme y decidí que no iba a retroceder hasta que él lo hiciera.

—¿Duermes desnuda? —me preguntó.

Mi mandíbula amenazó con desencajarse, pero logré evitarlo.

—Claro, a ti te lo voy a contar.

—¿Has ido al psicólogo alguna vez?

—No —mentí. La verdad era que acudía a sesiones de orientación con el psicólogo del instituto, el doctor Hendrickson. Pero no era por voluntad propia y no me apetecía hablar de ello.

—¿Has hecho algo ilegal?

—Pues claro que no. —Superar el límite de velocidad de vez en cuando no contaba. No para él—. ¿Por qué no me haces una pregunta normal? Como… qué música me gusta.

—No voy a preguntarte lo que puedo adivinar.

—¿Sabes qué tipo de música me gusta?

—Barroca. Cuando se trata de ti todo tiene que ver con el orden, el control. Apuesto a que tocas… ¿el chelo? —Lo dijo como si se lo hubiera sacado de la manga.

—Error. —Otra mentira, pero se me pusieron los pelos de punta. ¿Quién era realmente aquel chico? Si sabía que tocaba el chelo, ¿qué otras cosas sabía?

—¿Qué es eso? —Tocó la cara interna de mi muñeca con el boli.

Me aparté bruscamente, por instinto.

—Una marca de nacimiento.

—Parece una cicatriz. ¿Eres una suicida, Nora? —Sus ojos encontraron los míos y pude percibir su risa—. ¿Padres casados o divorciados?

—Vivo con mi madre.

—¿Y tu padre?

—Murió el año pasado.

—¿Cómo murió?

Me estremecí.

—Lo mataron. Ésas son cosas personales, si no te importa.

Hubo un momento de silencio y sus ojos se suavizaron un poco.

—Tiene que ser duro. —Pareció que hablara en serio.

Entonces sonó el timbre y Patch, sin más, se puso en pie y se dirigió hacia la puerta.

—Espera —lo llamé. No se volvió—. ¡Un momento! —Salió por la puerta—. ¡Patch! Aún no tengo nada sobre ti.

Se dio la vuelta y regresó hasta mí. Me cogió la mano y garabateó algo antes de que me diera tiempo a retirarla.

Bajé la vista y vi siete números escritos con tinta roja en mi palma, y cerré el puño. Quería decirle que ni en sueños iba a llamarlo esa noche. Quería decirle que había sido culpa suya por haberse tomado todo el tiempo para interrogarme. Quería decirle muchas cosas, y, sin embargo, me quedé cortada, incapaz de cerrar la boca.

Al final dije:

—Esta noche estoy ocupada.

—Yo también —repuso él con una sonrisa, y se marchó.

Me quedé asimilando lo que acababa de pasar. ¿Había consumido todo el tiempo interrogándome a propósito? ¿Para hacer que suspendiera? ¿Acaso pensaba que una sonrisa radiante podía redimirlo? «Sí —me dije—. Eso es lo que piensa.»

—¡No te llamaré! —le grité a sus espaldas—. ¡Nunca!

—¿Has acabado tu columna de mañana? —Era Vee. Apareció a mi lado, haciendo anotaciones en la libreta que llevaba a todas partes—. Estoy pensando que la mía hablará sobre la injusticia de obligarte a cambiar de sitio. Me ha tocado una chica que dice que ha acabado el tratamiento contra los piojos esta mañana.

—Allá va mi nuevo compañero —dije señalando la espalda de Patch en el pasillo. Caminaba de un modo irritantemente seguro, el tipo de andar que combina bien con camisetas estampadas y un sombrero de cowboy. Patch no vestía ni lo uno ni lo otro. Era de la clase de chicos que llevan tejanos oscuros y botas oscuras.

—¿El transferido del último curso? Supongo que la primera vez no estudió mucho. Ni la segunda. —Me lanzó una mirada astuta—. A la tercera va la vencida.

—Me da miedo. Sabe qué música me gusta. Sin tener la menor pista dijo: «Barroco.» —Mi intento de imitar su voz grave fue bastante pobre.

—¿Un golpe de suerte?

—Además sabe... otras cosas.

—¿Como qué?

Suspiré. Sabía más de lo que yo quería admitir.

—Sabe cómo meterse debajo de mi piel —dije finalmente—. Mañana hablaré con el entrenador y le diré que nos vuelva a cambiar.

—Pues hazlo. Podría usarlo de gancho para mi próximo artículo. «El alumnado del cuarto curso se resiste.» Mejor aún: «El cambio de ubicación recibe una bofetada.» Hummm... me gusta.

Al final del día fui yo la única en recibir una bofetada. El entrenador desechó mi alegato para reconsiderar la nueva disposición en el aula. Todo parecía indicar que seguiría pegada a Patch.

De momento.

CAPÍTULO 2

Mi madre y yo vivimos en una granja del siglo XVIII en las afueras de Coldwater. Es la única casa sobre la carretera de Hawthorne, y los vecinos más cercanos están a más de un kilómetro de distancia. A veces me pregunto si el constructor original se dio cuenta de que de entre todas las parcelas de tierra disponibles eligió construir la casa en el centro de una inversión atmosférica que parece aspirar toda la niebla de la costa de Maine y trasplantarla al jardín. En aquel momento, la casa estaba velada por una niebla tenebrosa que recordaba a espíritus prófugos y errantes.

Yo pasaba la tarde clavada a un taburete de la cocina en compañía de los deberes de Álgebra y de Dorothea, nuestra ama de llaves. Mi madre trabaja para la casa de subastas Hugo Renaldi, coordinando subastas de antigüedades y propiedades inmuebles a lo largo de toda la costa Este. Aquella semana, ella estaba en el norte del estado de Nueva York. Su trabajo le exigía viajar mucho, y pagaba a Dorothea para que cocinara y limpiara, aunque estoy segura de que la letra pequeña del contrato de Dorothea incluía que me vigilara de cerca.

—¿Cómo va el colegio? —me preguntó con su acento alemán. Estaba de pie junto a la pila, fregando los restos de lasaña adheridos en el fondo de una cazuela.

—Tengo un nuevo compañero de pupitre en la clase de Biología.

—¿Eso es bueno o malo?

—Antes, Vee era mi compañera de pupitre.

—Ya. —A medida que fregaba con más energía, la carne de su brazo se zarandeaba—. O sea, que malo.

Suspiré admitiéndolo.

—Cuéntame algo de ese nuevo compañero. ¿Cómo es físicamente?

—Es alto, moreno e irritante. —Y misteriosamente impenetrable. Los ojos de Patch eran como dos bolas de cristal negras. Lo absorbían todo sin revelar nada. No es que quisiera saber más sobre él. No me gustaba lo que veía a simple vista, así que dudaba de que me gustara lo que acechaba bajo la superficie.

Pero eso no era del todo cierto. Lo que veía me gustaba, y mucho. Unos brazos delgados y musculosos, unos hombros anchos pero relajados, y una sonrisa entre pícara y seductora. Tenía un pacto frágil conmigo misma, en un intento por ignorar aquello que empezaba a volverse irresistible.

A las nueve en punto, Dorothea terminó su jornada y cerró con llave antes de salir. Yo le hice la doble señal con las luces del porche para despedirla; las luces debieron de penetrar la niebla, porque ella respondió con un bocinazo. Me quedé sola.

Hice inventario de cómo me sentía. No tenía hambre. No estaba cansada y ni siquiera me sentía sola, pero estaba un poco inquieta por mi trabajo de Biología. Le había dicho a Patch que no lo llamaría, y seis horas atrás lo decía en serio. Ahora sólo pensaba en que no quería suspender. Biología era para mí la asignatura más difícil. Mi nota oscilaba problemáticamente entre un sobresaliente y un notable. En mi mente ésa era la diferencia entre media beca y una beca completa para el futuro.

Fui a la cocina y cogí el teléfono. Miré lo que quedaba de los siete números tatuados en mi mano. En mi fuero interno deseaba que Patch no respondiera a mi llamada. Si no estaba disponible o se negaba a cooperar con el trabajo, era evidente que podía usarlo en su contra para convencer al entrenador de que anulara el nuevo mapa de ubicación en la clase. Aferrada a esta esperanza, marqué su número.

Patch contestó al tercer tono.

—¿Sí?

Con total naturalidad, dije:

—Llamo para ver si podemos quedar esta noche. Dijiste que estabas ocupado, pero…

—Nora. —Pronunció mi nombre como si fuera el remate de un chiste—. Creía que no llamarías nunca.

Odiaba tener que tragarme mis palabras. Odiaba a Patch por restregármelo por las narices. Odiaba al entrenador y sus trabajos demenciales. Abrí la boca, con la esperanza de decir algo atinado.

—Bien. ¿Podemos quedar o no?

—Resulta que no puedo.

—¿No puedes o no quieres?

—Estoy en medio de una partida de billar. —Podía percibir la risa en su voz—. Una partida muy importante.

Por el ruido de fondo deduje que decía la verdad sobre la partida de billar. Si era más importante que mi trabajo de clase, eso era discutible.

—¿Dónde estás? —le pregunté.

—En el Salón de Bo. No es la clase de sitio que frecuentas.

—Entonces hagamos la entrevista por teléfono. Tengo una lista de preguntas...

Colgó.

Me quedé mirando el auricular, alucinada, y luego arranqué una hoja en blanco de mi cuaderno. En el primer renglón escribí: «Gilipollas.» En el siguiente añadí: «Fuma puros. Morirá de cáncer de pulmón. Esperemos que pronto. Excelente forma física.» De inmediato taché este último comentario hasta que quedó ilegible.

El reloj del microondas marcaba las 9.05. Tal como lo veía, tenía dos opciones: o me inventaba la entrevista con Patch, o iba al salón de juegos. La primera opción habría sido muy tentadora, si hubiese podido suprimir la advertencia del entrenador de que verificaría la autenticidad de las respuestas. No sabía tanto acerca de Patch como para inventarme toda la entrevista. ¿Y la segunda opción? No era nada tentadora.

Como me costaba tomar una decisión, opté por llamar a mi madre. Parte de nuestro acuerdo para que a ella le fuera posible viajar y trabajar tanto era que yo me comportara responsablemente, no como la clase de hija que requiere una supervisión constante. Me gustaba mi libertad, y no quería hacer nada que indujera a mi madre a optar por una reducción de salario y un empleo cerca de casa a fin de tenerme vigilada.

Al cuarto tono se activó su buzón de voz.

—Soy yo —dije—. Era sólo para ver cómo iba todo. Tengo que terminar un trabajo de Biología, y después me voy a la cama. Llámame mañana a la hora de comer, si te apetece. Te quiero.

Después de colgar encontré una moneda en el cajón de la cocina. Mejor dejar las decisiones complicadas en manos del azar.

—Cara, voy —le dije al perfil de George Washington—. Cruz, me quedo. —Lancé la moneda al aire, la atrapé contra la palma de mi mano y me atreví a mirar. Mi corazón se aceleró, y pensé que no estaba segura de qué significaba eso—. La suerte está echada —dije.

Decidida a acabar con eso lo antes posible, cogí un mapa y mis llaves y saqué mi Fiat Spider marcha atrás por el camino de la entrada. El coche probablemente había sido una monada allá por 1979, pero no es que me encantaran la pintura marrón chocolate, el oxidado guardabarros trasero o los asientos rajados de cuero blanco.

Resultó que el Salón de Bo estaba más lejos de lo que pensaba, cerca de la costa, a media hora en coche. Metí el Fiat en un aparcamiento detrás de un edificio gris de ladrillo con un cartel luminoso intermitente: EL SALÓN DE BO. PAINTBALL Y BILLARES. Las paredes estaban cubiertas de *graffitis*, y el suelo, sembrado de colillas. Sin duda, el local era frecuentado por universitarios de elite y por ciudadanos modelos. Trataba de mostrarse distante, pero notaba cierto nerviosismo en el estómago. Después de asegurarme por segunda vez de haber cerrado bien todas las puertas, me dirigí al local.

Me puse a la cola de la entrada. Mientras el grupo de adelante pagaba, me colé y caminé hacia el laberinto de sirenas estridentes y luces parpadeantes.

—¿Te has ganado una visita gratis? —me gritó una voz áspera de fumador a mis espaldas.

Regresé y pestañeé ante un taquillero tatuado en exceso.

—No vengo a jugar —expliqué—. Estoy buscando a una persona.

Él gruñó.

—Si quieres pasar tienes que pagar. —Apoyó las manos encima del mostrador, donde había una tabla de precios pegada con cinta adhesiva, indicando que eran quince dólares. Sólo efectivo.

No tenía dinero. Y de haberlo tenido no lo habría gastado para pasar unos minutos interrogando a Patch sobre su vida personal. Sentí un arrebato de ira por lo del cambio de ubicación en clase y, sobre todo, por tener que estar en ese sitio. Sólo necesitaba encontrar a Patch, luego podríamos salir y hacer la entrevista. No podía irme con las manos vacías después de haber conducido hasta allí.

—Si no regreso en dos minutos, pagaré los quince dólares —propuse y, sin atender al sentido común y la paciencia requerida, hice algo impropio de mí y volví a colarme.

Me adentré a toda prisa en el salón con los ojos bien abiertos, buscando a Patch. No podía creer que estuviera haciendo eso, pero era como una bola de nieve, cobrando fuerza y velocidad a medida que avanzaba. A esas alturas sólo quería encontrar a Patch y largarme de allí.

El de la taquilla me seguía, gritando: «¡Eh, tú!»

Segura de que Patch no estaba en la planta principal, bajé las escaleras a toda prisa, siguiendo las señales que conducían a la sala de billares. Al pie de la escalera, una iluminación en riel proyectaba pálidas luces sobre varias mesas de póquer, todas ocupadas. El humo de los puros, casi tan denso como la niebla que envuelve mi casa, formaba nubes bajo un techo de escasa altura. Entre las mesas de póquer y la barra había varias mesas de billar. Patch estaba estirado sobre la más alejada, intentando un tiro por banda complicado.

—¡Patch! —llamé.

En ese instante realizó el tiro, clavando el taco de billar en el paño de la mesa. Levantó la cabeza con brusquedad. Me miró con una mezcla de sorpresa y de curiosidad.

El taquillero llegó a mi lado con pasos pesados y me sujetó por el hombro.

—Venga, afuera.

La boca de Patch formó una sonrisa. Difícil saber si era burlona o afectuosa.

—Está conmigo.

Esto pareció ejercer cierta influencia sobre el tipo, que aflojó su presa. Antes de que cambiara de opinión, me liberé de su mano y caminé zigzagueando entre las mesas hacia donde estaba Patch. Los primeros pasos los di con toda la calma, pero fui perdiendo confianza a medida que me acercaba.

Enseguida noté algo diferente en él. No sabía qué exactamente, pero lo percibía como si fuese electricidad. ¿Más animosidad?

Más confianza en sí mismo.

Más libertad para ser él mismo. Y aquellos ojos negros, que me resultaban inquietantes. Eran como imanes que controlaban cada uno de mis movimientos. Tragué saliva con disimulo, tratando de ignorar el claqué que sentía en mi estómago revuelto. Algo no iba bien, desde luego. Había algo en él que no era normal. Algo que no era… seguro.

—Perdona por colgarte —dijo acercándose—. La cobertura no es muy buena aquí abajo.

Sí, claro.

Con un gesto de la cabeza indicó a los demás que se marcharan. Hubo un silencio incómodo antes de que alguien se moviera. El primero en retirarse me rozó con el hombro al pasar. Di un paso atrás para no perder el equilibrio, y al levantar la vista me encontré con las miradas frías de otros dos jugadores que se marchaban.

Genial. Si el entrenador había sentado a Patch a mi lado, no era responsabilidad mía.

—¿Bola ocho? —le pregunté, enarcando las cejas e intentando aparentar seguridad. Quizá tuviera razón y Bo no fuera un sitio adecuado para mí, pero ahora no iba a salir corriendo—. ¿Cómo están las apuestas?

Su sonrisa se ensanchó. Esta vez no hubo duda de que se reía de mí.

—No jugamos por dinero.

Dejé mi mochila sobre la mesa.

—Qué pena. Pensaba apostar todo lo que tengo contra ti. —Le enseñé mi trabajo, las dos líneas escritas hasta el momento—. Te hago unas pocas preguntitas y me largo, ¿de acuerdo?

—¿«Gilipollas»? —leyó Patch en voz alta, apoyado en su taco de billar—. ¿«Cáncer de pulmón»? ¿Es una profecía?

Me abaniqué con la hoja del trabajo.

—Doy por sentado que contribuyes a este ambiente cargado de humo. ¿Cuántos puros por noche? ¿Uno? ¿Dos?

—Yo no fumo —dijo con convicción, pero no me lo tragué.

—Ajá —dije, apoyando la hoja sobre la mesa, entre la bola ocho y la morada lisa. Toqué la bola morada sin querer mientras escribía en el tercer renglón: «Sí, fuma puros.»

—Estás jugando sucio —repuso, todavía sonriente.

Lo miré a los ojos y no pude evitar imitar su sonrisa.

—Esperemos que no te favorezca. ¿Tu sueño más anhelado? —Me sentí orgullosa de ésta porque sabía que lo dejaría sin respuesta. Requería pensar con antelación.

—Besarte.

34

—No tiene gracia —dije aguantando su mirada, agradecida de no haber tartamudeado.

—No, pero hace que te sonrojes.

Me senté en el borde de la mesa, tratando de parecer imperturbable. Me crucé de piernas, usando la rodilla como escritorio.

—¿Trabajas?

—Recojo las mesas en el Borderline. El mejor restaurante mexicano de la ciudad.

No parecía desconcertado por la pregunta, aunque tampoco encantado.

—Has dicho unas pocas preguntitas. Ya vas por la cuarta.

—¿Religión?

—Religión ninguna... Culto.

—¿Perteneces a un culto? —me sorprendí, pese a que debería haber disimulado.

—Resulta que necesito a una chica sana para un sacrificio. Al principio había pensado en seducirla para ganarme su confianza, pero si ya estás lista...

Lo poco que quedaba de una sonrisa desapareció de mi rostro.

—No me estás seduciendo.

—Todavía no he empezado.

Bajé de la mesa y lo encaré. Me sacaba una cabeza de estatura.

—Vee me dijo que eras un estudiante del último curso. ¿Cuántas veces has suspendido Biología de cuarto? ¿Una? ¿Dos?

—Vee no es mi portavoz.

—¿Estás negando los suspensos?

—Estoy diciendo que el año pasado no fui al instituto. —Sus ojos se mofaban de mí, lo que sólo sirvió para fortalecerme.

—¿Hacías novillos?

Dejó el taco sobre la mesa de billar y con un dedo me indicó que me acercara. No lo hice.

—¿Quieres oír un secreto? —dijo en tono confidencial—. Nunca he ido al colegio. ¿Otro secreto? No es tan aburrido como esperaba.

Estaba mintiendo. Todo el mundo iba al colegio. Había leyes. Estaba mintiendo para fastidiarme.

—Crees que miento —dijo risueño.

—¿Nunca has ido al colegio? Si eso fuera verdad, y tienes razón, no creo que lo sea, ¿qué hizo que te decidieras a ir este año?

—Tú.

Un temor impulsivo retumbó en mi interior, pero eso era exactamente lo que Patch quería. Me mantuve firme y traté de mostrarme disgustada. Aun así, me llevó un rato encontrar mi voz.

—Eso no es cierto.

Debió de acercarse un paso, porque de repente sólo nos separaban unos centímetros.

—Tus ojos, Nora. Esos ojos fríos y grises son irresistibles. —Ladeó la cabeza, como para estudiarme desde otro ángulo—. Y esos labios sensuales atraen como un imán.

Sin perder la compostura ante su comentario, y aunque una parte de mí respondió positivamente al mismo, di un paso atrás.

—Ya está bien. Me marcho.

Pero apenas lo dije, supe que no era verdad. Sentí el impulso de añadir algo más. Rebuscando en mi maraña de pensamientos, intenté descubrir qué sentía y qué debía decir. ¿Por qué era tan sarcástico, y por qué actuaba como si yo hubiera hecho algo para merecerlo?

—Parece que sabes mucho sobre mí —dije, quedándome corta—. Más de lo que deberías. Es como si supieras exactamente lo que debes decir para hacerme sentir incómoda.

—Me lo pones fácil.

Una chispa de rabia ardió dentro de mí.

—Admite que lo haces a propósito.

—¿Hacer qué?

—Esto, provocarme.

—Repite «provocarme». Tu boca parece provocativa cuando lo dices.

—Ya hemos acabado. Sigue con tu partida. —Agarré el taco de billar y se lo tendí con brusquedad. No lo cogió—. No quiero sentarme a tu lado —añadí—. No me gusta ser tu compañera de pupitre. No me gusta tu sonrisa condescendiente. —Me temblaba la barbilla, algo que normalmente sólo ocurre cuando miento. ¿Estaba mintiendo? Si así era, quería darme de tortas—. No me gustas tú —concluí de la manera más convincente posible, y empujé el taco contra su pecho.

—Pues yo me alegro de que el entrenador nos haya puesto juntos —repuso. Detecté una ligera ironía en la palabra «entrenador», pero no pude imaginar lo que escondía. Esta vez agarró el taco.

—Ya me encargaré de que nos cambien, descuida —respondí.

A Patch eso le pareció tan divertido que todos sus dientes asomaron en otra sonrisa. Alargó la mano hacia mí, y antes de que pudiera apartarme desenredó algo de mi pelo.

—Tenías un trocito de papel —dijo, dejándolo caer al suelo.

Cuando alargó la mano alcancé a ver una marca en el interior de su muñeca. Me pareció un tatuaje, pero una segunda mirada reveló una marca de nacimiento roja y

37

marrón, con un poco de relieve, similar a una salpicadura de pintura.

—Ése no es el mejor sitio para una marca de nacimiento —dije, desconcertada al advertir que la tenía casi en el mismo lugar que mi cicatriz.

Con aire despreocupado, aunque discreto, tiró de su manga para cubrirse la muñeca.

—¿Preferirías que la llevara en un lugar más íntimo?

—No tengo preferencias al respecto. —Dudé de cómo había sonado, así que añadí—: Si no la tuvieras me daría igual. —Y remaché—: Tu marca de nacimiento me trae sin cuidado.

—¿Alguna pregunta más? ¿Algún otro comentario?

—No.

—Pues entonces nos vemos en la clase de Bio.

Pensé en decirle que no volvería a verme nunca más. Pero no iba a tragarme mis palabras dos veces el mismo día.

Aquella noche, más tarde, me despertó un ruido. Me quedé quieta, con la cabeza hundida en la almohada, todos mis sentidos alertas. Mi madre estaba fuera de la ciudad por lo menos una vez al mes, así que estaba acostumbrada a dormir sola en casa, y hacía meses que imaginaba pasos que recorrían el pasillo hacia mi habitación. La verdad era que nunca me sentía completamente sola. Justo después de que mataran a mi padre de un disparo en Portland mientras compraba un regalo para mi madre el día de su cumpleaños, una extraña presencia entró en mi vida. Como si alguien estuviera orbitando mi mundo, vigilando desde la distancia. Al principio, esa presencia fantasmal me tenía sobre ascuas, pero como no ocurría nada malo mi ansiedad se calmó. Empecé a preguntarme si había una razón cósmica que explicara mis presentimientos. Tal vez el espíritu de mi padre andaba cerca. La idea a menudo me reconfortaba, pero aquella noche era diferente. Sentía la presencia como un hielo sobre mi piel.

Al girar un poco la cabeza, vislumbré una sombra tenebrosa proyectada sobre el suelo de la habitación, una silueta de hombre. Me di la vuelta para ponerme de cara a la ventana, la luna era la única fuente de luz que podía proyectar una sombra. Pero no se veía nada. Me abracé a la almohada y me dije que había sido una nube pasando por delante de la luna. O un trozo de algo arrastrado por el viento. Sin embargo, a mi pulso le costó unos minutos estabilizarse.

Cuando reuní valor para salir de la cama, el jardín debajo de la ventana estaba calmo y silencioso. Sólo se oían las ramas del árbol rozando la pared de la casa, y los latidos de mi corazón.

CAPÍTULO

El entrenador McConaughy estaba delante de la pizarra hablando en tono monótono acerca de algo, pero mi mente navegaba lejos de las complejidades de la ciencia.

Estaba redactando los motivos por los que Patch y yo no deberíamos ser compañeros de grupo, haciendo una lista en el reverso de una hoja de examen. Tan pronto como acabara la clase presentaría mis argumentos al entrenador. «Poco dispuesto a cooperar con el trabajo —escribí—. Demuestra escaso interés por el trabajo en equipo.»

Pero eran las cosas que no anotaba las que más me preocupaban. Me resultaba extraña la marca de nacimiento de Patch y estaba asustada por el incidente en mi ventana la noche anterior. Francamente, no concebía que Patch me estuviera espiando, pero tampoco podía ignorar la coincidencia de estar segura de haber visto a alguien mirando por mi ventana horas después de haberme encontrado con él.

Mientras pensaba en Patch espiándome, metí la mano en el compartimento delantero de mi mochila y saqué dos comprimidos de un complemento de hierro, para tragármelos enteros. Durante un momento se quedaron atascados en mi garganta, y luego bajaron.

Con el rabillo del ojo vi a Patch enarcar las cejas.

Iba a explicarle que era anémica y que tenía que tomar hierro un par de veces al día, sobre todo si estaba estresada, pero me lo pensé dos veces. La anemia no suponía ningún riesgo si tomaba dosis regulares de hierro. No estaba paranoica hasta el punto de pensar que Patch pretendiera hacerme daño, pero en cierto modo mi vulnerable estado de salud era algo que prefería ocultar.

—¿Nora?

El entrenador se encontraba al frente de la clase, su mano extendida parecía indicar que estaba esperando algo: mi respuesta. Un ardor se expandió lentamente por mis mejillas.

—¿Podría repetirme la pregunta?

La clase rio con disimulo.

Algo irritado, el entrenador la repitió:

—¿Qué cualidades te atraen de un posible compañero?

—¿De un posible compañero?

—Venga, no tenemos toda la tarde.

Oí a Vee reírse detrás de mí.

Mi garganta parecía cerrarse.

—¿Quiere que haga una lista de las características de un...?

—De un posible compañero, sí, eso ayudaría.

Miré a Patch de reojo. Él estaba cómodamente reclinado en su silla, los hombros relajados en su justa medida, estudiándome con aire satisfecho. Me dirigió su sonrisa de pirata y movió los labios: «Estamos esperando.»

Puse las manos sobre la mesa una encima de la otra, procurando parecer más serena de lo que estaba.

—Nunca lo he pensado.

—Pues piénsalo ahora, y rápido.

El entrenador hizo un gesto impaciente a mi izquierda.

—Tu turno, Patch.

A diferencia de mí, Patch habló con aplomo. Se había colocado con el cuerpo ligeramente orientado hacia el mío, nuestras rodillas separadas por milímetros.

—Inteligente. Atractiva. Vulnerable.

El entrenador estaba escribiendo los adjetivos en la pizarra.

—¿Vulnerable? —preguntó—. ¿Y eso?

Vee intervino:

—¿Esto tiene algo que ver con el tema que estamos estudiando? Porque en el libro de texto no dice nada sobre las características que debe reunir el compañero ideal.

El entrenador dejó de escribir y miró atrás por encima del hombro.

—Cada animal atrae a sus congéneres con el propósito de reproducirse. Las ranas se hinchan. Los gorilas se golpean el pecho. ¿Habéis visto alguna vez una langosta macho levantarse sobre las patas y chasquear las pinzas para llamar la atención de la hembra? La atracción es el primer elemento de la reproducción en todos los animales, incluidos los humanos. ¿Por qué no nos da su lista, señorita Sky?

Vee levantó la mano y extendió los cinco dedos.

—Guapísimo, rico, indulgente, sobreprotector y un poquito perverso —enumeró bajando un dedo con cada rasgo.

Patch rio por lo bajo y dijo:

—El problema de la atracción entre humanos es que nunca sabes si ésta será correspondida.

—Excelente observación —dijo el entrenador.

—Los humanos son vulnerables —continuó Patch— porque se les puede hacer daño. —Y me dio un leve rodillazo. Me aparté, sin atreverme a imaginar qué pretendía decir con ese gesto.

El entrenador asintió.

—La complejidad de la atracción (y reproducción) entre humanos es uno de los rasgos que nos diferencian de las otras especies.

Me pareció que Patch resoplaba suavemente.

El entrenador continuó:

—Desde el comienzo de los tiempos, las mujeres se han visto atraídas por hombres con marcadas aptitudes para la supervivencia (como puede ser la inteligencia o la destreza física), pues los hombres de estas características tienen más probabilidades de regresar a casa con comida al final del día. —Levantó los pulgares en el aire y sonrió—. Recordad: comida igual a supervivencia.

Nadie rio.

—Asimismo —prosiguió—, los hombres se ven atraídos por la belleza porque es señal de salud y de juventud; no sirve emparejarse con una mujer enferma que no sobrevivirá para criar a los niños. —El entrenador se ajustó las gafas y sonrió.

—Eso es terriblemente sexista —protestó Vee—. Dígame algo con lo que se identifique una mujer del siglo XXI.

—Si aborda la reproducción desde un punto de vista científico, señorita Vee, verá que los niños son la clave de la supervivencia de nuestra especie. Y cuantos más niños tenga, mayor será su contribución al banco genético.

Pude imaginarme la mueca de disgusto de Vee.

—Creo que por fin nos vamos acercando al tema de hoy: sexo.

—Casi —dijo el entrenador, levantando un dedo—. La atracción es previa al sexo, pero después de la atracción viene el lenguaje corporal. A vuestras posibles parejas tenéis que comunicarles vuestro interés, sólo que sin utilizar demasiadas palabras... Muy bien, Patch. Imaginemos que estás en una fiesta. Ves a muchas chicas de diferentes formas y tamaños. Rubias, morenas, pelirrojas, algunas de pelo azabache. Algunas son habladoras, mientras que otras parecen tímidas. Has encontrado a una chica que es tu tipo: atractiva, inteligente y vulnerable. ¿Cómo le comunicarías tu interés?

—Me acercaría y le hablaría.

—Estupendo. Ahora viene lo más importante. ¿Cómo averiguarías si es una presa accesible o, en cambio, quiere que te largues?

—La estudiaría. Me preguntaría qué piensa y qué siente. Ella no me lo va a contar a la primera, por lo que tendré que prestar atención. ¿Me mira de frente? ¿Aguanta la mirada y luego la aparta? ¿Se muerde el labio y juega con su pelo, como está haciendo Nora en este momento?

La clase entera prorrumpió en risas. Apoyé las manos en mi regazo.

—Ella es una presa —dijo Patch, dándome otro rodillazo. Entre todas las reacciones posibles, me sonrojé.

—¡Muy bien! —exclamó el entrenador, su voz cargada de electricidad, celebrando con una sonrisa el interés de toda la clase.

—Los vasos sanguíneos del rostro de Nora se están dilatando y tiene la piel caliente —dijo Patch—. Sabe que la están cortejando. Le gusta recibir atención, pero no sabe manejarse.

—No estoy sonrojada.

—Está nerviosa —dijo Patch—. Se acaricia el brazo para desviar la atención de su rostro a su figura, o quizás a su piel. Son sus puntos fuertes.

Casi me ahogué. «Está bromeando —me dije—. No, es un enfermo.» Y yo no tenía experiencia en el trato con dementes. Me quedé mirándolo fijamente, boquiabierta. Si tenía alguna esperanza de estar a la altura de Patch, tendría que pensar en una nueva manera de abordarlo.

Apoyé las manos sobre el pupitre y levanté la barbilla para demostrar que aún me quedaba dignidad.

—Esto es ridículo.

Estirando el brazo a un costado con picardía, Patch se agarró al respaldo de mi silla. Tuve la extraña sensación de que era una amenaza dirigida a mí, y de que él no se daba cuenta o le importaba poco la reacción de la clase. La clase entera se echó a reír, pero él no parecía oír las risas. Me miraba a los ojos con tanta intensidad que casi llegué a creer que había delimitado un mundo privado para nosotros.

Movió los labios sin hablar: «Vulnerable.»

Enganché los tobillos a las patas de mi silla y la arrastré bruscamente hacia delante, haciendo que su brazo cayera del respaldo. No tenía un pelo de vulnerable.

—¡Ahí lo tenéis! —dijo el entrenador—. Así funciona el proceso biológico.

—¿Y ahora podemos hablar de sexo, por favor? —solicitó Vee.

—Mañana. Leed el capítulo siete y venid preparados para un debate.

Sonó el timbre, y Patch echó su silla hacia atrás.

—Ha sido divertido. Repitamos cuando quieras.

—Antes de que se me ocurriera algo más incisivo que un «No, gracias», él pasó por detrás de mí y desapareció por la puerta.

—Estoy organizando una petición para que despidan al entrenador —dijo Vee, acercándose a mi mesa—. ¿De qué iba la clase de hoy? Por poco no hizo que tú y Patch os acostarais desnudos sobre la mesa y consumarais el acto.

Le dirigí una mirada interrogante: «¿Parecía que quería repetir?»

—¡Jolines! —concluyó Vee dando un paso atrás.

—Tengo que hablar con el entrenador. Te veré en tu taquilla en diez minutos.

—Claro.

Me acerqué al escritorio del entrenador, que estaba encorvado sobre un libro de jugadas de baloncesto. A primera vista, todas las X y las O daban la impresión de que estaba jugando al tres en raya.

—Dime, Nora. —Habló sin levantar la vista—. ¿Qué puedo hacer por ti?

—Quiero decirle que la nueva disposición en clase y el nuevo plan de trabajo me incomodan.

Él empujó la silla hacia atrás y entrelazó las manos en la nuca.

—A mí me gusta la nueva disposición. Casi tanto como este nuevo marcaje hombre a hombre que estoy preparando para el partido del sábado.

Puse una copia del código de conducta del instituto y los derechos de los estudiantes sobre la mesa.

—La norma dice que ningún alumno debería sentirse amenazado dentro del colegio.

—¿Te sientes amenazada?

—Me siento incómoda. Y quisiera proponer una solución. —Al ver que no me interrumpía, respiré aliviada—. Me ocuparé de la tutoría de cualquier alumno de Biología si vuelve a sentarme al lado de Vee.

—Patch podría necesitar un tutor.

Evité apretar los dientes.

—Eso queda descartado.

—¿Lo has visto hoy? Estaba implicado en la clase. En todo el año no le había oído decir una sola palabra, pero ha sido sentarlo a tu lado y… ¡bingo! Su calificación en esta asignatura va a mejorar.

—Y la de Vee va a empeorar.

—Es lo que tiene no poder mirar a tu lado y encontrarte con la respuesta correcta —respondió con ironía.

—El problema de Vee es la falta de constancia. Yo le echaré un cable.

—De momento seguiremos así —dijo mirando el reloj—. Llego tarde a una reunión. ¿Algo más?

Exprimí mi cerebro en busca de otro argumento, pero al parecer no estaba inspirada.

—Esperemos unas semanas a ver qué pasa. Ah, y lo de darle clases particulares a Patch iba en serio. Cuento contigo. —Y, sin esperar mi respuesta, se puso a silbar la melodía del concurso televisivo *Jeopardy* y se marchó del aula.

A las siete en punto el cielo se había oscurecido. Me subí la cremallera de mi abrigo para ir bien tapada. Vee y yo volvíamos del cine y nos dirigíamos al aparcamiento, después de ver *El sacrificio*. Yo me ocupaba de las reseñas de las películas para la revista digital, y como ya había visto las demás películas que se proyectaban, nos resignamos a ver la última película de terror.

Vee dijo:

—Es la peli más estrafalaria que he visto. No volveremos a ver cine de terror.

Por mí, genial. Teniendo en cuenta que la noche anterior había alguien escondido en el jardín que espiaba mi habitación y que acababa de ver una película sobre un acosador en potencia, empezaba a sentirme un poquito paranoica.

—¿Te lo imaginas? —dijo Vee—. Vivir toda tu vida sin saber que la única razón de que te mantengas con vida es que serás usada para un sacrificio.

Nos estremecimos.

—¿Y qué me dices de la escena del altar? —continuó, irritándome por no darse cuenta de que yo habría preferido hablar del ciclo de la vida de los hongos antes que de la película—. ¿Por qué el malo calienta la piedra antes de atarla? Cuando oí cómo ella se freía…

—Ya vale —dije casi gritando—. ¿Adónde vamos?

—Sólo te digo que, si un chico alguna vez me planta un beso como ése, vomito hasta las tripas. Repugnante es poco para describir su boca. Eso era maquillaje, ¿no crees? Nadie en la vida real tiene una boca como ésa…

—Mi reseña estará lista antes de la medianoche —dije, cortándola en seco.

—Ah. Vale. Entonces, ¿vamos a la biblioteca? —Vee quitó el seguro a las puertas de su Dodge Neon violeta del 95—. Estás muy susceptible, que lo sepas.

Subí por la puerta del pasajero.

—Es culpa de la peli. —Y del mirón que había anoche en mi ventana.

—No hablo sólo de esta noche. He notado —dijo torciendo la boca con malicia— que llevas dos días malhumorada en la clase de Biología.

—También es fácil de explicar. Culpa de Patch.

Vee lanzó un vistazo al retrovisor. Lo ajustó para mirarse los dientes. Se los relamió y esbozó una sonrisa ensayada.

—Tengo que admitirlo: su lado oscuro me atrae.

Yo no quería admitirlo, pero Vee no era la única. La

atracción que sentía por Patch no la había sentido por nadie. Entre nosotros había un magnetismo oscuro. Cerca de él, me sentía atraída por el peligro. Y en cualquier momento él podía empujarme más allá.

—De sólo oírte me dan ganas de... —Vacilé, tratando de pensar cuál era exactamente el impulso que me provocaba esa atracción por Patch. Nada agradable.

—Dime que no es guapo —pidió Vee—, y te prometo que no volveré a mencionar su nombre.

Alargué la mano para encender la radio. De entre tantas cosas para hacer tenía que haber algo mejor que arruinarnos la noche hablando de Patch. Estar sentada a su lado una hora diaria cinco días a la semana era más de lo que podía soportar. No iba a darle también mis noches.

—¿Y bien? —me presionó Vee.

—Si fuera guapo yo sería la última en enterarme. Mi opinión no es imparcial, lo siento.

—¿Qué quieres decir?

—Su manera de ser me resulta insufrible. Ni toda la belleza del mundo podría compensar eso.

—No es belleza. Él está... bien moldeado. Es sexy.

Puse los ojos en blanco.

Vee hizo sonar el claxon y pisó el freno cuando un coche salió delante de ella.

—¿Qué pasa? ¿No estás de acuerdo o es que los chicos malos no son tu tipo?

—No tengo tipo —respondí—. No soy tan estrecha de miras.

Vee se echó a reír.

—Tú, chica, eres peor que eso. Eres obtusa y limitada. Tu mente es tan amplia como esos microorganismos del profesor. No hay un solo chico en el instituto que te interese.

—Eso no es cierto —me defendí maquinalmente. Pero era verdad: nunca me había interesado de verdad por alguien. ¿Era muy raro?—. No se trata de los chicos, se trata... del amor. No lo he encontrado.

—No se trata del amor —me contradijo Vee—. Se trata de pasarlo bien.

Enarqué las cejas, dubitativa.

—¿Besar a un chico que no conoces y que no te importa es pasártelo bien?

—¿No has estado atenta a las clases de Bio? La cosa va de mucho más que un beso.

—Oh —dije con suficiencia—. El banco genético ya está bastante deformado sin mi contribución.

—¿Quieres saber quién creo yo que es realmente bueno?

—¿Bueno?

—Un tío bueno —aclaró Vee con una sonrisa indecente.

—Ni idea.

—Tu compañero.

—No lo llames así —dije—. «Compañero» tiene una connotación positiva.

Vee aparcó en un sitio cerca de la entrada de la biblioteca y apagó el motor.

—¿Has fantaseado alguna vez con besarle? ¿Le has echado una miradita de reojo y te has imaginado arrojándote sobre él para plantarle un beso en la boca?

Le dirigí una mirada que esperaba que transmitiera todo mi horror.

—¿Y tú?

Vee sonrió.

Trataba de imaginar qué haría Patch si dispusiera de esta información. Con lo poco que sabía de él, percibía su aversión por Vee como si fuese algo palpable.

—No es lo bastante bueno para ti —dije.

Ella refunfuñó.

—Cuidado, así sólo conseguirás que lo desee más.

En la biblioteca ocupamos una mesa en la planta principal, cerca de la sección de narrativa para adultos. Abrí mi portátil y tecleé: «*El Sacrificio*, dos estrellas y media.» Tal vez fuera una puntuación muy baja, pero tenía muchas cosas en la cabeza y no me apetecía ser especialmente justa.

Vee abrió una bolsa de *chips* de manzana.

—¿Quieres?

—No, gracias.

Miró dentro de la bolsa.

—Si no vas a comer, tendré que comérmelas todas. Y no me apetece.

Vee estaba haciendo una dieta de colores a base de frutas. Tres frutas rojas al día, dos anaranjadas, un puñado de verdes...

Cogió una *chip* de manzana seca y la examinó.

—¿Qué color es ése? —le pregunté.

—Es el verde de la Granny Smith que produce arcadas. Me parece.

En ese momento, Marcie Millar, la única estudiante de cuarto curso que hacía de animadora de los equipos universitarios, se sentó en el borde de la mesa. Llevaba su pelo bermejo peinado con dos coletas y, como de costumbre, su piel permanecía oculta bajo medio pote de maquillaje. Con respecto a la cantidad estaba bastante segura, pues no se veía ni rastro de sus pecas. Desde el primer año que no veía una sola peca en la cara de Marcie, el mismo año que ella conoció a la vendedora de cosméticos Mary Kay. Un centímetro y medio separaba el dobladillo de su falda de su ropa interior, si es que llevaba ropa interior.

—Hola, gordita —dijo Marcie a Vee.

—Hola, rarita —respondió Vee.

—Mi madre está buscando modelos para este fin de semana. Pagan nueve dólares la hora. Pensé que igual te interesaba.

La madre de Marcie era la encargada de los grandes almacenes de la ciudad, y los fines de semana ponía a Marcie y al resto de las animadoras a lucir biquinis en los escaparates.

—Le está costando lo suyo encontrar modelos para lencería de talla grande —comentó Marcie.

—Tienes restos de comida en los dientes —le dijo Vee a Marcie—. Parece chocolate laxante.

Marcie se relamió los dientes y se apeó de la mesa. Mientras se alejaba contoneándose, Vee se metió los dedos en la boca e hizo un gesto de vomitar.

—Tiene suerte de que estemos en la biblioteca —me dijo—. Tiene suerte de que no nos crucemos en un callejón. Por última vez, ¿quieres?

—Paso.

Vee se alejó para tirar la bolsa a la basura. Al cabo de unos minutos regresó con una novela romántica. Se sentó a mi lado y, enseñándome la cubierta, dijo:

—Algún día, esto nos pasará a nosotras. Raptadas por vaqueros medio desnudos. Me pregunto cómo será besar unos labios con costras de barro y curtidos al sol.

—Asqueroso —murmuré mientras escribía.

—Hablando de asqueroso... —Levantó la voz—. Ahí está nuestro chico.

Paré de teclear y miré por encima del hombro, y mi pulso se alteró. Patch estaba al otro lado de la sala, en la cola de préstamos. Como si presintiera que lo estaba mirando, se volvió hacia mí. Nos miramos fijamente tres segundos. Yo aparté la vista primero, pero no sin recibir antes una sonrisa pausada.

Mis latidos se volvieron irregulares, y me ordené tranquilizarme. No iba a entrar en su juego. No con Patch. A menos que hubiese perdido el juicio.

—Vámonos —le dije a Vee. Cerré mi portátil y lo metí en la funda. Guardé los libros en mi mochila, y mientras lo hacía se me cayeron algunos al suelo.

—Estoy intentando leer el título que lleva en la mano... —dijo mi amiga—. Espera un momento... *Cómo ser un acosador.*

—Venga ya —dije, pero no estaba segura.

—Es ése, o *Cómo irradiar sensualidad sin el menor esfuerzo.*

—¡Chsss!

—Tranquila, no nos oye. Está hablando con la bibliotecaria. Se lleva el libro en préstamo.

Lo confirmé con una mirada rápida, y caí en la cuenta de que si nos íbamos en ese momento nos cruzaríamos con él en la salida. Y entonces tendría que decirle algo. Volví a sentarme y empecé a hurgarme diligentemente los bolsillos sin buscar nada en particular, mientras él terminaba con su trámite.

—¿No te parece inquietante que se presente aquí justo cuando estamos nosotras? —preguntó Vee.

—¿Tú qué opinas?

—Creo que te está siguiendo.

—A mí me parece una coincidencia. —Esto no era totalmente cierto. Si hubiese hecho una lista de los diez sitios en que esperaba encontrarme con Patch en una tarde cualquiera, no habría incluido la biblioteca pública. La biblioteca tampoco habría aparecido en una lista de los cien lugares posibles de encuentro. ¿Qué hacía él allí?

La pregunta era especialmente perturbadora después de lo ocurrido la noche anterior. No se lo había mencionado a Vee porque esperaba que se encogiera en mi memoria hasta desaparecer.

—¡Patch! —susurró Vee con sorna—. ¿Estás acosando a Nora?

Le tapé la boca con la mano.

—Basta. En serio. —Adopté una expresión severa.

—Apuesto a que te está siguiendo —insistió Vee, despegando mi mano de su cara—. Apuesto a que tiene antecedentes. Apuesto a que tiene órdenes de alejamiento. Deberíamos colarnos en el despacho del director y fisgar en su expediente. Ahí debe de constar todo.

—No vamos a colarnos en ningún despacho.

—Podría montar un numerito. Soy buena montando numeritos. Nadie te vería entrar. Seríamos como espías.

—No somos espías.

—¿Sabes su apellido? —preguntó Vee.

—No.

—¿Sabes algo de él?

—No. Y tampoco quiero saber nada.

—Venga ya. Te encantan los buenos misterios, y éste es inmejorable.

—En los buenos misterios hay un cadáver. Aquí no tenemos cadáver.

—¡De momento! —Rio Vee.

Saqué dos comprimidos de hierro del bote que tenía en la mochila y me los tragué en seco.

Vee aparcó el Neon en la entrada de su casa apenas pasadas las nueve y media. Apagó el motor y me enseñó el manojo de llaves colgando de un dedo.

—¿No vas a llevarme a casa? —le pregunté. Era malgastar saliva, pues ya conocía su respuesta.

—Hay niebla.

—Es como Patch, aparece y desaparece.

Vee sonrió.

—Vaya, no te lo quitas de la cabeza. No te culpo. Desde luego espero soñar con él esta noche.

Uf.

—Y la niebla nunca desaparece cerca de tu casa —continuó Vee—. De noche me espanta.

Cogí las llaves.

—Gracias.

—No me culpes. Dile a tu madre que se mude más cerca. Dile que hay algo nuevo llamado civilización y que vosotras deberíais integraros.

—Supongo que esperas que te recoja mañana antes del colegio.

—A las siete y media estaría bien. El desayuno corre por mi cuenta.

—Más vale que esté bueno.

—Sé buena con mi bebé. —Le dio un golpecito al salpicadero del Neon—. Pero no demasiado. No vaya a pensar que le quieres más que yo.

De camino a casa dejé que mis pensamientos viajaran brevemente hasta Patch. Vee tenía razón, había algo en él increíblemente atrayente. E increíblemente escalofriante. Cuanto más pensaba en ello, más me convencía de que pasaba algo raro. El hecho de que le gustara contrariarme no era precisamente una novedad, pero había una diferencia entre meterse debajo de mi piel en clase y acabar siguiéndome hasta la biblioteca. Poca gente se tomaría tanta molestia, a menos que tuvieran una buena razón.

A mitad del camino, una lluvia intensa despejó las tenues nubes de niebla suspendidas sobre la carretera. Dividiendo mi atención entre la carretera y los controles del volante, intentaba encontrar los limpiaparabrisas.

Las luces del alumbrado parpadearon, y me pregunté si se estaba aproximando una nueva tormenta. Cerca del océano el tiempo cambiaba constantemente, y un aguacero podía intensificarse hasta convertirse en una inundación repentina. Aceleré el Neon.

Las luces volvieron a parpadear. Un escalofrío me recorrió la nuca y sentí un hormigueo en los brazos. Mi sexto sentido pasó a un estado de máxima alerta. Me pregunté si me seguían. No se veían faros por el retrovisor. Tampoco había coches delante. Estaba sola. No era un pensamiento muy reconfortante. Volví a acelerar.

Encendí los limpiaparabrisas, pero ni siquiera a máxima velocidad podían seguirle el ritmo a la lluvia torrencial. El semáforo siguiente se puso en amarillo. Frené, me aseguré de que no venía ningún coche y luego crucé la intersección.

Oí el impacto antes de ver la silueta oscura deslizándose sobre el capó.

Grité y pisé el freno. La silueta golpeó el parabrisas con un crujido.

Bruscamente giré el volante a la derecha. El Neon dio un coletazo e hizo un trompo en el medio del cruce. La silueta rodó sobre el capó y desapareció.

Conteniendo el aliento, con ambas manos aferradas al volante y los nudillos blancos, levanté los pies de los pedales. El coche dio una última sacudida y se caló.

El hombre estaba agachado a pocos metros, mirándome. No parecía tener ni un rasguño. Vestía todo de negro y se fundía con la noche, con lo que al principio no distinguí ninguna facción, pero caí en la cuenta de que llevaba un pasamontañas.

Se puso de pie y se acercó. Apoyó las manos sobre la

ventanilla del conductor y nuestras miradas se encontraron a través de los orificios del pasamontañas. En sus ojos parecía asomar una sonrisa letal.

Atizó un golpe en la ventanilla, haciendo vibrar el cristal.

Arranqué el coche. Traté de sincronizar la primera marcha, el acelerador y el embrague. El motor zumbó, pero el coche dio otra sacudida y volvió a calarse.

Volví a encenderlo, pero esta vez me distrajo un chirrido metálico disonante. Vi con horror cómo la puerta empezaba a arquearse. La estaba arrancando.

Metí la primera. Mis zapatos resbalaban sobre los pedales. El motor rugió y la aguja de las revoluciones por minuto se disparó.

El puño del hombre atravesó la ventanilla haciendo añicos el cristal. Su mano buscó mi hombro, apretándome el brazo con fuerza. Lancé un grito ronco, pisé el acelerador y solté el embrague. El Neon salió chirriando. Él continuó agarrado a mi brazo, corriendo junto al coche durante varios metros antes de caer al suelo.

Avancé a toda velocidad con el ímpetu de la adrenalina. Miré por el retrovisor para asegurarme de que no me seguía, y luego torcí el espejo para evitar mirar. Tuve que apretar los labios para contener el llanto.

onduciendo por la carretera de Hawthorne pasé por mi casa, di la vuelta, tomé el atajo hasta Beech y regresé al centro de Coldwater. Me apresuré a llamar a Vee.

—Ha ocurrido algo. Yo... él... apareció de la nada... el Neon...

—Si hablas así no te entiendo. ¿Qué ha pasado?

Me sequé la nariz con el dorso de la mano, temblando de la cabeza a los pies.

—Apareció de la nada.

—¿Quién?

—Él —intenté atrapar mis pensamientos y convertirlos en palabras—. ¡Saltó delante del coche!

—Oh, cielos. Dios mío. Oh, cielos. ¿Has atropellado un ciervo? ¿Tú te encuentras bien? ¿Y Bambi? —Se lamentó a medias, y luego gruñó—. ¿Y el Neon?

Iba a responder, pero Vee me cortó.

—Olvídalo. Tengo seguro. Sólo dime que mi bebé no está cubierto de restos de ciervo. No hay restos de ciervo, ¿verdad?

Cualquiera que fuese la respuesta que iba a darle,

pasó a un segundo plano y mi mente se adelantó dos pasos. Un ciervo. Quizá podía hacerlo pasar por un accidente con un ciervo. Quería confiar en Vee, pero al mismo tiempo no quería parecer una loca. ¿Cómo iba a contarle que había atropellado a un tipo que, aun así, se levantó como si nada y empezó a arrancar la puerta del coche? Me estiré el cuello hasta el hombro. No había marcas a la vista donde me había apretado.

De pronto tomé conciencia, sobresaltada. ¿De verdad iba a negar lo ocurrido? Sabía lo que había visto. No era mi imaginación.

—Vaya mierda —dijo Vee—. ¿Qué pasa que no contestas? El ciervo está incrustado en el morro del coche, ¿verdad? Has conducido con el animal pegado delante como una máquina quitanieves.

—¿Puedo dormir en tu casa? —No quería seguir en la calle, en la oscuridad. De pronto caí en la cuenta de que para ir a la casa de Vee tenía que volver a pasar por el cruce donde había atropellado a aquel tipo.

—Ya estoy en la cama —dijo—. Entra sin llamar.

Con las manos ceñidas al volante conduje a través de la lluvia, rogando que el semáforo del cruce estuviese en verde y pudiera pasar. Lo estaba, y pisé el acelerador mirando al frente, pero al mismo tiempo echando ojeadas fugaces a las sombras que bordeaban la carretera. No había indicios del hombre del pasamontañas.

Al cabo de diez minutos aparqué el Neon en la entrada de la casa de Vee. El daño en la puerta era considerable, y tuve que abrirla de una patada. Luego fui corriendo hasta la puerta principal, eché el cerrojo nada más entrar y bajé a toda prisa las escaleras del sótano.

Vee estaba sentada en la cama con los tobillos cruzados, el portátil apoyado en sus rodillas, los auriculares conectados y el iPod a todo volumen.

—¿Crees que debería ver los daños ahora mismo o después de dormir por lo menos siete horas? —gritó por encima de la música.

—Creo que la segunda opción es la mejor.

Vee cerró el portátil y se quitó los auriculares.

—Acabemos con esto de una vez.

Cuando salimos me quedé estupefacta. No era una noche cálida, pero el frío no era la razón de que se me pusiera la piel de gallina. Ni la ventanilla del conductor estaba hecha pedazos, ni la puerta estaba doblada.

—Algo no va bien —dije. Pero Vee estaba ocupada inspeccionando cada centímetro de su coche.

Me acerqué y toqué con un dedo el cristal de la ventanilla. Intacto. Cerré los ojos y volví a abrirlos: seguía intacto.

Rodeé el Neon por la parte trasera. Ya casi había completado una vuelta entera cuando me paré en seco.

Una raja fina dividía en dos el parabrisas.

Vee la vio al mismo tiempo que yo.

—¿Estás segura de que no fue una ardilla?

Tuve un *flashback* de aquellos ojos letales detrás del pasamontañas. Eran tan negros que no podían distinguirse las pupilas del iris. Negros como los de... Patch.

—Mírame llorar de felicidad —dijo Vee echándose sobre el capó para abrazarlo—. Una rajita de nada. ¡Eso es todo!

Imposté una sonrisa, pero mi estómago se agrió. Cinco minutos antes, la ventanilla estaba hecha trizas, y la puerta, doblada, pero ahora parecía imposible. No, parecía una locura. Yo había visto aquel puño atravesar el cristal, había sentido sus dedos aferrando mi hombro.

¿O no?

Cuanto más trataba de recordar el episodio, menos podía precisarlo. Pequeños destellos de información perdida atravesaban mi conciencia. Los detalles se desdibujaban. ¿Era un tipo alto? ¿Bajo? ¿Delgado? ¿Corpulento? ¿Había dicho algo?

No podía recordar. Eso era lo que más me aterraba.

Por la mañana salimos de casa de Vee a las siete y media y nos dirigimos a Enzo para tomar un desayuno caliente.

Con una taza entre mis manos, intenté disipar el crudo frío que sentía por dentro. Me había duchado y puesto una camisa y una chaqueta de punto del armario de Vee, y me había maquillado un poco, pero no recordaba haberlo hecho.

—No mires ahora, pero el señor Suéter Verde está mirando hacia aquí, imaginando tus largas piernas sin tejanos… ¡Oh, pero si acaba de saludarme! No estoy de broma. Me ha hecho un saludo militar. Qué encanto.

No estaba escuchando. El accidente se había reproducido en mi cabeza toda la noche, ahuyentando cualquier posibilidad de conciliar el sueño. Mis pensamientos eran una maraña, mis ojos estaban secos y cansados, y no podía concentrarme.

—El señor Suéter Verde parece normal, pero su acompañante parece un chico duro y malo —dijo Vee—. Emite una señal del tipo no-te-metas-conmigo. Dime que no se parece al hijo de Drácula. Dime que me lo estoy imaginando.

Levantando la mirada lo justo para echar un discreto vistazo, me encontré con una cara bonita de rasgos delicados. El cabello rubio le caía sobre los hombros. Ojos color cromo. Sin afeitar. Impecablemente vestido con una americana hecha a medida encima de un suéter verde y unos tejanos negros de marca.

—Te lo estás imaginando —dije.

—¿No te has fijado en los ojos hundidos? ¿El pico de viuda? ¿Su figura de larguirucho? Hasta podría ser lo bastante alto para mí.

Vee se acerca al metro ochenta, pero tiene una obsesión con los tacones altos. También tiene una obsesión con no salir con chicos bajitos.

—Vale, ¿qué ocurre? —preguntó Vee—. Pareces pasmada. No tendrá que ver con la raja en el parabrisas, ¿verdad que no? Si atropellaste un animal, no pasa nada. Podría ocurrirle a cualquiera. De acuerdo, las posibilidades se reducirían considerablemente si tu madre se trasladara a la civilización.

Pensaba contarle a Vee lo que había ocurrido. Pronto. Sólo necesitaba un poco de tiempo para aclarar los detalles. El problema era que no sabía cómo hacerlo. Los pocos detalles que recordaba eran inconsistentes. Era como si una goma de borrar hubiese dejado mi memoria en blanco. Recordaba el aguacero cayendo en cascada por los cristales del Neon, empañando todo el mundo exterior. ¿Y si de verdad había atropellado un ciervo?

—Hummm… no te lo pierdas —dijo Vee—. El señor Suéter Verde se está levantando de su silla. Ahí tienes un cuerpo que asiste al gimnasio regularmente. Y viene hacia nosotras, sus ojos en busca de bienes raíces, tus bienes raíces, chica.

Un segundo más tarde nos saludó con un «Hola» grave y agradable.

Ambas levantamos la vista al mismo tiempo. El señor Suéter Verde estaba de pie junto a nuestra mesa, los pulgares enganchados en los bolsillos de sus tejanos. Tenía los ojos azules, con greñas rubias a la moda sobre la frente.

—Hola —respondió Vee—. Yo soy Vee. Ésta es mi amiga Nora Grey.

La miré con ceño. No me pareció bien que mencionara mi apellido, como si eso violara un acuerdo tácito entre chicas, y, sobre todo, entre amigas de toda la vida, en presencia de chicos desconocidos. Saludé con la mano de manera indiferente y me llevé la taza a los labios, quemándome la lengua.

Él acercó una silla de la mesa de al lado y se sentó a horcajadas, apoyando los brazos en el respaldo. Me tendió la mano y dijo:

—Yo soy Elliot Saunders. —Se la estreché, aunque me pareció demasiado formal—. Y éste es Jules —añadió señalando con la barbilla a su amigo, a quien Vee había subestimado al llamarle «alto».

Toda la estatura de Jules descendió sobre una silla que estaba al lado de Vee, haciendo que la silla pareciera pequeña.

Ella le dijo:

—Creo que eres el chico más alto que he conocido. En serio, ¿cuánto mides?

—Uno noventa y cinco —respondió Jules entre dientes, cruzándose de piernas.

Elliot se aclaró la garganta.

—¿Desean las damas que les traiga algo?

—No, gracias —dije levantando mi taza—. Ya he pedido.

Vee me pateó por debajo de la mesa.

—Para ella un donut relleno de crema de vainilla. Que sean dos.

—Te estás saltando la dieta, ¿eh? —la pinché.

—Menos cachondeo. La vaina de la vainilla es una fruta. Una fruta de color marrón.

—Es una legumbre.

—¿Estás segura?

No lo estaba.

Jules cerró los ojos y se pellizcó el caballete de la nariz. Aparentemente estaba tan emocionado de sentarse con nosotras como yo de que se acercaran.

Mientras Elliot iba al mostrador, lo seguí con la mirada. Sin duda iba al instituto, pero no al Coldwater High School. Su cara me sonaría. Tenía un carácter simpático y sociable que no pasaba inadvertido. De no haberme sentido tan afectada, de verdad me habría interesado. Como amigo, quizá más.

—¿Vives por aquí cerca? —le preguntó Vee a Jules.

—Sí.

—¿Vas al instituto?

—Al Kinghorn —respondió con cierto aire de superioridad.

—No lo conozco ni de oídas.

—Un colegio privado. En Portland. Entramos a las nueve. —Se levantó la manga y miró su reloj.

Vee hundió un dedo en la espuma de su capuchino y le dio un lametazo.

—¿Es caro?

Jules la miró directamente por primera vez y entornó los ojos.

—¿Eres rico? Apuesto que sí —añadió Vee.

Jules la miró como si ella acabara de matarle una mosca posada en su frente. Empujó su silla hacia atrás, tomando distancia de nosotras.

Elliot regresó con una caja de seis donuts.

—Dos con crema de vainilla para las damas —dijo empujando la caja hacia mí—, y cuatro glaseados para mí. No sé cómo es la cafetería del Coldwater High.

Casi escupimos la leche.

—¿Vas al Coldwater High?

—Empiezo hoy. Acaban de trasladarme del Kinghorn.

—Nora y yo vamos al Coldwater High —dijo Vee—. Espero que os sintáis afortunados. Si necesitáis saber algo, como a quién invitar para el baile de primavera, no tenéis más que preguntar. Nora y yo no tenemos compañeros... de momento.

Decidí que era hora de levantar el campamento. Era evidente que Jules estaba aburrido e irritado, y estar en su compañía no ayudaba a mi estado de ánimo intranquilo. Simulé mirar el reloj de mi móvil y dije:

—Mejor vamos tirando, Vee. Tenemos que estudiar para el examen de Biología. Elliot, Jules, ha sido un placer.

—Pero si el examen es el viernes —dijo Vee.

Me encogí por dentro. Por fuera, sonreí.

—Es verdad. Me refería al examen de Inglés. La obra de... Geoffrey Chaucer. —Todos sabían que estaba mintiendo.

En cierto modo mi rudeza me sabía mal, sobre todo porque Elliot no había hecho nada para merecerla. Pero no quería quedarme allí sentada. Quería avanzar, alejarme de la noche anterior. Quizá la pérdida de la memoria no fuera algo tan malo después de todo. Cuanto antes olvidara el accidente, antes volvería mi vida a la normalidad.

—Espero que tengas un primer día estupendo, y quizá nos veamos a la hora del almuerzo —le dije a Elliot.

Luego cogí a Vee de un brazo y la arrastré hacia la puerta.

Las clases estaban llegando a su fin, sólo faltaba Biología, y tras una breve parada en mi taquilla para cambiar de libros me dirigí al aula. Vee y yo llegamos antes que Patch; ella ocupó el asiento vacío de mi compañero, se puso a hurgar en su mochila y sacó una caja de caramelos picantes.

—Marchando una fruta roja —dijo ofreciéndome la caja.

—Déjame adivinar… ¿la canela es una fruta? —Aparté la caja.

—Tampoco has probado bocado en el almuerzo —dijo Vee frunciendo el ceño.

—No tengo hambre.

—Mentirosa. Siempre tienes hambre. ¿Es por Patch? No creerás en serio que te está acechando, ¿no? Porque lo de anoche en la biblioteca era todo una broma.

Me froté las sienes con pequeños masajes circulares. El dolor que se había instalado detrás de mis ojos empeoró al oír el nombre de Patch.

—Patch es lo que menos me preocupa —dije. No era cierto.

—Es mi sitio, si no te importa.

Vee y yo levantamos la vista simultáneamente al oír la voz de Patch.

Se mostró bastante amable, pero no apartó los ojos de Vee mientras ella se ponía de pie y se colgaba la mochila al hombro. Mi amiga no parecía tener prisa; él le indicó el pasillo con el brazo, invitándola a dejarle sitio.

—Estás guapa, como siempre —me dijo mientras tomaba asiento. Se reclinó en la silla con las piernas estiradas. Era alto, pero nunca había calculado su estatura. Mirando ahora la longitud de sus piernas, imaginaba que superaba el metro ochenta. Uno ochenta y cinco, quizá.

—Gracias —respondí sin pensar. Y me arrepentí. ¿Gracias? De todas las cosas que podía decir, lo peor era darle las gracias. No quería que pensara que me gustaban sus cumplidos. Porque no me gustaban... en general. No había que ser muy perceptiva para darse cuenta de que era un chico problemático, y bastantes problemas tenía yo en mi vida. No necesitaba más. Tal vez si lo ignoraba, él desistiría de iniciar una conversación. Y entonces podríamos sentarnos juntos en silencio y armonía, como el resto de los compañeros de pupitre en la clase.

—Y además hueles bien —dijo Patch.

—Se llama ducharse. —Permanecí mirando al frente. Al ver que no respondía, me giré hacia él—. Utilizas jabón, champú y agua caliente.

—Y te desnudas. Conozco el ejercicio.

Iba a cambiar de tema cuando sonó el timbre.

—Guardad los libros —dijo el entrenador desde su escritorio—. Voy a repartir un cuestionario para que entréis en calor para el examen del viernes. —Se paró enfrente de mí, humedeciéndose el dedo mientras trataba de separar dos cuestionarios—. Quiero que estéis callados durante quince minutos mientras respondéis a las preguntas. Luego hablaremos del capítulo siete. Buena suerte.

Acabé con las primeras preguntas, respondiéndolas con la rápida fluidez de la información memorizada. Aunque no sirviera para otra cosa, el cuestionario me mantenía concentrada, haciéndome olvidar el accidente de la noche anterior y la voz interior que ponía en duda mi cordura. Cuando hice una pausa para sacudirme un calambre de la mano con que escribía, noté que Patch se inclinaba hacia mí.

—Pareces cansada. ¿Una noche dura? —susurró.

—Te vi en la biblioteca. —Tomé la precaución de mantener mi bolígrafo deslizándose sobre la hoja del cuestionario, aparentando que trabajaba.

—El punto culminante de mi noche.

—¿Me estabas siguiendo?

Echó la cabeza atrás y rio por lo bajo.

Probé de otro modo.

—¿Qué estabas haciendo allí?

—Fui a sacar un libro.

Intuí que el entrenador me observaba y me centré en el cuestionario. Después de responder unas preguntas más, eché una ojeada a mi izquierda. Me sorprendí al ver que Patch me seguía mirando. Sonrió.

Mi corazón dio un vuelco, sobresaltado por su sonrisa extrañamente atractiva. Para mi horror, tan pasmada estaba que se me cayó el bolígrafo. Rebotó sobre el pupitre un par de veces antes de caer al suelo. Patch se inclinó para recogerlo. Me lo ofreció con la palma extendida, y tuve que esforzarme para no rozarle la mano al cogerlo.

—Después de la biblioteca —susurré—, ¿adónde fuiste?

—¿Por qué lo preguntas?

—¿Me seguiste?

—Pareces un poco nerviosa, Nora. ¿Qué te ocurre? —Levantó las cejas con gesto de preocupación. Sólo para aparentar, porque había un brillo de mofa en sus ojos.

—¿Me estás siguiendo?

—¿Por qué iba a seguirte?

—Dímelo tú.

—Nora. —La voz del entrenador me hizo volver al cuestionario, pero no dejé de pensar en cuál habría sido la respuesta de Patch, y eso me daba ganas de estar bien lejos de él. Al otro lado del aula. Al otro lado del universo.

El entrenador hizo sonar su silbato.

—Tiempo. Pasad los cuestionarios hacia delante. El viernes os espera un examen similar. Y ahora… —se frotó las manos sonoramente, y aquel ruido seco me dio escalofríos— pasemos a la lección de hoy. Señorita Sky, ¿puede adivinar cuál es el tema de hoy?

—S-e-x-o —deletreó Vee.

En ese preciso instante desconecté por completo. ¿Me estaba siguiendo Patch? ¿Era su rostro el que se ocultaba detrás de aquel pasamontañas, si es que realmente allí había un rostro? ¿Qué pretendía? De pronto empecé a sentir mucho frío y me cogí los codos. Quería que mi vida volviera a ser lo que era antes de que Patch irrumpiera en ella con rudeza.

Al final de la clase impedí que se marchara.

—¿Podemos hablar?

Él ya estaba de pie, así que se sentó en el borde de la mesa.

—¿Qué pasa?

—Sé que no quieres sentarte a mi lado más de lo que yo quiero sentarme a tu lado. Creo que el entrenador consideraría cambiarnos de sitio si tú se lo pides. Si le explicas la situación…

—¿La situación?

—Que no somos… compatibles.

Se frotó la barbilla, un gesto maquinal al que me había acostumbrado a los pocos días de conocerlo.

—¿No lo somos?

—No es una novedad.

—Cuando el entrenador me solicitó mi lista de atributos deseados en un compañero, yo hablé de ti.

—Pues retíralo.

—Dije: inteligente, atractiva, vulnerable. ¿No estás de acuerdo?

Lo hacía con el único propósito de llevarme la contraria, lo que me ponía aún más nerviosa.

—¿Le dirás al entrenador que nos cambie de sitio o no?

—Paso. Empiezas a gustarme.

¿Qué se suponía que debía responder a eso? Evidentemente estaba buscando que yo reaccionara. Lo que no era difícil, dado que nunca podía saber cuándo hablaba en broma o cuándo era sincero.

Traté de que mi voz sonara relajada.

—Creo que estarías mucho mejor con otro compañero. Y tú lo sabes. —Sonreí, tensa pero amable.

—Me temo que podría acabar sentado al lado de Vee. —Sonrió con la misma amabilidad—. No voy a tentar a mi suerte.

Vee apareció junto a nuestra mesa, mirándome y luego a Patch.

—¿Interrumpo algo?

—No —dije, cerrando bruscamente la cremallera de mi mochila—. Le estaba preguntando a Patch sobre los deberes para esta noche. No recuerdo qué páginas había que leer.

—La tarea está escrita en la pizarra, como siempre —dijo Vee—. ¿Vas a decirme que no la habías leído?

Patch se echó a reír, como si compartiera un chiste privado consigo mismo. No era la primera vez que deseaba saber en qué estaba pensado. Porque a veces tenía la certeza de que esos chistes privados tenían que ver conmigo.

—¿Alguna otra cosa, Nora? —preguntó.

—No —respondí—. Nos vemos mañana.

—Lo esperaré con ansias. —Me guiñó un ojo. De verdad que lo hizo.

Cuando Patch se alejó, Vee me agarró del brazo.

—Buenas noticias. Cipriano, ése es su apellido. Lo leí en la lista del entrenador.

—¿Y por qué se supone que debería alegrarme?

—Todos los alumnos que toman una medicación

recetada tienen que hacerlo constar en la enfermería. —Tiró ligeramente del bolsillo de mi mochila, donde guardaba mis comprimidos de hierro—. Y la enfermería está convenientemente situada en el interior de la dirección, oficina donde, da la casualidad, se guardan todos los archivos de los estudiantes.

Con un brillo en los ojos, Vee enlazó su brazo con el mío y me condujo hacia la puerta.

—Es el momento de llevar a cabo un verdadero trabajo de detective.

CAPÍTULO

¿**P**uedo ayudarte en algo?

Forcé una sonrisa delante de la secretaria del director, esperando que no pareciera tan falsa como en realidad era.

—Tengo una medicación recetada que tomo a diario en el colegio, y mi amiga… —Mi voz se quebró al pronunciar la palabra, y me pregunté si después de ese día volvería a tener ganas de llamar a Vee «mi amiga»—. Mi amiga me informó de que tengo que hacerlo constar en la enfermería. ¿Sabe usted si es así? —No podía creer que estuviera allí con la intención de hacer algo ilícito. Últimamente estaba exhibiendo comportamientos impropios. Primero había ido a buscar a Patch a un salón de juegos de mala fama a altas horas de la noche. Ahora estaba a punto de fisgonear en su archivo de estudiante. ¿Qué me estaba pasando? O mejor, ¿qué me estaba pasando con Patch, que en todo lo relacionado con él yo no podía evitar proceder sin criterio propio?

—Sí, por supuesto —dijo la secretaria—. Todos los medicamentos deben ser registrados. La enfermería está al fondo, tercera puerta a la izquierda, enfrente del departamento de archivos. —Señaló un pasillo a su espalda—. Si la enfermera no está, puedes esperarla en su oficina. Regresará en un minuto.

Fabriqué otra sonrisa. La verdad es que no esperaba que fuera tan fácil.

Avanzando por el pasillo, miré varias veces por encima del hombro. Nadie me seguía. El teléfono de la dirección estaba sonando, pero a un mundo de distancia del pasillo donde me encontraba. Estaba sola, de manos libres.

Me detuve en la tercera puerta a la izquierda. Respiré hondo y llamé, pero por la oscuridad de la ventana era evidente que no había nadie dentro. Empujé la puerta. Se movió con reticencia, chirriando al abrirse a una pequeña habitación con azulejos blancos gastados. Permanecí un momento en la entrada, casi deseando que apareciera la enfermera para no tener otra opción que informar sobre mi medicación y retirarme. Una mirada fugaz al otro lado del pasillo me reveló una puerta con un rótulo en el cristal: ARCHIVOS DE ESTUDIANTES. Dentro estaba oscuro.

Me concentré en un pensamiento que no podía quitarme de la cabeza. Patch afirmaba que no había asistido al colegio el último año. Yo estaba segura de que mentía, pero en caso de que dijera la verdad, ¿habría un expediente a su nombre? «Al menos tendrán las señas de su domicilio —pensé—. Y su cartilla de vacunación, y las notas del último semestre.» Aun así, una posible suspensión parecía un precio demasiado alto por echar un vistazo a la cartilla de vacunación de Patch.

Me apoyé contra la pared y miré el reloj. Vee me había dicho que esperase la señal. Dijo que sabría reconocerla.

Genial.

El teléfono de la dirección volvió a sonar, y la secretaria lo cogió.

Mordiéndome el labio lancé otra mirada fugaz al rótulo de la puerta. ARCHIVOS DE ESTUDIANTES. Era muy probable que la puerta estuviera cerrada con llave. Tal vez los archivos exigían máxima seguridad. Daba igual qué clase de numerito montara Vee; si la puerta estaba cerrada, no iba a poder entrar.

Me cambié la mochila de hombro. Pasó otro minuto. Quizá debería marcharme… Pero ¿y si Vee tenía razón y realmente me estaba acechando? Como su compañera de pupitre en la clase de Biología, el contacto regular con él podía ponerme en peligro. Tenía la responsabilidad de cuidar de mí misma… ¿Verdad que sí?

Si la puerta estaba sin llave y los expedientes ordenados alfabéticamente, no tendría inconveniente en localizar a Patch rápidamente. Añadiendo unos segundos para ojear las páginas en busca de algo sospechoso, posiblemente estaría otra vez fuera en menos de un minuto, casi como si no hubiese entrado.

En la dirección se había instalado un silencio extraño. De repente, Vee apareció en el pasillo. Se acercó a mí bordeando la pared, caminando agazapada, lanzando miradas furtivas por encima del hombro. Era la manera en que caminaban los espías en las películas viejas.

—Todo bajo control —susurró.

—¿Y la secretaria?

—Ha tenido que salir un momento.

—¿Ha tenido? No la habrás dejado incapacitada.

—Esta vez no.

Gracias a Dios.

—Llamé desde el teléfono público que hay fuera para anunciar una amenaza de bomba —dijo Vee—. La secretaria llamó a la policía, y luego salió corriendo en busca del director.

—¡Vee!

Se dio un golpecito en su reloj.

—El tiempo corre. No queremos estar aquí cuando llegue la policía, ¿verdad?

«Dímelo a mí.»

Ambas miramos la puerta de la sala de archivos.

—Apártate —me dijo dándome un empujón con la cadera.

Se tiró de la manga para cubrirse el puño y lo estampó contra la ventana. Nada.

—Ése era de prueba —dijo. Retrocedió para lanzar otro puñetazo pero yo le aferré el antebrazo.

—Puede que no esté cerrada con llave. —Giré el pomo y la puerta se abrió.

—Eso no ha sido nada divertido —dijo Vee.

Cuestión de gustos.

—Entra —me ordenó—. Yo vigilaré. Si todo va bien, nos reuniremos en una hora. Búscame en el restaurante mexicano en la esquina de Drake y Beech. —Y se alejó agazapada por el pasillo.

Estaba con un pie dentro y otro fuera de la estrecha habitación, donde los armarios de los archivos se alineaban de pared a pared. Antes de que mi sentido común me ordenara salir de allí, entré y cerré la puerta, apoyándome contra la hoja.

Respirando hondo me descolgué la mochila y avancé diligente, repasando con el dedo los archivadores. Encontré el rotulado CAR-CUV. Al primer tirón se abrió con un ruido metálico. Las etiquetas de los archivos estaban escritas a mano, y me pregunté si el Coldwater High era el único colegio sin sistema informático que quedaba en el país.

Mis ojos encontraron rápidamente el apellido Cipriano.

Saqué el expediente del cajón repleto. Lo sostuve un instante, tratando de convencerme de que iba a hacer algo no demasiado grave. ¿Y si contenía información privada? Como compañera de Biología de Patch, tenía derecho a saber ciertas cosas.

De pronto se oyeron voces en el pasillo.

Busqué torpemente en el expediente abierto y me estremecí. Aquello no tenía ningún sentido.

Las voces se acercaban.

Metí el expediente sin mirar y empujé el cajón, que volvió a cerrarse con un chirrido. Al darme la vuelta me quedé helada: al otro lado de la ventana el director se paró en seco, con la mirada clavada en mí.

Cualesquiera que fueran las palabras que estuviera dirigiendo al grupo, formado probablemente por los principales profesores del instituto, se fueron apagando.

—Disculpen un momento —le oí decir. El grupo siguió avanzando en medio del bullicio. Él no.

Abrió la puerta.

—Ésta es un área restringida para los alumnos —me informó.

Intenté esbozar un gesto de desamparo.

—Lo siento. Estoy tratando de encontrar la enfermería. La secretaria dijo la tercera puerta a la derecha, pero creo que he contado mal… —Enseñé las palmas de las manos—. Me he perdido.

Antes de darle tiempo a responder, abrí la cremallera de mi mochila.

—Tengo que registrar esto. Es un complemento de hierro —expliqué—. Soy anémica.

Me observó un momento, arrugando la frente. Me pareció verle sopesar qué era preferible: si ocuparse de mí o de una amenaza de bomba. Me indicó con un movimiento de la barbilla que saliera.

—Debe abandonar el edificio inmediatamente.

Se apoyó en la puerta abierta y yo pasé por debajo de su brazo; mi sonrisa claudicó.

Una hora más tarde, me senté en un reservado del restaurante mexicano de la esquina de Drake y Beech. Un cactus de cerámica y un coyote disecado colgaban de la pared por encima de mí. Un mariachi con un sombrero más ancho que su estatura se me acercó con paso lento, rasgueando en su guitarra una cansina serenata, mientras una camarera dejaba el menú sobre la mesa. Fruncí el entrecejo al leer el nombre del local: THE BORDERLINE. Nunca había estado allí, sin embargo, me resultó vagamente familiar.

Vee se acercó y se dejó caer en el asiento de enfrente. El camarero acudió enseguida.

—Cuatro chimis, una doble de crema mexicana, una ración de nachos y una de frijoles —ordenó Vee sin consultar el menú.

—Un burrito —pedí yo.

—¿Querrán la cuenta por separado?

—No pienso invitarla —respondimos al unísono.

Cuando el camarero se fue, dije:

—Cuatro chimis. Me gustaría saber dónde está la fruta.

—No empieces. Tengo hambre. No he comido nada desde el almuerzo. —Hizo una pausa—. Sólo los caramelos picantes, que no cuentan.

Vee es voluptuosa, una rubia escandinava muy sexy de un modo poco convencional. Ha habido días en que nuestra amistad era lo único que ponía freno a mi envidia. Al lado de Vee, lo único que puedo lucir son mis piernas, y quizá mi metabolismo, pero mi pelo desde luego que no.

—Más vale que se dé prisa con los nachos —dijo—. Si no como algo salado en cuarenta y cinco segundos me saldrá urticaria. Y en cualquier caso paso de la dieta.

—Aquí tienen salsa de tomate, que es algo rojo —señalé—. Y el aguacate es una fruta, me parece.

Su rostro se iluminó.

—Y pediremos unos daiquiris de fresa.

Vee tenía razón. Era una dieta fácil de seguir.

—Vuelvo enseguida —dijo saliendo del reservado—. Ya sabes, tengo la regla. Cuando regrese quiero oír la exclusiva.

Mientras la esperaba, me quedé mirando al ayudante de camarero que estaba a unas mesas de distancia. Se afanaba pasando un trapo sobre una mesa. Había algo familiar en sus movimientos, en cómo su camisa le caía sobre la espalda bien moldeada. Casi como si sospechara que lo estaban mirando, se enderezó y se volvió hacia mí. Su mirada se clavó en mis ojos en el preciso instante en que yo comprendía qué encontraba tan familiar en él.

Era Patch.

Me quedé de una pieza, incrédula, cuando recordé que me había dicho que trabajaba en el Borderline.

Se acercó secándose las manos en su delantal, al parecer disfrutando de mi apuro. Mi única salida era esconderme bajo la mesa.

—Vaya, vaya —dijo—. ¿No tienes bastante con verme cinco días a la semana? ¿También te apetece por la noche?

—Lamento esta desafortunada coincidencia.

Se sentó en el sitio de Vee. Apoyó los brazos, tan

largos que llegaban hasta mi lado de la mesa. Cogió mi vaso y lo hizo girar entre sus manos.

—Ese asiento está ocupado —dije. Al ver que no respondía le quité el vaso y bebí un trago de agua, tragándome un hielo sin querer. Me quemó por dentro—. ¿No deberías estar trabajando en lugar de confraternizar con los clientes? —Me atraganté.

Sonrió.

—¿Qué haces el domingo por la noche?

Resoplé involuntariamente.

—¿Me estás invitando a salir?

—Te estás volviendo una engreída. Eso me gusta, ángel.

—Lo que a ti te guste me trae sin cuidado. No pienso salir contigo. Ni una cita. Y menos a solas. —Quise darme de patadas por sentir un acaloramiento al pensar en lo que supondría una cita a solas con Patch. Con toda seguridad, no lo decía en serio. Con toda seguridad, lo único que pretendía era atormentarme por razones que sólo él conocía—. Un momento, ¿acabas de llamarme «ángel»?

—Ajá.

—Pues no me gusta.

Sonrió abiertamente.

—Pues así se queda. Ángel.

Se inclinó sobre la mesa y me pasó el pulgar por la comisura de mi boca. Me aparté, demasiado tarde. Se frotó el pulgar, manchado de brillo de labios, contra el índice.

—Así estás mejor.

Traté de recordar de qué estábamos hablando, pero nada tan difícil como fingir indiferencia después de que me tocara. Me eché el pelo hacia atrás sobre los hombros y retomé el hilo de la conversación.

—En cualquier caso, no me dejan salir por las noches si al día siguiente tengo clase.

—Qué pena. Hay una fiesta en la costa. Pensé que podíamos ir. —Parecía decirlo en serio.

Dios mío. El acaloramiento persistía en mi sangre, así que tomé un trago de agua, procurando enfriarme. Estar a solas con Patch sería intrigante, y peligroso. No sabía exactamente por qué, pero por esta vez confié en mi instinto.

Fingí un bostezo.

—Bueno, como te he dicho, tengo clase al día siguiente. —Con la esperanza de convencerme a mí misma más que a él, añadí—: Y si tanto te interesa esa fiesta, te aseguro que no iré.

«Toma ya —pensé—. Caso cerrado.» Y le solté:

—En cualquier caso, ¿por qué me invitas a mí?

Hasta ese momento me había convencido de que no me importaba lo que Patch pensara de mí, pero entonces supe que me autoengañaba. Y aunque ese pensamiento probablemente regresaría para obsesionarme, sentía suficiente curiosidad por Patch como para ir con él a cualquier sitio.

—Quiero estar a solas contigo —dijo.

Mis defensas se reactivaron ipso facto.

—Escucha, Patch, no quiero ser grosera, pero...

—Sí, ya lo veo.

—¡Bueno, tú empezaste! —Excelente. Una reacción muy madura—. No puedo ir a esa fiesta. Fin de la historia.

—¿Porque tienes clase al día siguiente o porque te da miedo estar a solas conmigo?

—Las dos cosas —se me escapó.

—¿Te dan miedo todos los tíos... o sólo yo?

Puse los ojos en blanco, como diciendo «no-pienso-responder-a-esa-pregunta-estúpida».

—¿Te hago sentir incómoda? —Su boca se mantenía neutra, pero sugería una sonrisa especulativa.

Sí, realmente ejercía una influencia perniciosa sobre mí. Y se las arreglaba para borrar cualquier pensamiento lógico de mi mente.

—Lo siento —respondí—. ¿De qué estábamos hablando?

—De ti.

—¿De mí?

—De tu vida personal.

Me reí, sin saber de qué otro modo reaccionar.

—Si esto tiene que ver conmigo… y el sexo opuesto… Vee ya me ha soltado ese rollo. No necesito oírlo dos veces.

—¿Y qué dice la vieja y sabia Vee?

Oculté mis manos, visto que no era capaz de tenerlas quietas.

—No entiendo por qué estás tan interesado.

Sacudió la cabeza suavemente.

—¿Interesado? Estamos hablando de ti. Estoy fascinado. —Sonrió, y fue una sonrisa fantástica. El efecto fue un incremento de mi pulso.

—Creo que deberías regresar al trabajo —dije.

—¿Sabes?, me gusta pensar que no hay un solo chico en el instituto que esté a la altura de tus expectativas.

—Olvidaba que eres un experto en mis supuestas expectativas —me mofé.

Me estudió de un modo que me hizo sentir transparente.

—No eres muy reservada, Nora. Ni tímida. Sólo necesitas una buena razón para esforzarte por conocer a alguien.

—No quiero hablar más de mí.

—Crees saber todo de todo el mundo.

—Eso no es cierto —dije—. Por ejemplo, no sé mucho acerca de ti.

—Porque no estás dispuesta a conocerme.

No había nada suave en el modo en que lo dijo. De hecho, su expresión era afiladísima.

—He husmeado en tu archivo de estudiante.

Mis palabras pendieron un instante en el aire antes de que los ojos de Patch se encontraran con los míos.

—Estoy seguro de que eso es ilegal —contestó con calma.

—Tu carpeta estaba vacía. No contenía nada. Ni la cartilla de vacunación.

Ni siquiera fingió sorpresa. Se reclinó en el asiento, sus ojos relucientes como la obsidiana.

—¿Me estás diciendo que temes que te contagie de algo? ¿Sarampión o paperas?

—Te estoy diciendo que te veo venir y quiero que lo sepas. No has engañado a todo el mundo. Voy a averiguar qué tramas y te dejaré al desnudo.

—Es lo que más deseo.

Me ruboricé, captando la indirecta demasiado tarde. Por encima de su cabeza divisé a Vee zigzagueando entre las mesas.

—Ahí viene Vee. Tienes que irte.

Pero se quedó allí, observándome.

—¿Por qué me miras así? —lo desafié.

Se inclinó hacia delante para levantarse.

—Porque no eres para nada lo que me esperaba.

—Ni tú —repliqué—. Eres peor.

CAPÍTULO

A la mañana siguiente me sorprendió ver a Elliot entrar en la primera hora de Educación Física justo cuando sonaba el timbre. Llevaba pantalones cortos de baloncesto y una sudadera Nike blanca. Sus zapatillas altas parecían nuevas y caras. Después de entregarle un papel a la señorita Sully, me vio, me saludó con la mano y se acercó a las gradas donde yo estaba.

—Me estaba preguntando cuándo volveríamos a cruzarnos —dijo—. La dirección ha reparado en que no he cursado Educación Física en los últimos dos años. En los colegios privados no es obligatorio. Están debatiendo cómo harán encajar cuatro años válidos de Educación Física en los dos próximos. Así que aquí estoy. Tengo Educación Física en la primera y en la cuarta hora.

—Nunca supe por qué te trasladaron aquí —dije.

—Perdí la beca y mis padres no podían pagar la matrícula.

La señorita Sully hizo sonar su silbato.

—Entiendo que ese silbato significa algo, ¿no? —dijo Elliot.

—Diez vueltas alrededor de la pista —dije poniéndome de pie en la grada—. ¿Eres un atleta?

Elliot se levantó de un salto y se puso a dar rápidos pasos de púgil. Lanzó al aire algunos ganchos y golpes rápidos. Concluyó con un gancho que se detuvo a centímetros de mi barbilla.

—¿Un atleta? —Sonrió—. Hasta el tuétano.

—Te lo vas a pasar en grande con la señorita Sully.

Trotamos juntos las diez primeras vueltas, luego salimos afuera, donde todo estaba teñido de una niebla fantasmal que parecía querer obstruir mis pulmones, ahogándome. El cielo dejó filtrar unas pocas gotas, amenazando con desatar una tormenta sobre la ciudad de Coldwater. Me volví hacia las puertas del edificio, pero sabía que era inútil: la señorita Sully era una entusiasta.

—Necesito dos capitanes para el partido de béisbol —voceó—. Venga, a ver si espabiláis. ¡Quiero ver esas manos en el aire! Si no hay voluntarios formaré yo misma los equipos, y no suelo ser justa.

Elliot levantó la mano.

—Muy bien —dijo la profesora—. Aquí, junto a la meta. Y qué tal… Marcie Millar como capitán del equipo rojo.

Marcie miró a Elliot.

—Venga.

—Adelante, Elliot, elige tú primero —dijo la señorita Sully.

Rascándose la barbilla, Elliot observó detenidamente a la clase, como si con sólo mirarnos pudiera evaluar nuestras habilidades para batear y parar la bola.

—Nora —escogió.

Marcie echó la cabeza atrás y rio.

—Gracias —dijo a Elliot, dirigiéndole la típica sonrisa desarmante que, por razones que no alcanzo a comprender, idiotiza al sexo opuesto.

—¿Por qué? —preguntó Elliot.

—Por regalarnos el partido. —Marcie me señaló con el dedo—. Hay cien razones por las que yo soy animadora y Nora no. La coordinación es la primera de ellas.

La miré con ojos entornados, luego fui hacia Elliot y me puse a su lado, tapándome la cabeza con un suéter azul.

—Nora y yo somos amigos —dijo Elliot a Marcie serenamente, casi con frialdad. Era una exageración, pero no iba a corregirlo.

Marcie lo recibió como un cubo de agua helada, y yo lo disfruté.

—Eso es porque no has conocido a nadie mejor. Como yo. —Marcie se enroscó un mechón de pelo en un dedo—. Marcie Millar. Pronto oirás hablar de mí.

—O tenía un tic en el ojo, o le lanzó un guiño.

Elliot no respondió, y mi valoración respecto de él aumentó unos puntos. Un hombre inferior habría caído de rodillas e implorado por la mínima atención que Marcie estuviera dispuesta a concederle.

—¿Vamos a quedarnos aquí toda la mañana esperando a que llueva o nos ponemos a trabajar? —terció la señorita Sully.

Una vez formados los dos equipos, Elliot llevó a los nuestros a la caseta de jugadores y decidió el orden de bateo. Me entregó un bate y me colocó un casco.

—Tú serás la primera, Grey. Todo lo que necesitamos es un sencillo.

Mientras practicaba mi swing, a punto de darle a Elliot con el bate, dije:

—Pero yo tengo ganas de una carrera.

—También marcaremos un jonrón. —Me envió al *home*—. Ve a ocupar tu posición y practica tu swing.

Me puse el bate al hombro, pensando que quizá debería haber prestado más atención durante las Series Mundiales. Vale, quizá debería haberlas visto. Mi casco se deslizó hasta taparme la vista y yo lo levanté tratando de divisar el campo interior, perdido entre macabras volutas de niebla.

Marcie Millar ocupaba su lugar en el montículo del lanzador. Sostenía la bola delante de su rostro y advertí que me enseñaba el dedo corazón levantado. Me dirigió otra sonrisa de las suyas y me lanzó la bola.

La cogí de refilón, enviándola a la zona de tierra, fuera de la línea de foul.

—¡Strike uno! —gritó la profesora desde su posición entre la primera y la segunda base.

—¡Llevaba demasiado efecto, lánzale una limpia! —gritó Elliot desde la caseta. Tardé en darme cuenta de que le hablaba a Marcie y no a mí.

Marcie volvió a lanzar y la bola trazó un arco bajo el cielo sombrío. Intenté golpearla, pero esta vez fallé por completo.

—¡Strike dos! —anunció Anthony Amowitz detrás de su máscara de receptor.

Lo miré con dureza.

Me aparté de la base del bateador y practiqué mi swing repetidas veces. Casi no vi que Elliot se acercaba por detrás. Me rodeó con los brazos y colocó sus manos sobre el bate, alineadas con las mías.

—Deja que te enseñe —me dijo al oído—. Así. ¿Lo pillas? Ahora relájate. Gira las caderas, el truco está en las caderas.

Sentía un intenso calor en el rostro mientras toda la clase nos miraba.

—Creo que ya lo tengo, gracias.

—¡Idos a un hotel! —nos gritó Marcie.

Los jugadores se rieron.

—Si tuvieras un lanzamiento decente ella golpearía la bola —le respondió Elliot.

—Yo sé lanzar.

—Y ella sabe batear. —Y me susurró—: Pierde el contacto visual en el instante que arroje la bola. Sus lanzamientos no son limpios, así que tendrás que esforzarte para alcanzarlos.

—¡Venga, estáis retrasando el juego! —nos gritó la señorita Sully.

Fue entonces cuando algo en el aparcamiento, más allá de la caseta de jugadores, me llamó la atención. Me pareció oír mi nombre. Me di la vuelta, aunque sabía que nadie me había llamado en voz alta. Mi nombre había sido susurrado en mi mente.

«Nora.»

Patch llevaba una gorra de béisbol azul. Estaba apoyado contra la valla con los dedos en el tejido de alambre. No llevaba ningún abrigo, a pesar del tiempo. Iba todo de negro. Me miraba con ojos opacos e inaccesibles, pero sospeché que detrás de ellos ocurrían muchas cosas.

Otra sarta de palabras invadió mi mente.

«¿Aprendiendo a batear? Bonito detalle.»

Respiré con calma y me dije que aquellas palabras sólo estaban en mi imaginación. La otra posibilidad era que Patch tuviera el poder de conducir pensamientos al interior de mi mente, lo cual era imposible. Simplemente no podía ser. A menos que yo sufriera un trastorno delirante. Eso me asustó más que la idea de que él hubiese transgredido los métodos de la comunicación normal y pudiese, a voluntad, hablarme sin siquiera abrir la boca.

—¡Grey! ¡Concéntrate en el juego!

Pestañeé, reaccionando justo a tiempo para ver la bola viniendo hacia mí. Fui a batear, pero entonces oí otro goteo de palabras.

«No... aún no.»

Me refrené, esperando que la bola me llegara. A medida que descendía di un paso al frente de la base del bateador. Bateé con todas mis fuerzas.

Se oyó un crujido tremendo y el bate vibró en mis manos. La bola salió disparada hacia Marcie, que cayó sobre su trasero. Pasando entre el jugador medio y la segunda base, la bola fue a parar a los jardines.

—¡Corre! —gritó todo mi equipo desde la caseta—. ¡Corre, Nora!

Corrí.

—¡Suelta el bate! —gritaron.

Lo solté.

—¡Párate en la primera base!

No lo hice.

Nada más llegar a la esquina de la primera base, giré y eché a correr hacia la segunda. El campo izquierdo ahora tenía la bola, en posición para dejarme fuera. Agaché la cabeza, seguí corriendo y traté de recordar cómo alcanzaban la base los profesionales que jugaban en la televisión. ¿Con los pies por delante? ¿De cabeza? ¿Frenaban, caían y rodaban?

La bola salió volando hacia la segunda base, una cosa blanca que giraba en algún punto de mi visión periférica. Un excitado cántico religioso trajo a mis oídos la palabra «¡Tírate!», pero yo seguía sin saber con qué debía alcanzar la tierra primero, si con los pies o con las manos.

El jugador de la segunda base cogió la bola en el aire. Me zambullí de cabeza, con los brazos extendidos. El guante salió de la nada, abatiéndose en picado sobre mí. Me dio en la cara con su fuerte olor a cuero. Mi cuerpo se desarmó en la tierra, un montón de polvo y arena disolviéndose bajo mi lengua.

—¡Eliminada! —gritó la señorita Sully.

Caí de lado y me palpé el cuerpo en busca de heridas. Tenía una sensación de ardor en las piernas, una extraña mezcla de calor y frío, y me quedaría corta si dijera que, al levantarme el chándal, tuve la impresión de que dos gatos habían caído encima de mis muslos. Llegué cojeando a la caseta de los jugadores y me desplomé sobre el banquillo.

—Una maravilla —dijo Elliot.

—¿Mi acrobacia suicida o mi pierna destrozada? —Con la rodilla contra el pecho me sacudí tanta tierra como pude.

Elliot se inclinó y me sopló la rodilla. Las costras más grandes de tierra cayeron al suelo.

Hubo un silencio incómodo.

—¿Puedes andar? —me preguntó.

Me puse de pie, demostrando que, si bien mi pierna era un desastre de rasguños y polvo, todavía podía usarla.

—Puedo llevarte a la enfermería. Coge tu mochila —dijo.

—¿Te parece? Estoy bien. —Miré hacia la valla, donde había visto a Patch por última vez, pero ya no estaba allí.

—¿Ese que estaba en la valla es tu novio? —me preguntó Elliot.

Me sorprendió que Elliot hubiese reparado en la presencia de Patch. Estaba de espaldas a la valla.

—No. Sólo un amigo. En realidad, ni siquiera eso. Es un compañero de la clase de Biología.

—Te estás sonrojando.

—Debe de ser el viento.

La voz de Patch todavía resonaba en mi cabeza. Mi corazón latía más rápido, pero, en cambio, mi sangre se enfriaba. ¿Me había hablado a través del pensamiento? ¿Había un vínculo entre nosotros que permitía que eso ocurriese? ¿O me estaba volviendo loca?

Elliot no parecía muy convencido.

—¿De verdad no hay nada entre vosotros? No quiero cortejar a una chica que no está disponible.

—Nada. —Y en cualquier caso, yo no iba a permitir que lo hubiera.

«Eso está por verse.»

¿Qué había dicho Elliot?

—¿Perdona? —dije.

Él sonrió.

—El Delphic Seaport vuelve a abrir el sábado por la noche. Jules y yo estamos pensando en ir. Parece que el tiempo no será demasiado malo. ¿Tal vez Vee y tú queráis venir?

Me lo pensé. Si rehusaba una invitación de Elliot, Vee me mataría. Además, salir con Elliot parecía una buena manera de escapar a la atracción que sentía por Patch.

—Parece un buen plan —respondí.

CAPÍTULO

Era sábado por la noche y Dorothea y yo estábamos en la cocina. Ella acababa de meter una cazuela en el horno y estaba repasando la lista de tareas que mi madre le había dejado en la puerta de la nevera.

—Ha llamado tu madre. No regresará hasta el domingo por la noche —me dijo mientras fregaba con detergente la pila de la cocina con una energía que me hacía doler el brazo—. Ha dejado un mensaje en el contestador. Quiere que la llames. ¿Has estado llamando cada noche antes de irte a la cama?

Yo estaba sentada en un taburete, comiendo un bollo de pan con mantequilla. Acababa de darle un mordisco, pero Dorothea me miraba esperando una respuesta.

—Hummm-hum —asentí.

—Hoy ha llegado una carta del instituto. —Señaló con la barbilla las cartas que había sobre el aparador—. ¿Puede que sepas de qué se trata?

Me encogí de hombros con esmerada inocencia y dije:

—Ni idea.

Pero tenía una idea bastante clara. Doce meses atrás había abierto la puerta de mi casa para encontrarme con la policía. «Tenemos malas noticias», dijeron. El entierro de mi padre fue una semana más tarde. Desde entonces, todos los lunes por la tarde acudía a mi sesión con el doctor Hendrickson, el psicólogo del instituto. Había faltado a las últimas dos, y si no las recuperaba esa semana me metería en problemas. La carta probablemente era una advertencia.

—¿Tienes planes para esta noche? ¿Tú y Vee habéis pensado en algo? ¿Tal vez una película aquí en casa?

—Tal vez. De verdad, Dorth, yo puedo limpiar la pila más tarde. Ven a sentarte y… cómete la otra mitad de mi bollo.

El moño gris de Dorothea se le deshacía mientras fregaba.

—Mañana voy a una conferencia —dijo—. En Portland. Hablará la doctora Melissa Sanchez. Ella dice que una puede sentirse más sexy a través de la mente. Las hormonas son drogas peligrosas. A menos que le digamos lo que queremos, tienen un efecto contraproducente. Se nos vuelven en contra. —Se giró y me apuntó con el envase de detergente para enfatizar—. Ahora me levanto por la mañana y escribo con el pintalabios en el espejo: «Soy sexy. Los hombres me desean. Los sesenta y cinco son como unos nuevos veinticinco.»

—¿Crees que funciona? —pregunté, intentando no sonreír.

—Funciona —respondió.

Me lamí los dedos con mantequilla mientras pensaba una respuesta apropiada.

—Así que vas a dedicar el fin de semana a reinventar tu lado sexy.

—Toda mujer necesita reinventar su lado sexy. Dicho

así me gusta. Mi hija se ha hecho implantes. Dice que lo hizo para ella misma, pero ¿qué mujer se pone tetas para ella misma? Son una carga. Se ha puesto tetas para satisfacer a un hombre. Espero que tú no hagas estupideces por un chico, Nora. —Agitó el dedo.

—Créeme, Dorth, no hay chicos en mi vida. —De acuerdo, quizás había dos al acecho en la periferia, rondando, pero como no conocía lo suficiente a ninguno de los dos, y uno de ellos me asustaba, parecía más seguro cerrar los ojos y hacer como si no estuvieran allí.

—Eso es bueno y malo. Si das con el chico equivocado, te metes en problemas. Si encuentras al chico apropiado, encuentras el amor. —Su voz se suavizó con la reminiscencia—. Cuando era una jovencita en Alemania, tuve que escoger entre dos muchachos. Uno era muy malvado. El otro era mi Henry. Estuvimos felizmente casados durante cuarenta y un años.

Era el momento de cambiar de tema.

—¿Cómo está tu ahijado... Lionel?

Entornó los ojos.

—¿Te gusta el pequeño Lionel?

—Nooo...

—Yo podría arreglar algo…

—No, Dorothea, de verdad. Gracias, pero… ahora mismo estoy muy concentrada en los estudios. Quiero ir a una universidad de rango superior.

—Si acaso más adelante.

—Te lo diré.

Terminé mi bollo acompañada por el rumor de la charla monótona de Dorothea, interponiendo inclinaciones de cabeza y algún que otro «ajá» cada vez que ella hacía una pausa a la espera de una respuesta. Pero lo que de verdad me preocupaba era si quería quedar con Elliot esa noche. Al principio me había parecido una gran idea, pero cuanto más lo pensaba, más dudaba. Por una parte, lo había conocido hacía apenas un par de días. Y por otra, no estaba segura de cómo se lo tomaría mi madre. Se estaba haciendo tarde, y el Delphic estaba por lo menos a media hora en coche. Además, los fines de semana el Delphic era famoso por su desenfreno.

Sonó el teléfono y el número de Vee apareció en el identificador de llamadas.

—¿Hacemos algo esta noche? —quiso saber.

Abrí la boca, sopesando mi respuesta, pero cuando le comenté la invitación de Elliot no hubo vuelta atrás.

Lanzó un chillido.

—¡Oh, Dios mío! ¡Dios mío, Dios mío, Dios mío! Acabo de derramar el esmalte de uñas sobre el sofá. Espera, voy por una toallita de papel. ¿El esmalte sale con agua? —Al cabo regresó—. Creo que he arruinado el sofá. Esta noche tenemos que salir. No quiero estar aquí cuando descubran mi última obra de arte accidental.

Dorothea había bajado al cuarto de baño. No tenía ganas de escucharla quejarse de las instalaciones mientras limpiaba, así que me decidí.

—¿Qué te parece el Delphic Seaport? Elliot y Jules irán. Quieren quedar.

—¡Me estás dando demasiados detalles! Reserva la información vital, Nora. Paso a recogerte en un cuarto de hora. —Y colgó.

Subí y me puse un suéter blanco de cachemira ajustado, unos tejanos oscuros y unos mocasines azul marino. Di forma al cabello que enmarca mi rostro enroscándolo en mi dedo, como había aprendido a manejar mis rizos naturales, y… *voilà!* Unos espirales bastante decentes. Me aparté del espejo dos veces y me dije que era una mezcla de chica simpática y sexy.

Cinco minutos después, Vee subió con el Neon el

camino de la entrada e hizo sonar el claxon en modo *staccato*. A mí me llevaba diez minutos recorrer la distancia entre nuestras casas, pero por lo general respetaba el límite de velocidad. Vee comprendía la palabra «velocidad», pero «límite» no formaba parte de su vocabulario.

—Me voy al Delphic Seaport con Vee —dije en voz alta para que me oyera Dorothea—. Si llama mi madre, ¿te importaría pasarle el mensaje?

Dorothea salió anadeando del cuarto del baño.

—¿Hasta el Delphic? ¿A esta hora?

—¡Que te diviertas en tu conferencia! —dije escapándome por la puerta antes de que ella pudiera protestar o hacer que mi madre se pusiera al teléfono.

Vee llevaba su pelo rubio recogido en una coleta, con algunos rizos gruesos colgando. Unas argollas de oro pendían de sus orejas. Lápiz de labios color cereza. Pestañas negras y largas.

—¿Cómo lo has hecho? —pregunté—. Tenías cinco minutos para estar lista.

—Siempre lista. —Vee me lanzó una sonrisa—. Soy el sueño de cualquier *boy scout*.

Me inspeccionó con ojo crítico.

—¿Qué? —dije.

—Esta noche vamos a quedar con unos chicos.

—Por lo último que he sabido, así es.

—A los chicos les gustan las chicas que parecen… chicas.

Enarqué las cejas.

—Y yo ¿qué parezco?

—Pareces una que ha salido de la ducha y ya está. No me malinterpretes. La ropa está bien, el pelo está bien, pero el resto… Aquí tengo algo. —Metió la mano en su bolso—. Como soy una buena amiga, te presto mi pintalabios. Y mi rímel, pero si antes me juras que no tienes ninguna enfermedad ocular contagiosa.

—¡No tengo ninguna enfermedad ocular!

—Vale, sólo lo pregunto por cubrirme las espaldas.

—Bah, olvídalo.

Vee se quedó boquiabierta; no se podía creer que no quisiera maquillarme.

—¡Te sentirás desnuda sin esto!

—Exactamente.

La verdad, no tenía muy claro lo de ir a la fiesta sin maquillaje. No porque me sintiera un poco desnuda, sino porque Patch me había sugerido lo de no maquillarme. Para convencerme, me dije que mi dignidad no estaba en juego. Ni mi orgullo. Me habían hecho una sugerencia y yo era lo bastante abierta como para probarla. Lo que no quería admitir era que para probarla había escogido una noche en la que no me encontraría con Patch.

Media hora más tarde, Vee conducía por el camino de acceso del Delphic Seaport. Tuvimos que dejar el coche en la zona más apartada del aparcamiento, debido a la afluencia del fin de semana. Situado sobre la costa, el Delphic Seaport no era conocido precisamente por su clima templado. Un viento a ras del suelo arrastraba bolsas de palomitas y envoltorios de caramelos, arremolinándolos a nuestros pies, mientras nos dirigíamos a la taquilla. Hacía tiempo que los árboles habían perdido sus hojas, y las ramas se extendían amenazadoramente sobre nosotras como dedos desarticulados. El Delphic Seaport era toda una atracción durante el verano, con sus instalaciones recreativas, sus bailes de máscaras, sus puestos de videncia, sus músicos gitanos y su espectáculo de fenómenos. Nunca supe si las deformidades humanas eran reales o una ilusión.

—Un adulto, por favor —pedí a la taquillera.

Ella cogió el dinero y deslizó una pulsera por debajo de la ventanilla. Luego sonrió, enseñando sus dientes blancos de vampiro, de plástico y manchados de pintalabios rojo.

—Que te diviertas —dijo con voz lúgubre—. Y no dejes de visitar nuestra atracción recientemente remodelada. —Dio un golpecito en el cristal señalándome una pila de mapas y folletos.

Cogí uno mientras me dirigía a los torniquetes. El texto rezaba:

PARQUE DE ATRACCIONES DELPHIC
¡LA SENSACIÓN MÁS NOVEDOSA!
EL ARCÁNGEL
¡REMODELADO Y RENOVADO!
PIERDA LA GRACIA DIVINA EN UNA CAÍDA VERTICAL
DE TREINTA METROS

Vee leía el folleto por encima de mi hombro. Sus uñas amenazaban con perforarme el brazo.

—¡Tenemos que montarnos! —aulló.

—Al final —le prometí, con la esperanza de que si visitábamos primero las demás atracciones se olvidara de ésa. Hacía años que no sentía miedo a las alturas, quizá porque las había evitado concienzudamente. No sabía si ya estaba preparada para averiguar si el tiempo había disipado mi miedo.

Después de pasar por la noria, los autos de choque, la alfombra mágica y algunas cabinas de juego, Vee y yo decidimos que era el momento de buscar a Elliot y a Jules.

—A ver… —dijo Vee mirando los dos caminos que circunvalaban el parque.

Un momento de silencio.

—El salón de juegos —dije finalmente.

—Correcto.

Acabábamos de cruzar las puertas del salón de juegos cuando lo vi. No era Elliot. Tampoco Jules.

Era Patch.

Me lanzó una mirada desde su videojuego. La misma gorra de béisbol que llevaba cuando lo vi durante la clase de Educación Física le ocultaba gran parte de la cara, pero vislumbré el destello de una sonrisa. A primera vista me pareció simpática, pero luego recordé cómo había irrumpido en mis pensamientos y se me heló la sangre.

Con un poco de suerte, Vee no lo habría visto. La hice avanzar poco a poco entre la gente, consiguiendo que Patch quedara fuera de su vista. Lo último que quería era que ella insistiera en acercarnos y entablar una conversación.

—¡Allá están! —exclamó Vee, agitando la mano por encima de su cabeza—. ¡Jules! ¡Elliot! ¡Aquí!

—Buenas noches, señoritas —dijo Elliot abriéndose paso entre la multitud. Jules seguía su estela, con la frescura de un trozo de carne de hace tres días—. ¿Me dejáis que os invite a una Coca-Cola?

—Me parece bien —respondió Vee, mirando a Jules—. Para mí una *diet*.

Jules se disculpó para ir al servicio y desapareció entre el gentío.

Al cabo de cinco minutos, Elliot regresó con dos Coca-Colas, que nos entregó. Se frotó las manos y contempló el salón.

—Bien, ¿por dónde empezamos? —dijo.

—¿No deberíamos esperar a Jules? —preguntó Vee.

—Nos encontrará.

—Hockey de aire —propuse. El hockey de aire estaba en el otro lado del salón de juegos. Cuanto más lejos de Patch, mejor. Seguramente era una coincidencia que estuviera allí, pero mis instintos recelaban.

—¡Mirad! —exclamó Vee—. ¡Un futbolín! —Y se abrió camino en zigzag rumbo a la mesa—. Jules y yo contra vosotros dos.

—Es justo —dijo Elliot.

El futbolín habría estado bien si no fuera porque se hallaba a escasa distancia de Patch y su videojuego. Me propuse ignorarlo. Si estaba de espaldas a él, apenas repararía en su presencia. Quizá Vee tampoco lo viera.

—Oye, Nora, ¿ése no es Patch? —dijo Vee.

—¿Eh?

Ella señaló con el dedo.

—Ese de allí. Es él, ¿no?

—No lo sé. Elliot y yo somos el equipo blanco, ¿vale?

—Patch se sienta con Nora en la clase de Bio —explicó Vee. Me guiñó un ojo con picardía, pero puso cara de inocente cuando Elliot se volvió hacia ella.

La miré sacudiendo la cabeza sutilmente pero con firmeza, transmitiéndole un perentorio «para-ya».

—Está mirando hacia aquí —dijo Vee entre dientes. Se inclinó sobre el futbolín, dando a entender que su conversación conmigo era privada, pero susurró alto para que Elliot la oyera—. Tiene que estar preguntándose qué haces aquí con... —Movió la cabeza señalando a Elliot.

Cerré los ojos. ¿Para qué quería enemigos con amigas así?

—Patch ha dejado claro que quiere ser algo más que el compañero de pupitre de Nora —continuó Vee—. Y no se le puede culpar, desde luego.

—¿De veras? —dijo Elliot, lanzándome una mirada de «no-me-sorprende».

Vee me dedicó una sonrisa triunfal de «agradécemelo-más-tarde».

—No es así —la corregí—. Es...

—Es peor que eso —remachó mi amiga—. Nora sospecha que la está siguiendo. La policía está a punto de intervenir.

—¿Jugamos de una vez? —dije levantando la voz, y coloqué la bola en el centro del tablero. Nadie me hizo caso.

—¿Quieres que hable con él? —se ofreció Elliot—. Le diré que no queremos problemas. Le diré que estás conmigo, y que si tiene un problema lo discuta conmigo.

Dios mío, no quería que la conversación tomara ese rumbo.

—¿Qué pasa con Jules? —pregunté—. Dijo que volvía enseguida.

—Es cierto, quizá se lo ha tragado el váter —observó Vee.

—Déjame hablar con Patch —dijo Elliot.

Si bien apreciaba su preocupación, no me gustaba la idea de que se enfrentara a Patch. Éste era un factor X: intangible, espeluznante, desconocido. ¿Quién sabía de lo que era capaz? Elliot era demasiado bueno para ser enviado a los leones.

—No me asusta —añadió Elliot, como si me leyera el pensamiento.

Evidentemente, no estábamos de acuerdo.

—Es una mala idea —dije.

—Al contrario, es una idea genial —me contradijo Vee—. De otro modo, Patch podría ponerse violento. ¿Recuerdas la última vez?

—¿La última vez? —repetí con afectación. No tenía ni idea de por qué Vee se obstinaba, aparte de su inclinación por dramatizarlo todo. Lo que para ella era un drama, para mí era una humillación morbosa.

—Ese tío parece un bicho raro —dijo Elliot—. Le diré un par de cosas. —Y se dio la vuelta para ir hacia él.

—¡No! —exclamé, reteniéndolo por la manga—. Él... esto... podría volver a ponerse violento. Déjame hablar a mí. —Entorné los ojos mirando a Vee.

—¿Estás segura? —preguntó Elliot—. No tengo problema en ocuparme yo.

—Creo que será mejor si voy yo.

Me sequé el sudor de las palmas en los tejanos, respiré hondo y me encaminé hacia Patch, unos pocos juegos de consola más allá. No tenía ni idea de qué iba a decirle. Esperaba que fuera sólo un saludo breve, para regresar luego con Elliot y con Vee y decirles que todo estaba en orden.

Patch vestía como siempre: camisa negra, tejanos negros y un collar plateado que contrastaba con su tez oscura. Estaba arremangado por encima del antebrazo y sus músculos se tensaban mientras pulsaba los botones. Era alto, delgado y fuerte, y no me habría sorprendido que bajo su ropa tuviera cicatrices, recuerdos de peleas callejeras y otras hazañas. No es que quisiera mirar bajo su ropa.

Cuando llegué a la consola de Patch, apoyé una mano en el lateral para llamar su atención y, con la voz más calmada posible, dije:

—¿Es un Pac-Man? ¿O un Donkey Kong? —En realidad parecía un juego más violento y militar.

Él esbozó una sonrisa lenta.

—Es un juego de béisbol. Quizá podrías colocarte detrás de mí y darme algunas indicaciones.

Las bombas estallaban en la pantalla y los cuerpos volaban por los aires en medio de gritos electrónicos. No, no era un juego de béisbol.

—¿Cómo se llama? —me preguntó Patch, dirigiendo una mirada casi imperceptible al futbolín.

—Elliot. Oye, tengo que ser breve. Me están esperando.

—¿Le he visto antes?

—Es nuevo. Acaban de trasladarlo.

—Primera semana en el colegio y ya está haciendo amigas. Un tipo afortunado. —Me miró de reojo—. Puede que tenga un lado oscuro y peligroso que no conocemos.

—Parece que es mi especialidad.

Esperé a ver si lo pillaba, pero se limitó a responder:

—¿Te apetece una partida? —Giró la cabeza hacia el fondo de la sala. A través del gentío sólo se alcanzaba a ver las mesas de billar.

—¡Nora! —me llamó Vee—. Ven aquí. ¡Elliot me está dando una paliza!

—Debo volver con mis amigos —le dije a Patch.

—Si gano —dijo, como si no estuviera dispuesto a aceptar un no—, le dirás a Elliot que te ha surgido algo. Le dirás que ya no estás libre esta noche.

Menuda arrogancia.

—¿Y si gano yo? —No pude evitar replicar.

Me miró de arriba abajo.

—No creo que tengamos que preocuparnos por eso.

Impulsivamente le di un puñetazo en el brazo.

—Ten cuidado —murmuró—. Podrían pensar que estamos flirteando.

Tuve ganas de darme de bofetones, porque eso era exactamente lo que estábamos haciendo. Pero no era culpa mía, sino de él. En su presencia, yo experimentaba una confusa polaridad de deseos. Parte de mí quería salir corriendo al grito de «¡Fuego! ¡Fuego!», pero mi parte más temeraria anhelaba saber hasta dónde podía acercarme sin quemarme.

—Una partida de billar —me desafió.

—Estoy con mis amigos.

—Ve hacia las mesas. Yo me ocuparé de eso.

Me crucé de brazos, esperando parecer severa y un poco exasperada, pero al mismo tiempo tuve que morderme el labio para reprimir una sonrisa.

—¿Qué piensas hacer? ¿Pelearte con Elliot?

—Sólo si es necesario.

Seguro que bromeaba. ¿Seguro?

—Acaba de desocuparse una mesa. Ve y cógela.

«A que no te atreves.»

Me envaré.

—¿Cómo lo has hecho?

Al ver que no lo negaba, sentí una punzada de pánico. Era real. Él sabía exactamente lo que estaba haciendo. Las palmas se me cubrieron de sudor.

—¿Cómo lo has hecho? —insistí.

Me dirigió una sonrisa astuta.

—¿Hacer qué?

—No finjas que no lo estás haciendo —le advertí.

Apoyó un hombro en la máquina y me miró.

—Dime qué es lo que supuestamente estoy haciendo.

—Mis… pensamientos.

—¿Qué pasa con ellos?

—Corta el rollo, Patch.

Miró alrededor con histrionismo.

—No querrás decir que... me comunico con tu mente, ¿verdad? Sabes que eso es imposible.

Tragué saliva y, con la calma que logré reunir, dije:

—Me das miedo, y no creo que vayas a hacerme ningún bien.

—Podría hacerte cambiar de opinión.

—¡Noooooora! —me llamó Vee por encima del estrépito de voces y de pitidos electrónicos.

—Búscame en el Arcángel.

Retrocedí.

—Ni hablar —dije impulsivamente.

Patch me rodeó casi rozándome y un escalofrío recorrió mi espalda.

—Te estaré esperando —me susurró al oído. Y salió del salón de juegos.

CAPÍTULO

egresé al futbolín algo aturdida. Elliot estaba encorvado sobre el tablero con gesto de concentración competitiva. Vee chillaba y se reía. Jules seguía sin aparecer.

Mi amiga levantó la vista del tablero.

—Bueno, ¿qué ha pasado? ¿Qué te ha dicho?

—Nada. Le he dicho que no nos molestara y se ha ido.

—Pues no parecía alterado cuando se ha marchado —observó Elliot—. Sea lo que sea que le hayas dicho, ha funcionado.

—Qué pena —se lamentó Vee—. Esperaba un poco de acción.

—¿Listos para jugar? —preguntó Elliot—. Estoy deseando ganarme una pizza a pulso.

—Yo estoy lista, si Jules regresa —dijo Vee—. Estoy empezando a pensar que no le caemos bien. Sigue desaparecido. Quizás es un mensaje no verbal.

—¿Bromeas? Está encantado con vosotras, chicas —dijo Elliot, con excesivo entusiasmo—. Es sólo que le cuesta relacionarse. Iré a buscarlo. No os mováis de aquí.

Nada más quedarnos solas, le dije a Vee:

—Voy a matarte, ¿lo sabes?

Ella levantó las manos y retrocedió.

—Era por hacerte un favor. Elliot está loco por ti. Cuando te has ido le he dicho que tienes a unos diez chicos llamándote todas las noches. Tendrías que haberle visto la cara. Apenas si podía disimular los celos.

Lancé un gruñido.

—Es la ley de la oferta y la demanda —dijo Vee, tan pragmática ella—. ¿Quién hubiera dicho que estudiar economía iba a servirnos de algo?

Miré hacia las puertas del salón.

—Necesito algo —dije.

—¿A Elliot, quizá?

—No: necesito azúcar. Mucha. Un algodón azucarado. —Lo que necesitaba era una goma de borrar gigante para suprimir todas las huellas que dejaba Patch en mi vida. Sobre todo, las de su comunicación telepática. Me estremecí. ¿Cómo lo hacía? ¿Y por qué a mí? A menos que… sólo fuera mi imaginación. Igual que cuando me imaginé atropellando a alguien con el coche de Vee.

—A mí tampoco me vendría mal un chute de azúcar —contestó Vee—. Hay un vendedor cerca de la entrada. Yo me quedaré aquí para que Jules y Elliot no piensen que nos hemos ido. Tú ve por el algodón.

Una vez fuera, desanduve el camino hasta la entrada, pero al localizar al vendedor de algodones me vi atraída por la montaña rusa al final del pasaje peatonal. El Arcángel, un serpenteante convoy de vagonetas, se elevó por encima de los árboles y pasó a toda velocidad sobre los rieles iluminados, desapareciendo de mi vista. Me pregunté por qué Patch quería que nos encontrásemos allí. Sentí una punzada en el estómago y, a pesar de todo, me vi enfilando el pasaje rumbo al Arcángel.

Inmersa entre los peatones, mantenía la vista fija a lo lejos, en los rieles donde las vagonetas del Arcángel ondulaban en el cielo. El viento había pasado de frío a helado, pero ésa no era la razón de que me sintiera cada vez más turbada. La sensación volvió a hacerse presente. Aquella sensación escalofriante y vertiginosa de que alguien me observaba.

Eché una mirada furtiva a ambos lados. Nada extraño en mi visión periférica. Di un giro de ciento ochenta grados. Un poco más atrás, en un pequeño patio de árboles, una figura encapuchada se dio la vuelta y desapareció en la oscuridad.

Con el corazón acelerado adelanté a un grupo numeroso de peatones, alejándome del patio. Tras avanzar unos cuantos pasos, volví a mirar atrás. Nadie parecía estar siguiéndome.

Al reanudar la marcha choqué contra alguien.

—Perdone —dije, tratando de recuperar el equilibrio.

Patch me sonrió.

—Perdonada.

Lo miré entre parpadeos.

—Déjame en paz.

Traté de esquivarlo, pero me agarró del brazo.

—¿Qué te ocurre? Parece que vayas a vomitar.

—Es el efecto que me produces —le espeté.

Se rio y me dieron ganas de patearle las espinillas.

—No te vendría mal un refresco. —Todavía me sujetaba del brazo, y me arrastró hasta un puesto de limonadas.

Me empeciné.

—¿De verdad quieres ayudarme? Pues apártate de mí.

Me quitó un rizo de la cara.

—Me encanta tu pelo. Me encanta cuando se alborota. Es como ver una parte de ti que necesita expresarse más a menudo.

Me alisé el pelo con rabia, pero caí en la cuenta de que parecía estar arreglándome para él.

—Tengo que irme —dije—. Vee me está esperando. —Una pausa—. Supongo que te veré el lunes en clase.

—Móntate en el Arcángel conmigo.

Levanté la vista. Los chillidos retumbaban en el aire mientras las vagonetas pasaban con gran estruendo.

—Dos personas por asiento. —Su sonrisa se volvió atrevida.

—Ni hablar.

—Si sigues huyendo de mí, nunca sabrás lo que está ocurriendo.

Aquel comentario tendría que haberme hecho huir corriendo, pero no fue así. Era como si Patch supiera exactamente qué decir para picar mi curiosidad. Qué decir y cuándo.

—¿Qué está ocurriendo?

—Sólo tienes una manera de saberlo.

—No puedo. Las alturas me dan miedo. Además, Vee me está esperando. —Pero de repente la idea de subir allá arriba dejó de asustarme. Ya no me daba miedo. De un modo absurdo, saber que estaría con Patch me dio seguridad.

—Si consigues llegar hasta lo más alto sin gritar, le pediré al entrenador que nos cambie de sitio.

—Ya se lo pedí. En vano.

—Puede que yo sea más convincente que tú.

Me lo tomé como un insulto personal.

—Yo no suelo gritar —repliqué—. Y menos por dar una vuelta en una atracción de feria. —«Y menos aún por ti.»

Caminamos hacia la cola del Arcángel. Sobre nuestras cabezas estallaban fugaces torrentes de gritos histéricos.

—Nunca antes te había visto en el Delphic —dijo Patch.

—¿Tú vienes mucho aquí? —Tomé nota para no hacer más escapadas al Delphic los fines de semana.

—Este lugar y yo compartimos una historia.

La cola avanzaba mientras las vagonetas se vaciaban y nuevos buscadores de emociones subían a bordo.

—Déjame adivinar —dije con sarcasmo—. Aquí es donde hacías novillos el año pasado.

Pero Patch se limitó a decir:

—Darte información al respecto supondría arrojar luz sobre mi pasado. Y prefiero no hacerlo.

—¿Por qué? ¿Qué tiene de malo tu pasado?

—No creo que sea momento para hablar de eso. Mi pasado podría asustarte.

«Demasiado tarde», pensé.

Nuestros brazos se tocaron, un roce que me erizó el vello.

—No incluye la clase de cosas que cuentas a tu frívola compañera de Biología —añadió.

El viento gélido me envolvió y me congelé por dentro. Pero no fue nada comparado con el frío que sus palabras me inyectaron.

Patch señaló la rampa con un movimiento de la cabeza.

—Nuestro turno.

Empujé el torniquete. Al llegar a la plataforma de embarque, las únicas vagonetas libres estaban al principio y al final del tren. Patch se dirigió a la de delante.

La estructura de aquella montaña rusa, por muy remodelada que estuviera, no me inspiraba ninguna confianza. Las vagonetas de madera aparentaban haber pasado más de un siglo a la intemperie del riguroso clima de Maine. Los motivos artísticos pintados a los lados eran aún menos estimulantes.

La que Patch escogió tenía cuatro motivos. El primero representaba a unos demonios cornudos arrancándole las alas a un ángel. El siguiente mostraba al ángel sin alas encaramado en una lápida mortuoria, mirando a unos niños que jugaban. En el tercero, el ángel estaba entre los niños, retorciéndole una mano a una niña pequeña. En el último, el ángel atravesaba el cuerpo de la niña como un fantasma; la sonrisa de la niña había desaparecido y le habían crecido cuernos como a los demonios del primer motivo. Sobre los cuatro colgaba una luna plateada.

Aparté la mirada y me aseguré de que las piernas me temblaban por el viento gélido. Subimos.

—Tu pasado no me asustaría —le dije mientras me abrochaba el cinturón—. Más bien, creo que me dejaría horrorizada.

—Horrorizada —repitió, como asintiendo. Qué extraño, Patch nunca daba el brazo a torcer.

Los carritos se pusieron en movimiento. De un modo brusco nos alejamos de la plataforma y encaramos una larga cuesta. Un olor a sudor, orín y salitre marino llenaba el aire. Patch estaba tan cerca que podía olerlo. Percibí un ligero aroma a jabón de menta.

—Estás pálida —dijo, acercándose para hacerse oír por encima del traqueteo de la cremallera.

Desde luego que estaba pálida, pero no iba a admitirlo.

En la cima hubo un momento de vacilación. A kilómetros de distancia se veía el campo oscuro, allá donde se mezclaba con los fulgores de la periferia que gradualmente iban conformando la cuadrícula de luces de Portland. El viento amainó, dejando que la humedad ambiental se me pegara a la piel.

Miré a Patch de reojo y encontré cierto consuelo en tenerlo a mi lado. Él me dirigió una sonrisa pícara.

—¿Asustada, ángel?

Cuando sentí que mi peso se volcaba hacia delante, me agarré a la barra frontal. Una risa temblorosa brotó de mi garganta.

La vagoneta se precipitaba con una rapidez endemoniada; mi pelo ondeaba enloquecido. Virando a izquierda y derecha, traqueteábamos sobre los rieles y mis entrañas se sacudían violentamente. Miré hacia abajo, tratando de concentrarme en algo que no se moviera.

Fue entonces cuando me di cuenta de que mi cinturón de seguridad se había soltado.

Traté de gritarle a Patch, pero el fragor del viento se tragó mi voz. El estómago me dio un brusco vuelco y con una mano traté de abrocharme el cinturón mientras con la otra aferraba la barra frontal. El carrito torció a la izquierda y me hizo chocar el hombro contra Patch, apretándome bruscamente contra él. Luego ascendió vertiginosamente, y tuve la sensación de que despegaba en pleno vuelo, casi soltándose de los rieles.

Ahora bajábamos en picado. Las luces centelleantes me cegaban; no podía ver hacia dónde giraban los rieles al final de la caída.

Era demasiado tarde. Doblamos a la derecha. Sentí una descarga de pánico, y entonces ocurrió. Mi hombro izquierdo chocó contra la portezuela, que se abrió, y salí despedida mientras el convoy seguía a toda velocidad sin mí. Rodé sobre los rieles, intentando aferrarme a algo. Mis manos no encontraron nada y caí por el borde de la montaña rusa, hundiéndome en la negrura de la noche. El suelo se acercaba a toda velocidad y yo chillaba.

Lo siguiente que supe fue que el convoy chirrió hasta detenerse en la plataforma de desembarque.

Me dolían los brazos por la fuerza con que Patch me sujetaba.

—Para mí eso ha sido un grito —dijo sonriéndome de manera burlona.

Aturdida, lo vi colocar una mano sobre su oreja como si el grito todavía resonara allí. Aún sin saber qué había ocurrido, observé su brazo, donde mis uñas habían dejado semicírculos en su piel. Luego me fijé en mi cinturón de seguridad. Lo tenía abrochado alrededor de la cintura.

—Mi cinturón —empecé—. Pensé que…

—¿Qué pensaste? —me preguntó Patch; su interés parecía auténtico.

—Pensé… que salía volando del carro. Creí que iba a… morir.

—Ajá.

Los brazos me temblaban. Las rodillas se tambaleaban bajo el peso de mi cuerpo.

—Supongo que seguiremos compartiendo pupitre —dijo Match con cierto matiz de victoria en la voz. Estaba demasiado atontada para discutir.

—El Arcángel… —murmuré mirando por encima de mi hombro, mientras las vagonetas iniciaban un nuevo ascenso.

—Es un ángel de alto rango. —Había engreimiento en su voz—. Cuanto más alto, más dura es la caída.

Fui a replicar que desde luego había salido despedida del carro y fuerzas incomprensibles me habían salvado a tiempo, pero en cambio contesté:

—Yo creo que apenas soy un ángel custodio.

Patch sonrió satisfecho y me guio por el pasaje peatonal.

—Te acompaño al salón de juegos —dijo.

En el salón de juegos me abrí camino entre la gente, pasando por la taquilla y los servicios. Al llegar al área de los futbolines, advertí que Vee ya no estaba allí. Tampoco Elliot ni Jules.

—Parece que se han ido —dijo Patch. En sus ojos percibí cierta satisfacción, pero tratándose de él podían estar expresando algo totalmente distinto—. Necesitas a alguien que te lleve a casa.

—Vee nunca me dejaría tirada —repuse, poniéndome de puntillas para mirar por encima de la gente—. Tal vez están jugando al ping-pong.

Me abrí paso caminando de costado. Patch me siguió, dando sorbos a una lata de refresco que había comprado antes de entrar. Se había ofrecido a coger una para mí, pero en el estado en que me encontraba no creí poder sujetarla.

Tampoco en las mesas de ping-pong había rastros de Vee o de Elliot.

—Tal vez están jugando al *Fliper* —sugirió Patch. Desde luego se estaba burlando de mí.

Me ruboricé un poco. ¿Dónde estaba Vee?

Él me ofreció la lata de refresco.

—¿Seguro que no quieres un trago?

Miré la lata y luego a Patch. El hecho de que me hirviera la sangre de sólo pensar en poner mi boca donde él había puesto la suya no era una razón para decírselo a la cara.

Rebusqué en mi bolso y saqué el móvil, pero se había apagado y no quería encenderse. No entendía cómo la batería podía estar agotada si la había cargado justo antes de salir. Lo intenté una y otra vez, pero nada.

—Mi ofrecimiento sigue en pie —dijo Patch.

Probablemente estaría más segura haciendo autoestop y viajando con un extraño. Todavía me sentía conmocionada por lo que había ocurrido en la montaña rusa, y la imagen de mi caída se repetía una y otra vez. Estaba cayendo en picado... y, de pronto, estaba desembarcando del carrito como si nada. Así había ocurrido. Era la experiencia más aterradora que había vivido, tanto que al parecer sólo yo la había notado. Ni siquiera Patch, que iba a mi lado.

Me golpeé la frente con la mano.

—Su coche. Seguro que me está esperando en al aparcamiento.

Treinta minutos después había recorrido todo el aparcamiento. El Neon no estaba por ninguna parte. No podía creer que Vee se hubiera marchado sin mí. Quizás había surgido una emergencia, pero no podía saberlo, ya que no podía revisar los mensajes en el móvil. Intenté sosegarme, pero al pensar en la posibilidad de que ella me hubiese dejado tirada, la rabia bulló dentro de mí, lista para ser evacuada.

—¿Ya se te han acabado las opciones? —preguntó Patch.

Me mordí el labio, pensando en otras opciones. No las había. Pero tampoco estaba segura de aceptar su ofrecimiento. En un día cualquiera irradiaba peligro, y esa noche era una combinación de peligro, amenaza y misterio, todo junto.

Al final suspiré y rogué no estar cometiendo un craso error.

—Me llevarás directo a casa —dije. Sonó más como una pregunta que como una orden.

—Si eso quieres...

Estaba a punto de preguntarle si había notado algo extraño en el Arcángel, pero me arrepentí. Me daba demasiado miedo preguntar. ¿Y si sólo habían sido imaginaciones mías? ¿Y si me parecía vivir cosas que en realidad no ocurrían? Primero el tipo del pasamontañas. Ahora esto. Estaba segura de que la comunicación mental con Patch era real, pero ¿y lo demás? De eso no podía estar segura.

Él avanzó por el aparcamiento. Una moto negra y brillante descansaba sobre la pata de apoyo. Él se montó y con un gesto me señaló el asiento de atrás.

—Sube.

—Bonita moto —dije. Lo cual no era cierto: parecía una trampa mortal negra y lustrosa. Nunca en mi vida me había montado en una moto. Y no estaba segura de querer hacerlo aquella noche—. Me gusta sentir el viento en la cara —agregué, buscando disfrazar el terror de moverme a más de cien kilómetros por hora sin nada que se interpusiera entre mi cuerpo y la carretera.

Había un solo casco (negro y con el visor polarizado), y él me lo ofreció.

Lo cogí, subí a la moto y percibí cuán insegura me sentía sin otra cosa que un asiento estrecho debajo de mí. Me coloqué el casco.

—¿Es difícil conducir? —pregunté, cuando en realidad quería decir: ¿es peligroso?

—Qué va, en absoluto —dijo, respondiendo a ambas preguntas, la explícita y la tácita. Se rio—. Estás tensa. Relájate.

Al salir de la plaza de aparcamiento, el movimiento repentino me asustó; me había cogido a su camisa para mantener el equilibrio. Ahora lo rodeé con mis brazos como en un abrazo de oso por detrás.

En la carretera, Patch aceleró y mis muslos se ciñeron a él. Ojalá no lo notara.

Cuando llegamos a mi casa, redujo la velocidad para subir el húmedo camino de la entrada, apagó el motor y se apeó. Yo me quité el casco y lo dejé en el asiento. Abrí la boca para decir algo como «Gracias por traerme, nos vemos el lunes», pero las palabras se disolvieron al ver que él se dirigía a los escalones del porche.

Ni siquiera pude imaginarme qué estaba haciendo. ¿Quería acompañarme hasta la puerta? Imposible. Entonces… ¿qué?

Subí al porche detrás de él y lo alcancé en la puerta. Entre la confusión y una creciente preocupación, vi cómo sacaba un manojo de llaves conocidas de su bolsillo e introducía la de mi casa en la cerradura.

Me descolgué el bolso del hombro y abrí el compartimento donde guardaba las llaves. No estaban.

—Devuélveme mis llaves —exigí, desconcertada por no saber cómo me las había birlado.

—Se te cayeron en la sala de juegos mientras buscabas el móvil —dijo.

—Me da igual dónde se cayeran. Devuélvemelas.

Patch levantó las manos, proclamando su inocencia, y se apartó de la puerta. Apoyó un hombro en el marco y me miró. Intenté girar la llave. No se movía.

—La has atascado —dije, sacudiendo el manojo. Bajé un peldaño—. Anda, prueba tú. Está atascada.

Con un simple clic hizo girar la llave. Con la mano sobre el pomo arqueó las cejas, como queriendo decir: «¿Puedo?»

Tragué saliva, ocultando una oleada de asombro y de preocupación.

—Adelante. No te encontrarás con nadie. Estoy sola en casa.

—¿Toda la noche?

Desde luego ofrecer esa información no había sido lo más acertado.

—Dorothea vendrá enseguida —mentí. Dorothea se había ido hacía rato. Ya era casi medianoche.

—¿Dorothea?

—Nuestra ama de llaves. Es mayor pero fuerte. Muy fuerte. —Intenté pasar por su lado. No funcionó.

—Suena aterrador —dijo, retirando la llave de la cerradura. Me la ofreció.

—Puede limpiar el lavabo en menos de un minuto. Es más que aterrador. —Cogí la llave y lo rodeé para entrar. Intenté cerrar la puerta, pero al darme la vuelta, Patch ocupó el umbral, sus brazos afirmados a ambos lados del marco.

—¿No me invitas a entrar? —preguntó.

Pestañeé. ¿Invitarlo a entrar? ¿En mi casa? ¿Él y yo a solas?

—Es tarde —dijo. Sus ojos se acercaron a los míos, reflejando un brillo perverso—. Debes de estar hambrienta.

—No. Sí. O sea, sí, pero…

De pronto estaba dentro.

Retrocedí tres pasos. Cerró la puerta con el pie.

—¿Te gusta la comida mexicana?

—Me… —«Me gustaría saber qué haces dentro de mi casa.»

—¿Los tacos?

—¿Los tacos? —repetí.

Al parecer le hizo gracia.

—Tomate, lechuga y queso.

—¡Ya sé lo que es un taco!

Antes de que pudiera detenerlo, avanzó por el pasillo y giró a la izquierda. Hacia la cocina.

Fue hasta el fregadero y abrió el grifo mientras se enjabonaba las manos. Sintiéndose como en su casa, primero fue a la despensa, después echó un vistazo al frigorífico y sacó algunas cosas: salsa, queso, lechuga y tomate. Luego hurgó en los cajones y cogió un cuchillo.

Me sentí al borde del pánico al verlo con un cuchillo, cuando algo me distrajo: mi reflejo en una de las sartenes que colgaba de las gancheras. ¡Mi pelo! Era como si me hubiera pasado una apisonadora por la cabeza. Me llevé la mano a la boca.

Patch sonrió.

—¿Eres pelirroja natural?

Lo miré.

—No soy pelirroja.

—Lamento contradecirte, pero eres pelirroja. Aunque le prendiera fuego a tu pelo, no sería más rojo.

—Es castaño. —Aunque tuviera un mechón pequeño, minúsculo, infinitesimal de pelo rojizo, seguía siendo morena—. Debe de ser la iluminación.

—Sí, puede. —Sonrió socarrón y se le formó un hoyuelo.

—Vuelvo enseguida —dije, apresurándome a salir de la cocina.

Subí las escaleras y me hice una coleta en el pelo. Una vez resuelto eso, intenté ordenar mis pensamientos. No me sentía cómoda con Patch moviéndose a sus anchas por mi casa, armado con un cuchillo. Y mi madre me mataría cuando descubriera que lo había dejado entrar sin que Dorothea estuviese en casa.

—¿Podemos dejarlo para otro día? —le pregunté al cabo de dos minutos, al ver que seguía trajinando en la cocina. Me llevé una mano al estómago, indicando que tenía molestias—. Tengo náuseas. Seguro que por el viaje en moto.

Paró de cortar y me miró.

—Ya casi está.

Había cambiado el cuchillo por otro de hoja más grande y afilada.

Como si pudiera leerme el pensamiento, levantó el cuchillo, examinándolo. La hoja lanzó destellos bajo la luz. Se me hizo un nudo en el estómago.

—Deja ese cuchillo —le ordené serenamente.

Patch me miró y luego al cuchillo y después a mí de nuevo. Lo dejó en la encimera.

—No voy a hacerte daño, Nora.

—Bueno… eso me tranquiliza —conseguí decir con la garganta reseca.

Hizo girar el cuchillo, con el mango apuntando hacia mí.

—Ven aquí. Te enseñaré a preparar tacos.

No me moví. Un brillo en sus ojos me decía que no me fiara de él… y no me fiaba. Pero el miedo que me provocaba tenía algo de atractivo. Sentía algo extremadamente perturbador al estar cerca de él. En su presencia no podía fiarme de mí misma.

—¿Y si hacemos un trato? —Inclinó el rostro, ensombrecido, y me miró entornando los ojos—. Tú me ayudas a preparar los tacos y yo respondo a tus preguntas.

—¿Mis preguntas?

—Creo que ya sabes a lo que me refiero.

Lo sabía exactamente. Me ofrecía echar un vistazo a su mundo privado. Un mundo desde el que podía hablarle a mi mente. Una vez más sabía exactamente lo que tenía que decir, en el momento justo.

Sin decir una palabra me puse a su lado. Deslizó la tabla para cortar y la dejó delante de mí.

—Primero —dijo, colocándose a mi espalda y apoyando las manos en la encimera, junto a las mías— escoge un tomate. —Acercó su boca a mi oído. Su aliento cálido me hizo cosquillas—. Eso es. Ahora coge el cuchillo.

—¿El cocinero siempre se coloca tan cerca? —pregunté, sin estar segura de si la agitación interior que sentía me gustaba o me asustaba.

—Cuando está revelando secretos culinarios, sí. Agarra bien ese cuchillo.

—Ya lo hago.

—Estupendo. —Dio un paso atrás y me examinó, atento a cualquier imperfección. Por un instante me pareció ver una sonrisa secreta de aprobación—. No se puede enseñar a cocinar —dijo—. Con eso se nace. Lo tienes o no lo tienes. Es como la química. ¿Crees que estás hecha para la química?

Presioné el cuchillo contra el tomate; se partió en dos y ambas mitades se mecieron suavemente sobre la tabla.

—Dímelo tú. ¿Estoy hecha para la química?

Patch emitió un sonido profundo que no logré descifrar y se echó a reír.

Después de la cena llevó los platos al fregadero.

—Yo lavo y tú secas.

Hurgando en el cajón junto al fregadero encontró un trapo y me lo arrojó juguetonamente.

—Bien, es hora de esas preguntas pendientes —dije—.

Empezando por aquella noche en la biblioteca. ¿Me estabas siguiendo…? —Mi voz se apagó.

Él se apoyó perezosamente en la encimera. Su pelo oscuro asomaba por debajo de la gorra de béisbol. Una sonrisa apareció en su rostro. La mente se me nubló y de la nada surgió un pensamiento acuciante.

Quería besarle. De inmediato.

Patch arqueó las cejas.

—¿Qué pasa?

—Eh… nada. Nada. Tú lavas y yo seco.

No tardamos en acabar con los platos y de repente nos encontramos muy cerca uno del otro junto al fregadero. Patch hizo un movimiento para quitarme el trapo y nuestros cuerpos se rozaron. Ninguno de los dos se movió, manteniendo el frágil lazo que nos unía.

Di un paso atrás.

—¿Tienes miedo?

—No.

—Mientes.

Mi pulso se aceleró un poco.

—No tengo miedo de ti.

—Ah, ¿no?

—Quizá sólo sea que tengo miedo de… —Me maldije. ¿Cómo iba a terminar aquella frase? No iba a decirle que todo en él me aterraba. Eso le daría ventaja sobre mí—. Quizá sólo sea que tengo miedo de… de…

—¿De que yo te guste?

Aliviada de que me echara una mano, respondí de manera automática:

—Sí. —«Oh, maldita sea»—. ¡Quiero decir, no! Definitivamente no. ¡No me refería a eso!

Patch se rio por lo bajo.

—Una parte de mí no se siente nada cómoda contigo —dije.

—¿Pero?

Me aferré a la encimera que tenía detrás buscando un punto de apoyo.

—Pero al mismo tiempo siento una atracción peligrosa hacia ti.

Él esbozó una sonrisa burlona.

—Eres demasiado creído —añadí, empujándolo con la mano hacia atrás.

Me estrechó una mano contra su pecho y tiró de mi manga por encima de la muñeca, cubriendo la mano con ella. Rápidamente hizo lo mismo con la otra manga y me sujetó ambas manos por los puños. Abrí la boca para protestar.

Tiró de mí y, de repente, me levantó y me sentó sobre la encimera. Mi rostro quedó a la misma altura que el suyo. Me miró fijamente con una sonrisa oscura, incitante. Y fue entonces cuando me di cuenta de que llevaba días fantaseando con ese momento.

—Quítate la gorra —le dije impulsivamente.

Se volvió la visera hacia atrás.

Me moví sobre la encimera, mis piernas colgando a ambos lados de su cuerpo. Una voz interior me decía que me detuviera, pero no le hice caso.

Él extendió sus manos sobre la encimera, junto a mis caderas. Se arrimó inclinando la cabeza. Me sentí abrumada por su aroma, que olía a tierra oscura y húmeda.

Después de dos inhalaciones intensas, me dije que aquello no estaba bien. No con Patch. Me daba miedo. En el buen sentido, sí, pero también en el malo. En el peor.

—Debes irte —suspiré—. Sí, será lo mejor.

—¿Adónde? ¿Aquí? —Acercó su boca a mi hombro—. ¿O aquí? —Y luego a mi cuello.

Mi mente era incapaz de procesar un solo pensamiento lógico. La boca de Patch se deslizaba hacia arriba, subiendo por mi mandíbula, sorbiendo suavemente mi piel…

—Se me están adormeciendo las piernas —mascullé. No era del todo falso. Sentía un hormigueo en todo el cuerpo, incluyendo las piernas.

—Puedo solucionarlo. —Sus manos se posaron en mis caderas.

Súbitamente empezó a sonar mi móvil. Di un respingo y lo cogí de mi bolso.

—Hola, cielo —me saludó mi madre alegremente.

—¿Puedo llamarte en cinco minutos?

—Claro. ¿Qué ocurre?

Cerré el móvil.

—Debes irte —le dije a Patch—. Ahora.

Volvió a girarse la gorra de béisbol. Su boca era todo lo que veía de su rostro por debajo de la visera, y se curvó en una sonrisa maliciosa.

—No te has maquillado.

—Me he olvidado.

—Que duermas bien esta noche.

—Lo haré, descuida. —¿Qué pretendía decirme?

—Con respecto a la fiesta de mañana…

—Me lo pensaré —alcancé a decir.

Patch metió un papelito en mi bolso, produciéndome sensaciones de ardor en las piernas con sólo rozarme.

—Aquí está la dirección. Te estaré esperando. Ven sola.

Al cabo de un instante oí la puerta principal cerrarse detrás de él. Un rubor ardiente me subió al rostro. «Demasiado cerca», pensé. El fuego no tenía nada de malo… mientras no permanecieras demasiado cerca. Algo a tener en cuenta.

Me apoyé contra la encimera, respirando entrecortadamente.

CAPÍTULO

10

Desperté bruscamente cuando empezó a sonar mi móvil. Todavía dormida, me tapé la cabeza con la almohada y traté de aislar el ruido. Pero el teléfono insistía.

La llamada fue a parar al buzón de voz. Cinco segundos más tarde, el teléfono empezó a sonar otra vez.

Estiré un brazo hacia un lado de la cama, busqué a tientas hasta encontrar mis tejanos y saqué el móvil de uno de los bolsillos.

—¿Sí? —dije, al tiempo que bostezaba con los ojos cerrados.

Alguien bufó al otro lado de la línea.

—¿Qué ha pasado? ¿No ibas a comprar algodón de azúcar? ¿Por qué no me dices dónde estás y así voy a ahorcarte con mis propias manos?

Me palmeé varias veces la frente.

—¡Creía que te habían secuestrado! —continuó Vee—. ¡Que te habían abducido! ¡Que te habían asesinado!

Traté de encontrar el reloj en la oscuridad. Derribé el marco de una foto que había sobre la mesilla de noche, y las de detrás cayeron en efecto dominó.

—Me entretuve mirando el Arcángel —dije—. Cuando regresé al salón de juegos ya te habías marchado.

—¿Qué clase de excusa es ésa?

Miré el reloj de la mesilla. Eran más de las dos de la mañana.

—Estuve dando vueltas por el aparcamiento durante una hora —dijo Vee—. Elliot se pateó todo el parque enseñando la única foto que tengo de ti en mi móvil. Te llamé al móvil tropecientas veces. Un momento. ¿Estás en casa? ¿Cómo llegaste a casa?

Me restregué los ojos.

—Me trajo Patch.

—¿Patch el acosador?

—No me quedaba otra opción —dije secamente—. Te fuiste sin mí.

—Pareces exaltada. No, no es eso. Más bien agitada... aturdida y excitada. —Podía ver cómo se le abrían los ojos de par en par—. Te besó, ¿verdad?

No respondí.

—¡Lo hizo! ¡Lo sabía! He visto cómo te mira. Sabía que esto iba a ocurrir. Me lo veía venir.

Ahora no quería pensar en eso.

—¿Cómo fue? —insistió Vee—. ¿Un beso de melocotón? ¿De ciruela? ¿O quizás un beso de al-fal-fa?

—¿Qué?

—¿Fue un piquito o un beso con lengua? Es igual. No tienes que responder. Patch no es la clase de chico que se ocupa de los preliminares. Hubo lengua. Seguro.

Me cubrí la cara con la otra mano. Patch probablemente pensaba que no tenía ningún control de mí misma. Me había derretido entre sus brazos como mantequilla. Antes de decirle que debía marcharse, había emitido un sonido medio suspiro de dicha y medio gemido de éxtasis.

Eso explicaba su sonrisa arrogante.

—¿Podemos hablarlo más tarde? —pregunté, pellizcándome la nariz.

—De eso nada.

Suspiré.

—Estoy muerta de cansancio.

—No puedo creer que quieras dejarme con la intriga.

—Lo que quiero es que lo olvides.

—Por nada del mundo.

Intenté visualizar los músculos del cuello relajándose, contrarrestando el dolor de cabeza que sentía.

—¿Sigue en pie lo de ir de compras?

—Pasaré a recogerte a las cuatro.

—Creía que habíamos quedado a las cinco.

—Las circunstancias han cambiado. Pasaré más temprano, si es que puedo librarme de mi familia. Mi madre tiene una crisis nerviosa. Se culpa a sí misma por mis malas calificaciones. Aparentemente, la solución es pasar más tiempo juntas. Deséame suerte.

Cerré el móvil. Veía la sonrisa amoral de Patch y sus relucientes ojos negros. Después de dar vueltas en la cama varios minutos, dejé de intentar consolarme. La verdad era que, mientras Patch estuviera en mi cabeza, no habría consuelo posible.

Cuando era pequeña, el ahijado de Dorothea, Lionel, rompió uno de los vasos de la cocina. Barrió todos los trozos de cristales excepto uno, y me retó a lamerlo. Me imaginaba que enamorarse de Patch era un poco como lamer aquel pedazo de cristal. Sabía que era una estupidez. Sabía que lastimaba. Después de tantos años, una cosa no había cambiado: me seguía atrayendo el peligro.

De repente me incorporé en la cama y cogí el móvil.

La batería estaba cargada.

Sentí un hormigueo inquietante en la espalda. Se suponía que mi móvil estaba muerto. ¿Cómo habían conseguido llamarme mi madre y Vee?

La lluvia golpeteaba los toldos coloridos de las tiendas del paseo marítimo y se derramaba sobre la acera. Las antiguas farolas de gas que flanqueaban la calle brillaban animadamente. Entrechocando nuestros paraguas, Vee y yo caminábamos a trompicones por la acera. Pasamos por debajo del toldo a rayas rosa y blanco de Victoria's Secret. Sacudimos los paraguas al mismo tiempo y los dejamos fuera de la entrada.

El estruendo de un trueno nos precipitó a entrar.

Yo tenía los zapatos mojados y temblaba de frío. Varias lámparas difusoras de aromas ardían en un expositor en el centro de la tienda, rodeándonos con un olor exótico e intenso.

Una mujer de pantalones negros y camiseta ajustada negra se acercó. Llevaba una cinta métrica alrededor del cuello.

—Chicas, ¿queréis tomaros las medidas gratis...?

—Aparta la maldita cinta —le espetó Vee—. Ya sé cuál es mi talla. No necesito que me lo recuerden.

Le sonreí a la mujer a modo de disculpa mientras seguía a mi amiga, que se dirigía al fondo de la tienda, donde estaban los saldos y las ofertas.

—No tienes que avergonzarte de tu talla —le dije a Vee. Cogí un sujetador de raso azul y busqué la etiqueta del precio.

—¿Quién ha dicho nada de avergonzarse? —respondió—. No estoy avergonzada. ¿Por qué debería estarlo? Las chicas de dieciséis que tienen tetas como las mías están cargadas de silicona, y lo sabe todo el mundo. Dame una razón para estar avergonzada. —Se puso a rebuscar en un cesto—. Creo que aquí no tienen un solo sujetador que pueda alojar a mis bebés.

—Los llaman sujetadores deportivos, y tienen un efecto visual desagradable —dije, echándole el ojo a un sujetador de encaje encima de la pila.

No tendría que haber ido a mirar lencería. Era obvio que me traía a la cabeza cosas relacionadas con el sexo. Como los besos. Como Patch.

Cerré los ojos y recordé su mano sobre mi muslo, sus labios recorriendo mi cuello…

Vee me pilló desprevenida lanzándome una prenda íntima de color turquesa con estampado de leopardo.

—Esto te quedaría bien —dijo—. Todo lo que necesitas para rellenarlo es un trasero como el mío.

¿En qué estaba pensando? Había estado a punto de besar a Patch. El mismo Patch que podría estar invadiendo mi mente. El mismo que me había salvado de una caída mortal en el Arcángel, porque estaba segura de que eso había ocurrido, aunque no tuviera ninguna explicación lógica. Me preguntaba si él, de alguna manera, había detenido el tiempo durante mi caída. Si era capaz de meterse en mis pensamientos, tal vez fuera capaz de otras cosas.

O tal vez, pensé estremecida, ya no podía fiarme de mis pensamientos.

Todavía conservaba el papelito que Patch había metido en mi bolsillo, pero por nada del mundo podía ir a esa fiesta. Disfrutaba en secreto de la atracción que había entre nosotros, pero el misterio y una rareza espeluznante se imponían. De ahora en adelante tenía que eliminar a Patch de mi vida, y esta vez iba en serio. Sería como una dieta purificadora. El problema era el efecto contraproducente de las dietas. En cierta ocasión me propuse no probar el chocolate durante un mes entero, pero al cabo de dos semanas me di por vencida y me zampé más chocolate del que hubiera comido en tres meses.

Rogué que mi fallida dieta sin chocolate no fuera un presagio de lo que iba a ocurrir si trataba de evitar a Patch.

—¿Qué estás haciendo? —pregunté, atraída por Vee.

—¿A ti qué te parece? Le estoy quitando las etiquetas de saldo a estos sujetadores para pegarlas en los que no están de oferta. Así puedo llevarme sujetadores sexis al precio de los baratos.

—No puedes hacer eso. En la caja escanean el código de barras. Te van a pillar.

—¿Código de barras? Aquí nadie escanea ningún código de barras. —No parecía muy segura de lo que decía.

—Pues sí lo hacen. Te lo juro. —Pensé que mentir era mejor que ver cómo se llevaban a Vee a la cárcel.

—Bueno, a mí me parece una buena idea…

—Por qué no coges éste —le dije, arrojándole un retazo de seda con la esperanza de distraerla.

Sujetó las braguitas delante de sus ojos. La tela estaba bordada con cangrejos rojos en miniatura.

—No he visto cosa más repugnante —dijo—. Me gusta esa negra que tienes. Deberías quedártela. Ve a pagar mientras yo sigo husmeando.

Fui a pagar. Después, pensando que sería más fácil dejar de pensar en Patch si me fijaba en cosas más nimias, me acerqué a la sección de perfumes. Estaba oliendo un frasco de Dream Angels cuando percibí una presencia familiar. Fue como si alguien hubiera dejado caer un cubo de hielo dentro de mi camisa. Era la misma sensación escalofriante que experimentaba cada vez que Patch se acercaba.

Vee y yo éramos las dos únicas clientas en la tienda, pero al otro lado del escaparate alcancé a ver una figura encapuchada debajo de un toldo de la acera de enfrente. Nuevamente perturbada, me quedé paralizada un momento antes de recomponerme e ir en busca de Vee.

—Vámonos —le dije.

Estaba rebuscando en un cesto de camisones.

—Uau. Mira esto, pijamas de franela al cincuenta por ciento. Necesito uno así.

Yo seguía sin quitar el ojo del escaparate.

—Creo que me están siguiendo.

Vee levantó la cabeza bruscamente.

—¿Es Patch?

—No. Mira al otro lado de la calle.

Vee lo hizo.

—No veo a nadie.

Yo tampoco veía a nadie. Un coche pasó, tapándome la visión.

—Creo que ha entrado en la tienda.

—¿Cómo sabes que te está siguiendo?

—Tengo un mal presentimiento.

—¿Se parece a alguien que conozcamos? Por ejemplo… una mezcla de Pipi Calzaslargas y la Bruja Mala del Oeste, lo que evidentemente nos daría una Marcie Millar.

—No era Marcie —dije, sin dejar de mirar al otro lado de la calle—. Anoche, cuando salí del salón de juegos por el algodón de azúcar, vi a alguien que me observaba. Creo que es la misma persona.

—¿Hablas en serio? ¿Por qué me lo dices ahora? ¿Quién era?

No lo sabía. Y eso me asustaba mucho.

—¿Hay una salida trasera? —pregunté a una dependienta.

Ella dejó de ordenar un cajón y levantó la vista.

—Sólo para empleados.

—¿Era hombre o mujer? —quiso saber Vee.

—No lo sé.

—Bueno, ¿y por qué piensas que te está siguiendo? ¿Qué quiere?

—Asustarme. —Parecía una respuesta razonable.

—¿Por qué querría asustarte?

Una vez más, no lo sabía.

—Necesitamos distraer la atención —le dije a Vee.

—Era exactamente lo que estaba pensando —respondió ella—. Y sabemos que yo soy una experta. Dame tu chaqueta.

La miré fijamente.

—Ni hablar. No sabemos nada de esa persona. No voy a dejar que salgas vestida como yo. ¿Y si está armado?

—A veces tu imaginación consigue asustarme —dijo Vee.

Tenía que admitirlo, la idea de que fuera un asesino era improbable. Pero con todas las cosas horripilantes que ocurrían últimamente, no tenía la culpa de estar con los nervios de punta y suponer lo peor.

—Yo saldré primero —dijo Vee—. Si me sigue, tú le sigues. Subiré la colina hacia el cementerio, y allí lo abordaremos para pedirle explicaciones.

Un minuto más tarde, Vee salió de la tienda vistiendo mi chaqueta y con mi paraguas rojo. Aparte del hecho de que tenía unos centímetros y unos kilos más que yo, podía pasar por mí. Agazapada detrás de la mesa de los camisones, vi al encapuchado salir de la tienda de enfrente y seguir a Vee. Me acerqué al escaparate. Si bien la sudadera ancha y los tejanos que vestía le daban un aspecto andrógino, su andar era femenino. Definitivamente femenino.

Perseguida y perseguidora doblaron la esquina y desaparecieron, y yo salí a la puerta. La lluvia había devenido en aguacero.

Sosteniendo el paraguas de Vee eché a andar, siempre por debajo de los toldos, esquivando la lluvia torrencial. Sentía cómo se empapaban las perneras de mi pantalón. Me arrepentí de no haberme puesto botas.

A mis espaldas, el paseo marítimo se extendía paralelo al océano gris. La hilera de tiendas finalizaba al pie de una colina empinada y verde. En la cima apenas se veía la alta valla de hierro forjado del cementerio de la ciudad.

Le quité el seguro al Neon y puse los limpiaparabrisas al máximo. Salí del aparcamiento y giré a la izquierda, acelerando en el tortuoso camino de ascenso de la colina. Los árboles del cementerio asomaban por delante, sus ramas cobrando vida en apariencia a través del limpiaparabrisas frenético. Las lápidas de mármol blanco parecían surgir como puñales de la oscuridad. Las lápidas grises se disolvían en el aire.

Salido de la nada, un objeto rojo se estampó contra el parabrisas. Cayó justo en mi campo de visión, salió volando y desapareció por encima del coche. Pisé el freno y el Neon dio un patinazo hasta pararse encima del arcén.

Abrí la puerta y bajé. Fui hasta la parte trasera del coche, en busca del objeto.

Hubo un momento de confusión mientras mi mente procesaba lo que veía: mi paraguas rojo tirado sobre la hierba. Estaba roto; destrozado de un lado como cabía esperar después de estrellarse contra el parabrisas.

En medio de la intensa lluvia oí un sollozo entrecortado.

—¿Vee? —dije. Crucé al otro lado del camino, haciéndome visera con la mano y mirando en todas las direcciones. Había un cuerpo tendido y encogido justo delante. Eché a correr.

»¡Vee! —Caí de rodillas junto a ella. Estaba tumbada de lado, con las piernas replegadas contra el pecho. Gimió—. ¿Qué ha pasado? ¿Te encuentras bien? ¿Puedes moverte? —Eché la cabeza atrás, parpadeando bajo la lluvia. «¡Piensa!», me ordené. El móvil. Tenía que llamar al 911.

»Voy por ayuda —le dije a Vee.

Ella gimió y me aferró la mano.

Me incliné sobre ella, sujetándola. Las lágrimas ardían detrás de mis ojos.

—¿Qué ha pasado? ¿Ha sido la persona que te seguía? ¿Ella te ha hecho esto? ¿Qué ha ocurrido?

Murmuró algo ininteligible que sonó a «mi bolso». Sí, su bolso había desaparecido.

—Tranquila, te pondrás bien. —Me costó decirlo sin vacilar.

Un oscuro presentimiento se agitaba en mí, y trataba de mantenerlo a raya. Estaba segura de que la misma persona que me había seguido en el Delphic y en la tienda era la responsable, pero me culpé a mí misma por meter a Vee en aquello. Corrí hasta el coche y marqué el 911 en mi móvil.

Tratando de ahuyentar la histeria de mi voz, dije:

—Necesito una ambulancia. A mi amiga la han atacado y robado.

CAPÍTULO

11

El lunes lo pasé aturdida. Fui de clase en clase esperando el último timbre del día. Había llamado al hospital antes de ir al instituto y me dijeron que Vee estaba en el quirófano. Tenía fracturado el brazo izquierdo y necesitaba cirugía. No podría verla hasta la tarde, cuando se le hubiera pasado la anestesia y la hubiesen devuelto a su habitación. Era muy importante escuchar su versión de la agresión antes de que olvidara los detalles o los adornara. Cualquier cosa que recordara podría ayudarme a averiguar quién lo había hecho.

Mientras las horas se alargaban a la espera de la tarde, mi atención pasó de Vee a su perseguidora, la mujer que esperaba fuera de Victoria's Secret. ¿Quién era? ¿Qué quería? Quizá sólo fuera una coincidencia perturbadora que Vee hubiese sido atacada en aquella circunstancia, pero mi instinto decía lo contrario. Ojalá hubiese tenido una imagen más clara de su aspecto. La sudadera con capucha y los tejanos, además de la lluvia, habían hecho un buen trabajo de encubrimiento. Todo lo que sabía era que podía tratarse de Marcie Millar. Pero presentía que no era la asociación correcta.

Abrí mi taquilla para coger el libro de Biología, y me dirigí a la clase. Entré y me encontré la silla de Patch vacía. Era típico de él llegar en el último momento, justo cuando sonaba el timbre, pero sonó y el entrenador se dirigió a la pizarra y empezó a dar la lección.

Yo pensaba en la silla vacía de Patch. Una vocecilla en mi cabeza especulaba con que su ausencia podría estar relacionada con la agresión a Vee. Era un tanto extraño que desapareciera al día siguiente. Y no podía olvidar el escalofrío que sentí momentos antes de mirar fuera de Victoria's Secret y darme cuenta de que me estaban vigilando. Siempre que había tenido esa sensación anteriormente, era porque Patch estaba cerca.

La voz de la razón rápidamente descartó la implicación de Patch. Podía ser que hubiese pillado un resfriado. O que se hubiera quedado sin gasolina camino del instituto. O quizás había una partida con apuesta alta en el Salón de Bo y creía que eso era más provechoso que pasarse la tarde aprendiendo las complejidades del cuerpo humano.

Al final de la clase, el entrenador me detuvo antes de salir.

—Un momento, Nora.

Me di la vuelta y me descolgué la mochila.

—Dígame.

Me entregó un papel.

—La señorita Greene me pidió que te entregara esto —dijo.

Cogí la nota.

—¿Greene? —No tenía ningún docente con ese nombre.

—Es la nueva psicóloga del instituto. Acaba de reemplazar al doctor Hendrickson.

Desdoblé la nota y leí el mensaje.

Querida Nora:

Ocuparé el lugar del doctor Hendrickson como tu psicóloga en el instituto.

He notado que has faltado a las dos últimas citas con el doctor. Por favor, ven cuanto antes para ponernos al día. He escrito a tu madre para informarle acerca del cambio.

Cordialmente,

SEÑORITA GREENE

—Gracias —dije al entrenador, doblando la nota hasta que me cupiera en el bolsillo.

En el pasillo me mezclé entre los estudiantes. Ya no podía escaquearme, tenía que ir. Recorrí los pasillos hasta la consulta del doctor Hendrickson. Como era de esperar, en la puerta había una placa con un nombre nuevo: GREENE, PSICÓLOGA.

Llamé a la puerta. La señorita Greene tenía una piel pálida inmaculada, ojos azules, una boca exuberante y un pelo rubio fino y liso que le llegaba a la cintura, dividido en la coronilla de su cabeza ovalada. En la punta de su nariz reposaban unas gafas mariposa de color turquesa, y vestía formalmente con una falda tubo gris y una blusa de seda rosa. Tenía una figura esbelta y femenina. No parecía más de cinco años mayor que yo.

—Tú debes de ser Nora Grey. Estás igual que en la foto de tu archivo —dijo, dándome un apretón de mano. Tenía una voz brusca que no resultaba grosera. Una voz de empresaria.

Retrocediendo, me invitó a entrar en su despacho.

—¿Te apetece un zumo o agua?

—¿Qué ha pasado con el doctor Hendrickson?

—Cogió la jubilación anticipada. Yo tenía este puesto en la mira desde hacía tiempo, así que aproveché la ocasión. Estaba en Florida, pero crecí en Portland, y mis padres todavía viven aquí. Es bonito estar otra vez cerca de mi familia.

Examiné el pequeño despacho. Había cambiado mucho desde mi última visita, hacía apenas unas semanas. Las estanterías de pared a pared ahora estaban llenas de manuales académicos, encuadernados en tapas duras de colores sobrios y letras doradas. El doctor Hendrickson utilizaba las estanterías para exponer fotos de su familia, pero no había retratos de la vida privada de la señorita Greene. El mismo helecho de siempre colgaba junto a la ventana, pero cuando estaba bajo los cuidados de Hendrickson solía tener un color más próximo al marrón que al verde. Greene llevaba unos pocos días y todo parecía más vivo y atractivo. Había una silla rosa forrada de cachemira enfrente del escritorio, y varias cajas apiladas en un rincón.

—El viernes fue mi primer día —me explicó al ver que observaba las cajas—. Todavía estoy desembalando. Siéntate.

Dejé la mochila en el suelo y tomé asiento en la silla. No había nada en el despacho que me diera una pista sobre la personalidad de Greene. Había una pila de archivos encima del escritorio, que no estaba ordenado ni desordenado, y una taza blanca que parecía contener té. No había rastros de perfume ni de ambientador. La pantalla del ordenador estaba apagada.

Ella se inclinó sobre un archivador detrás de su escritorio, sacó una carpeta de color manila y escribió mi nombre en la etiqueta con un rotulador negro. Lo dejó sobre el escritorio junto a mi archivo anterior, que exhibía algunas huellas de la taza de café de Hendrickson.

—Me he pasado el fin de semana revisando los expedientes del doctor Hendrickson —dijo—. Entre nosotras, su caligrafía me produce migraña, así que estoy introduciéndolos en el ordenador. Me sorprendió descubrir que no lo hacía. ¿A quién se le ocurre a estas alturas escribir a mano?

Tomó asiento en su silla giratoria, se cruzó de piernas y me sonrió amablemente.

—Bien. ¿Por qué no me cuentas un poco sobre tus sesiones con el doctor? Apenas puedo descifrar sus notas. Al parecer hablabais sobre cómo te sentías con el nuevo trabajo de tu madre.

—No es nada nuevo. Ya lleva un año en ese trabajo.

—Antes, ella solía estar en casa, ¿correcto? Y después del fallecimiento de tu padre cogió un empleo a tiempo completo. —Echó un vistazo a una hoja de mi expediente—. Trabaja para una casa de subastas, ¿correcto? Al parecer coordina subastas de propiedades en diferentes puntos de la costa. —Me miró por encima de sus gafas—. Eso le requiere pasar mucho tiempo fuera de casa.

—Queríamos conservar nuestra casa en las afueras —expliqué, casi a la defensiva—. No podíamos pagar la hipoteca si ella se quedaba a trabajar en la ciudad. —Mis sesiones con el doctor Hendrickson no me agradaban especialmente, pero empezaba a resentirme con él por dejarme en manos de aquella mujer. Percibía su deseo por escarbar en cada rincón oscuro de mi vida.

—Comprendo, pero debes de sentirte muy sola ocupándote de todo en la casa.

—Tenemos una asistenta que se queda conmigo todas las tardes hasta las nueve o las diez de la noche.

—Una asistenta no es lo mismo que una madre.

Lancé una mirada a la puerta. Ni siquiera me molesté en ser discreta.

—¿Tienes una amiga? ¿Un novio? ¿Alguien con quien hablar cuando tu asistenta no es la persona más…

apropiada? —Sumergió una bolsita de té en la taza, que luego levantó para beber un sorbo.

—Tengo una amiga. —Decidí ser escueta. Cuanto menos le contara, más pronto acabaría la sesión. Y más rápido podría visitar a Vee.

Enarcó las cejas.

—¿Un novio?

—No.

—Eres una chica atractiva. Imagino que en el sexo opuesto debe de haber algún interesado.

—Se lo explicaré —dije haciendo acopio de paciencia—. De verdad le agradezco que trate de ayudarme, pero ya tuve esta misma conversación con el doctor Hendrickson hace un año cuando murió mi padre. Repetirla con usted no ayuda. Es como volver atrás en el tiempo y revivirlo todo otra vez. Sí, fue trágico y terrible, y sigo enfrentándome a ello cada día, pero lo que de verdad necesito es seguir adelante.

El reloj de la pared hacía tictac.

—Bien —dijo ella por fin, fabricando una sonrisa—. Es muy útil conocer tu punto de vista, Nora. Es lo que he intentado comprender desde el principio. Tomaré nota de lo que piensas. ¿Alguna otra cosa de la que quieras hablar?

—No. —Sonreí amablemente.

Ella pasó unas páginas más de mi expediente. No tenía ni idea de qué podría haber anotado Hendrickson, y tampoco quería quedarme para averiguarlo.

Levanté la mochila del suelo y me desplacé hasta el borde de la silla.

—Me sabe mal suspender la sesión, pero tengo que estar en un sitio a las cuatro.

—Ah, ¿sí?

No me apetecía hablarle de la agresión a Vee.

—Para una búsqueda en la biblioteca.

—¿Para qué clase?

Dije lo primero que me vino a la mente:

—Biología.

—Hablando de clases, ¿cómo lo llevas? ¿Algún problema con alguna asignatura?

—No.

Siguió pasando páginas.

—Excelentes notas —comentó—. Aquí dice que te estás ocupando de la tutoría de tu compañero de Biología Patch Cipriano. —Levantó la vista, esperando una confirmación.

Me sorprendió que mi tarea de tutora fuese tan importante como para figurar en el expediente del psicólogo.

—Hasta el momento no hemos tenido ocasión de acordar un encuentro. Problemas de horarios. —Me encogí de hombros en plan «qué se le va a hacer».

Dejó caer mi carpeta sobre la mesa y acomodó las hojas sueltas en una pila ordenada, que luego introdujo en la nueva carpeta que había etiquetado a mano.

—Pienso hablar con el profesor McConaughy para que establezca algunos parámetros respecto a tus tareas de tutora. Me gustaría que los encuentros se produjeran aquí en el colegio, bajo la supervisión de un profesor u otro miembro docente. No quiero que le des clases particulares fuera del instituto. Sobre todo, no quiero que os veáis a solas.

Un escalofrío me recorrió.

—¿Por qué? ¿Qué ocurre?

—No estoy autorizada para hablar de ello.

La única razón que se me ocurría era que Patch era peligroso. «Mi pasado podría asustarte», había dicho en la plataforma del Arcángel.

—Gracias por tu tiempo —dijo la psicóloga. Caminó hasta la puerta, la abrió y se apoyó en ella con su cadera esbelta. Me dedicó una media sonrisa, pero parecía forzada.

Después de abandonar el despacho llamé al hospital. La cirugía de Vee había concluido, pero ella estaba todavía en la sala de postoperatorio y no podía recibir visitas hasta las siete de la tarde. Consulté el reloj del móvil. Faltaban tres horas. Fui hasta el Fiat, que estaba en el aparcamiento de estudiantes, y me subí, con la esperanza de que una tarde en la biblioteca haciendo los deberes me hiciera más corta la espera.

Pasé la tarde en la biblioteca, y antes de darme cuenta el reloj de pared anunciaba que ya era más de media tarde. Mi estómago rugía en el silencio de la sala, y mis pensamientos se dirigieron hacia la máquina expendedora de la entrada.

La última tarea podía esperar un rato, pero todavía me quedaba un trabajo que requería de una consulta. En casa tenía un ordenador IBM antiguo con acceso a Internet mediante llamada telefónica, y por lo general me ahorraba tener que desquiciarme en la sala de informática de la biblioteca. Tenía tiempo hasta las nueve para enviar una reseña de teatro de *Otelo* a la redacción de la revista digital, e hice un trato conmigo misma, prometiéndome que iría por comida después de terminarlo.

Tras guardar mis cosas me dirigí al ascensor. Pulsé el botón para cerrar las puertas, sin indicar de inmediato el piso. Saqué el móvil y llamé al hospital.

—Hola —dije a la enfermera que me atendió—. Tengo una amiga en la sala de posoperatorio. Antes he llamado y me han dicho que saldría esta noche. Su nombre es Vee Sky.

Hubo una pausa en que oí las teclas del ordenador.

—La llevarán a una habitación privada en una hora.

—¿A qué hora termina el horario de visita?

—A las ocho.

—Gracias. —Colgué y pulsé el botón de la tercera planta.

Una vez allí, me dirigí a la hemeroteca, con la esperanza de encontrar reseñas teatrales en el periódico local que me inspirasen.

—Disculpe —dije al encargado—. Busco ejemplares del *Portland Press* del año pasado. Específicamente, la guía de teatro.

—Aquí del año pasado no tenemos nada, pero yo diría que los archivos del *Portland Press* están disponibles en su página web. Sigue recto por el pasillo que tienes detrás y a tu izquierda verás la sala de informática.

En la sala me conecté a un ordenador. Estaba a punto de sumergirme en mi tarea cuando de pronto me vino una idea. No podía creer que no se me hubiera ocurrido antes. Después de asegurarme de que nadie estuviera mirando, escribí en la barra de Google: «Patch Cipriano.» Tal vez encontrara un artículo que arrojase luz sobre su pasado. O quizá tenía un *blog*.

Miré con el ceño fruncido los resultados de la búsqueda. Nada. Ni Facebook, ni MySpace, ni un *blog*. Era como si no existiera.

—¿Cuál es tu historia, Patch? —murmuré—. ¿Quién eres en realidad?

Al cabo de media hora había leído varias reseñas y mis ojos se habían puesto vidriosos. Amplié mi búsqueda en Internet a todos los periódicos de Maine. Apareció un enlace del periódico del colegio Kinghorn. Pasaron unos segundos antes de que recordara de dónde me sonaba ese nombre. Elliot había sido trasladado desde el

Kinghorn. Decidí investigar. Si el colegio era tan de elite como Elliot afirmaba, probablemente tuvieran un periódico decente.

Hice click sobre el *link*, repasé la lista de archivos y escogí al azar el del 21 de marzo del año anterior. Al instante ya tenía un titular.

ESTUDIANTE INTERROGADO POR ASESINATO EN EL KINGHORN

Acerqué mi silla, contenta de leer cosas más interesantes que reseñas de teatro.

Un estudiante de dieciséis años del colegio Kinghorn, a quien la policía estaba interrogando por el caso denominado «El ahorcamiento de Kinghorn», ha sido puesto en libertad sin cargos. Después de que el cuerpo de Kjirsten Halverson, de dieciocho años, fuera encontrado colgando de un árbol en el campus del colegio, la policía interrogó al estudiante de segundo año Elliot Saunders, quien fue visto con la víctima la noche de su muerte.

Mi mente tardaba en procesar la información. ¿Elliot fue interrogado como parte de la investigación de un asesinato?

Halverson trabajaba como camarera en Blind Joe's. La policía confirmó que Halverson y Saunders fueron vistos caminando juntos por el campus la noche del sábado. El cuerpo de Halverson fue descubierto la mañana del domingo, y Saunders fue liberado el lunes por la tarde después de que se encontrara una nota de suicidio en el apartamento de Halverson.

—¿Has encontrado algo interesante?

Di un respingo al oír la voz de Elliot detrás de mí. Me giré y lo vi apoyado en el marco de la puerta. Sus ojos estaban ligeramente entornados; su boca, formando una línea. Algo se extendió por mi rostro, algo así como un rubor, sólo que todo lo contrario.

Moví la silla ligeramente a la derecha, tratando de colocarme enfrente de la pantalla.

—Sólo... sólo estaba terminando mi trabajo. ¿Y tú qué? ¿Qué andas haciendo? No te he oído entrar. ¿Cuánto tiempo llevas ahí de pie? —Mi voz se oía en toda la sala.

Él entró en la sala. Busqué a tientas el botón para apagar la pantalla.

—Estoy intentando inspirarme para escribir una reseña de teatro que debo enviar a la revista esta noche. —Seguía hablando demasiado rápido. ¿Y el botón?

Elliot entornó los ojos para mirar.

—¿Una reseña de teatro?

Mis dedos rozaron un botón y oí cómo el monitor se apagaba.

—Perdona, ¿qué decías que haces aquí?

—Pasaba caminando cuando te he visto. ¿Algún problema? Pareces nerviosa.

—Oh, es la falta de azúcar. —Apilé mis libros y papeles y los metí en la mochila—. No he comido nada desde el almuerzo.

Elliot agarró una silla y la acercó a la mía. Se sentó y se inclinó hacia delante, invadiendo mi espacio personal.

—Tal vez pueda ayudarte con la reseña.

Me eché hacia atrás.

—Vaya, es muy amable de tu parte, pero por ahora me rindo. Necesito comer algo. Es un buen momento para una pausa.

—Deja que te invite a cenar. Hay un restaurante en la esquina.

—Te lo agradezco, pero mi madre me estará esperando. Ha estado toda la semana fuera y regresa esta noche.

Me puse de pie y traté de pasar por su lado, pero él sacó su móvil y extendió el brazo.

—Llámala.

Bajé la vista hacia el teléfono buscando una excusa.

—No me dejan salir por las noches entre semana.

—Se llama mentir, Nora. Dile que la tarea es más larga de lo que esperabas. Dile que necesitas quedarte otra hora en la biblioteca. No notará la diferencia.

Su voz estaba adoptando un tono de crispación que desconocía. Sus ojos azules se entrecerraban fríamente, su boca parecía más fina.

—A mi madre no le gusta que salga con chicos que ella no conoce —dije.

Elliot sonrió, pero sin calidez.

—Los dos sabemos que no haces caso a tu madre, ya que el sábado estabas en el Delphic.

Tenía la mochila colgada de un hombro y estaba ajustando la correa. No dije nada. Pasé por delante de Elliot y salí a toda prisa de la sala, sabiendo que si encendía la pantalla vería el artículo. Pero ya no había nada que yo pudiera hacer.

Camino de la hemeroteca me atreví a mirar por encima del hombro. Las paredes de cristal me permitieron ver que la sala de informática estaba vacía. Elliot no estaba por ninguna parte. Volví sobre mis pasos hasta el ordenador, atenta a si reaparecía. Encendí la pantalla; el artículo sobre la investigación del asesinato seguía allí. Lo imprimí en la impresora más cercana, lo guardé en mi carpeta, salí del sistema y me apresuré a marcharme.

CAPÍTULO

12

El móvil sonó en mi bolsillo. Comprobé que ningún bibliotecario me estuviera dirigiendo una mirada asesina y contesté.

—¿Mamá?

—Buenas noticias. La subasta ha concluido antes de lo previsto. Saldré una hora antes y debería llegar más temprano. ¿Dónde estás?

—Vaya. No te esperaba hasta tarde. Estoy saliendo de la biblioteca. ¿Cómo ha ido por el norte de Nueva York?

—Se me ha hecho largo. —Se echó a reír, pero parecía agotada—. Tengo muchas ganas de verte.

Miré alrededor en busca de un reloj. Quería pasar por el hospital y ver a Vee antes de ir a casa.

—La situación es la siguiente —le dije—: ahora tengo que visitar a Vee. Puede que me retrase un poco. Pero me daré prisa, te lo prometo.

—Por supuesto. —Percibí un atisbo de decepción en su voz—. ¿Hay novedades? Esta mañana he recibido tu mensaje sobre la operación.

—La operación ha terminado. Ahora mismo la están llevando a una habitación privada.

—Nora. —Noté un arrebato de emoción en su voz—. Me alegro mucho de que no te ocurriera a ti. Si te pasara algo malo no podría soportarlo. Sobre todo, desde que tu padre… En fin, me alegro de que estés ilesa. Saluda a Vee de mi parte. Te veo luego. Un abrazo y un beso.

—Te quiero, mamá.

El Centro Médico Regional de Coldwater es un edificio de ladrillo de tres plantas con un pasadizo cubierto que conduce a la entrada principal. Crucé las puertas giratorias de cristal y fui al mostrador de información para preguntar por Vee. Me dijeron que la habían llevado a una habitación hacía media hora, y que el horario de visitas terminaba en quince minutos. Localicé los ascensores y pulsé el botón para subir a la planta superior.

Al llegar a la habitación 207 empujé la puerta.

—¿Vee? —Respiré hondo, crucé el recibidor y la encontré reclinada en una cama, con el brazo izquierdo escayolado y en cabestrillo—. Hola —dije al ver que estaba despierta.

Ella soltó un suspiro de colocada.

—Amo las drogas. De verdad. Son increíbles. Incluso mejores que el capuchino de Enzo. Es una señal. Estoy destinada a la poesía. ¿Quieres oír un poema? Soy buena improvisando.

—Ah.

Una enfermera entró y revisó ligeramente a la reina Vee.

—¿Te sientes bien? —le preguntó.

—Olvida lo de la poesía —dijo Vee—. Estoy hecha para la comedia. Toc, toc.

—¿Eh? —dije.

La enfermera puso los ojos en blanco.

—¿Quién es?

—Coge —respondió Vee.

—¿Que coja el qué?

—Coge la toalla que nos vamos a la playa.

—Quizá convendría darle menos sedantes —sugerí a la enfermera.

—Demasiado tarde. Acabo de darle otra dosis. Espera a verla en diez minutos. —Volvió a salir por la puerta.

—¿Y entonces? —le pregunté a Vee—. ¿Cuál es el veredicto?

—¿El veredicto? Que mi médico es una bola de sebo. Se parece a un Oompa-Loompa. No me mires así. La última vez que entró se puso a cantar *Pajaritos a volar*. Y no para de comer chocolate. Sobre todo, animales de chocolate. ¿Tienes una idea de la cantidad de conejos de chocolate que se venden para Pascua? Eso es lo que cenan los Oompa-Loompa. Y para el almuerzo, pato de chocolate con guarnición de píos amarillos.

—Me refiero al veredicto… —Señalé la parafernalia médica que la adornaba.

—Ah. Un brazo roto, conmoción cerebral, un surtido de cortes, rasguños y moretones. Gracias a mis reflejos logré apartarme de un salto antes de que me hicieran más daño. Cuando se trata de reflejos, soy como un gato. Soy una Catwoman. Soy invulnerable. Si pudo conmigo fue por la lluvia. A los gatos no nos gusta el agua. Nos afecta. Es nuestra kriptonita.

—Lo siento. Yo soy la que debería estar en esa cama.

—¿Y perderme todas estas drogas? De eso nada. Ni hablar.

—¿La policía ha encontrado alguna pista? —pregunté.

—Nanay, nada de nada, cero.

—¿Ningún testigo presencial?

—Ocurrió en un cementerio en medio de la tormenta. La mayoría de la gente normal estaba bajo techo.

Tenía razón. La mayoría de la gente normal estaba bajo techo. Por supuesto, nosotras y la misteriosa perseguidora éramos las únicas personas en la calle.

—¿Qué ocurrió?

—Yo iba caminando hacia el cementerio como lo habíamos planeado, cuando de repente oí pasos que se acercaban por detrás. Entonces me di la vuelta, y todo sucedió muy rápido. El destello de una pistola, y él, que se abalanzó sobre mí. Como les expliqué a los polis, mi cerebro no me decía exactamente: «Cógele la matrícula.» Fue algo más del tipo: «Vaya monstruo, me va a aplastar.» Él gruñó, me aporreó varias veces con la pistola, cogió mi bolso y echó a correr.

Vaya.

—Un momento. ¿Era un tío? ¿Le viste la cara?

—Claro que era un tío. Tenía ojos oscuros… ojos grises. Pero es todo lo que vi. Llevaba un pasamontañas.

Al escuchar lo del pasamontañas, mi corazón se paró un instante. Era el mismo tipo que había saltado delante del Neon, de eso estaba segura. Vee era la prueba de que no me lo había imaginado. Recordé cómo habían desaparecido todas las evidencias del choque. Tal vez eso tampoco me lo había imaginado. Ese tipo, quienquiera que fuera, era real. Y estaba ahí fuera. Pero si las abolladuras en el Neon no habían sido imaginaciones mías, ¿qué fue lo que realmente ocurrió aquella noche? ¿Acaso mi visión o mi memoria sufrían algún tipo de alteración?

Al instante me vinieron a la mente un montón de preguntas secundarias. ¿Qué quería esta vez? ¿Estaba relacionado con la mujer que esperaba fuera del Victoria's

Secret? ¿Sabía que iría de compras al paseo marítimo? El pasamontañas explicaba que lo tenía todo planeado de antemano, con lo que sabía dónde estaría. Y no quería que yo lo reconociera.

—¿Le dijiste a alguien que nos íbamos de compras? —le pregunté a Vee de repente.

Empujó la almohada detrás de su cabeza, buscando una posición más cómoda.

—A mi madre.

—¿Sólo a ella? ¿A nadie más?

—Puede que se lo mencionara a Elliot.

De pronto, mi sangre pareció detenerse.

—¿A Elliot?

—¿Cuál es el problema?

—Debo contarte algo —dije con seriedad—. ¿Recuerdas la noche que conducía el Neon rumbo a casa y atropellé un ciervo?

—¿Sí? —dijo ella frunciendo el entrecejo.

—No era un ciervo. Era un tipo. Un tipo con pasamontañas.

—Joder, tía —susurró—. ¿Me estás diciendo que no fui atacada por casualidad? ¿Me estás diciendo que ese tipo quería algo de mí? No, espera. Quería algo de ti. Yo llevaba tu chaqueta. Él me confundió contigo.

Mi cuerpo se volvió de plomo.

Después de unos segundos de silencio, ella dijo:

—¿Estás segura de que no le dijiste a Patch que nos íbamos de compras? Porque pensándolo mejor, creo que ese tío tenía el físico de Patch. Alto, delgado, fuerte, sexy, dejando a un lado la parte de la agresión.

—Los ojos de Patch no son grises, son negros —apunté, pero era consciente de que le había dicho a Patch que nos íbamos de compras al paseo marítimo.

Vee encogió los hombros en un gesto de indecisión.

—Quizás el tío tuviera los ojos negros. No lo recuerdo. Sucedió muy rápido. Puedo ser específica con respecto a la pistola —dijo—. Me apuntaba a mí. Quiero decir, directo a mí.

Ordené mentalmente algunas piezas del rompecabezas. Si Patch había atacado a Vee, tenía que haberla confundido conmigo al verla salir de la tienda con mi chaqueta. Y al comprobar que había seguido a la chica equivocada, la había golpeado con la pistola, furioso. El único problema era que no podía imaginar a Patch dándole una paliza a Vee. Improbable. Además, se suponía que estaba en la fiesta de la costa.

—¿Tu agresor se parecía en algo a Elliot? —pregunté.

Observé que Vee asimilaba la pregunta. El sedante que le habían administrado parecía enlentecer su proceso de pensamiento, y casi podía oír cada engranaje de su cerebro funcionando con dificultad.

—Le faltaban kilos y le sobraban centímetros para ser Elliot.

—Todo esto es culpa mía —dije—. Nunca debí dejarte salir de la tienda con mi chaqueta.

—Sé que no quieres oír esto —repuso Vee, conteniendo un bostezo inducido por la droga—, pero cuanto más pienso, más parecidos encuentro entre Patch y mi agresor. La misma figura. El mismo paso largo. Qué pena que su expediente escolar esté vacío. Necesitamos una dirección. Necesitamos investigar a fondo en su barrio. Necesitamos dar con una vecina, una abuelita simplona a la que se pueda engatusar para que coloque una *webcam* en su ventana orientada hacia la casa de Patch. Porque algo raro pasa con Patch.

—¿De verdad crees que él te hizo esto? —pregunté, aún no convencida.

Vee se mordió el labio.

—Creo que oculta algo. Algo gordo.

Eso no iba a discutírselo.

Vee se hundió en su cama.

—Tengo un hormigueo en todo el cuerpo. Me siento estupendamente.

—No sabemos dónde vive —dije—, pero sí dónde trabaja.

—¿Estás pensando lo mismo que yo? —preguntó Vee, sus ojos iluminándose por un instante en la bruma de la sedación.

—Basándome en experiencias pasadas, espero que no.

—La verdad es que necesitamos poner en práctica nuestras habilidades detectivescas. Usarlas o perderlas, eso es lo que dice el entrenador. Necesitamos averiguar más sobre el pasado de Patch. Oye, que si nos documentamos estoy segura de que el entrenador nos subirá la nota.

Tenía serias dudas al respecto, dado que si Vee se veía envuelta en la investigación probablemente daría un giro ilegal. Por no mencionar que ese trabajo de investigación en particular no tenía nada que ver con la clase de Biología. Ni de lejos.

La pequeña sonrisa que Vee me había arrancado desapareció. Por muy divertido que fuera tomarse a broma la situación, yo estaba aterrorizada. El tipo del pasamontañas andaba suelto y planeaba el siguiente ataque. Existía la posibilidad de que Patch supiera lo que iba a ocurrir. El tipo del pasamontañas había saltado delante del Neon al día siguiente de que Patch se sentara conmigo en clase de Biología. Quizá no fuera una coincidencia.

La enfermera asomó la cabeza por la puerta.

—Son las ocho en punto —me dijo señalando su reloj—. El horario de visitas ha terminado.

—Ahora salgo —respondí.

En cuanto sus pasos se perdieron por el pasillo, cerré la puerta de la habitación. Quería privacidad antes de hablarle algo sobre la investigación del asesinato que afectaba a Elliot. Pero cuando regresé a la cama de Vee parecía que la medicación ya había surtido efecto.

—Ya está llegando —dijo con una expresión de puro éxtasis—. El subidón de la droga... en cualquier momento... una oleada de calor... adiós, señor dolor.

—Vee...

—Toc, toc.

—Esto es importante, de verdad.

—Toc, toc.

—Vee, se trata de Elliot.

—Toc, toc —repitió con voz cantarina.

Suspiré.

—¿Quién es?

—Bu.

—¿Qué Bu?

—¡Buuuah! Alguien llora y yo no soy. —Estalló en una risa histérica.

Comprendiendo que era inútil intentarlo, le dije:

—Llámame mañana después de que te den el alta. —Cerré la cremallera de mi mochila—. Por cierto, te he traído los deberes. ¿Dónde quieres que te los deje?

Señaló el cubo de la basura.

—Ahí mismo.

Entré el Fiat en el garaje y me guardé las llaves en el bolsillo. No había estrellas en el cielo, y empezaba a llover. Bajé la puerta del garaje hasta el suelo y la cerré con llave. Entré en la cocina. Había una luz encendida en el piso de arriba, y al instante mi madre bajó corriendo las escaleras y me abrazó.

Mi madre tiene el cabello oscuro ondulado y los ojos verdes. Es apenas más baja que yo, pero tenemos la misma estructura ósea. Siempre huele a Love, de Ralph Lauren.

—Me alegra tanto que estés bien... —me dijo, apretándome fuerte.

«Por los pelos», pensé.

CAPÍTULO
13

A las siete de la tarde del día siguiente, el aparcamiento del Borderline estaba repleto. Después de una hora de ruegos, Vee y yo convencimos a sus padres para celebrar su primera noche fuera del hospital con chiles rellenos y unos daiquiris de fresa. Al menos eso fue lo que dijimos. Pero lo cierto era que teníamos una segunda intención.

Aparqué el Neon en un espacio estrechísimo y apagué el motor.

—Puaj —dijo Vee cuando le devolví las llaves y mis dedos rozaron los suyos—. ¡Estás sudando a mares!

—Estoy nerviosa.

—Vaya, no me había dado cuenta.

Sin querer miré hacia la puerta.

—Sé lo que estás pensando —dijo Vee, apretando los labios—. Y la respuesta es no. Ni se te ocurra.

—No sabes lo que estoy pensando —dije.

—¡Jo, y tanto que lo sé!

—No pensaba echar correr —me defendí—. Yo no.

—Mentirosa.

El martes era la noche libre de Patch, y Vee me había

metido en la cabeza que era la ocasión perfecta para interrogar a sus compañeros de trabajo. Me imaginaba acercándome a la barra en plan coqueta, mirando al camarero como lo haría Marcie Millar, para pasar directamente al tema de Patch. Necesitaba la dirección de su casa. Necesitaba una detención previa por cualquier motivo. Necesitaba saber si tenía alguna conexión con el tipo del pasamontañas, por muy vaga que fuera. Y averiguar qué hacían en mi vida el tipo del pasamontañas y aquella misteriosa mujer.

Miré dentro de mi bolso, asegurándome de que todavía llevaba la lista de preguntas que había preparado. De un lado del papel estaban las preguntas sobre la vida personal de Patch. En el reverso tenía algunos apuntes para flirtear. Por si acaso.

—Vaya, vaya —dijo Vee—, pero ¿qué es eso?

—Nada —repliqué doblando la lista.

Ella trató de arrebatarme el papel, pero yo fui más rápida y lo metí en el fondo del bolso.

—Regla número uno —dijo entonces—: para flirtear no se utilizan notas.

—Para cada regla hay una excepción.

—¡Y ésa no eres tú! —Vee cogió dos bolsas de plástico del asiento trasero y se dio la vuelta para salir del coche. Nada más apearme, ella se valió de su brazo bueno para arrojarme las bolsas por encima del techo del Neon.

—¿Qué son? —le pregunté atrapando las bolsas. Las asas estaban atadas y no se podía ver lo que contenían, pero el inconfundible extremo de un tacón de aguja amenazaba con agujerear el plástico.

—Talla treinta y nueve. Piel de tiburón —respondió Vee—. Es más fácil interpretar un papel cuando te metes en él.

—No puedo caminar con tacones altos.

—Pues menos mal que no son altos.

—Lo parecen —dije mirando el tacón de aguja que sobresalía.

—Sólo tienen unos doce centímetros.

Genial. Si tenía la suerte de no romperme el cuello, sólo tendría que sentirme humillada seduciendo a escondidas a los compañeros de trabajo de Patch.

—Te cuento —me dijo Vee mientras apretábamos el paso por la acera rumbo a la puerta principal—. He invitado a un par de personas. Cuantos más seamos, mejor nos lo pasaremos, ¿no crees?

—¿A quién? —pregunté, sintiendo surgir una corazonada oscura en la boca del estómago.

—A Jules y a Elliot.

Antes de que tuviera ocasión de decirle a Vee lo terrible que me parecía esa idea, ella se adelantó:

—Ha llegado la hora de la verdad: me he estado viendo con Jules. A escondidas.

—¿Qué?

—Deberías ver su casa. La de Bruce Wayne es poca cosa. Puede que sus padres sean narcotraficantes en Suramérica o herederos de una riqueza ancestral. Como todavía no los conozco, no puedo saberlo.

Me quedé sin palabras. Abrí y cerré la boca, pero sin decir ni mu.

—¿Cuándo ocurrió? —conseguí preguntar finalmente.

—Justo después de aquel encuentro premonitorio en Enzo.

—¿Premonitorio? Vee, no tienes ni idea…

—Espero que hayan llegado primero y reservado mesa —dijo Vee estirando el cuello para ver el gentío acumulado en la puerta—. No quiero esperar. De verdad que estoy a dos escasos minutos de morirme de hambre.

Agarré a Vee por el brazo bueno y le di un tirón.

—Tengo algo que contarte...

—Ya lo sé, ya lo sé. Crees que cabe la posibilidad de que fuera Elliot quien me atacó el domingo. Pues a mí me parece que has confundido a Elliot con Patch. Y después de que esta noche hagas tu trabajo de detective, los hechos me darán la razón. Créeme, me interesa saber quién me atacó tanto como a ti. Quizá más. Ahora es una cuestión personal. Y si vamos a darnos consejos mutuamente, aquí va el mío: aléjate de Patch. Sólo por precaución.

—Me alegra que hayas pensado en eso —repuse secamente—, pero escucha: encontré un artículo...

Las puertas del Borderline se abrieron. Una ola de calor salió del interior trayéndonos los aromas de las limas y del cilantro, junto con la música de una banda de mariachis sonando por los altavoces.

—Bienvenidas al Borderline —dijo la recepcionista—. ¿Sois sólo vosotras dos?

Elliot estaba detrás de ella en el vestíbulo. Nos miramos al mismo tiempo. Él sonrió con la boca, pero no con los ojos.

—Señoritas —dijo frotándose las manos mientras se acercaba—. Estáis esplendorosas, como siempre.

Me escoció la piel.

—¿Dónde está tu cómplice? —preguntó Vee paseando la mirada por el vestíbulo. Farolillos de papel colgaban del techo, y un mural de un pueblo de México abarcaba dos paredes. Las mesas reservadas estaban todas ocupadas. No había ni rastro de Jules.

—Malas noticias —dijo Elliot—. El caballero está enfermo. Vais a tener que conformaros conmigo.

—¿Enfermo? —repitió Vee—. ¿Cómo que enfermo? ¿Qué clase de excusa es ésa?

—Enfermo, como cuando se tienen vómitos y diarrea.

Vee arrugó la nariz.

—Demasiada información.

Yo todavía intentaba hacerme a la idea de que estuviera pasando algo entre Vee y Jules. Jules daba la impresión de ser hosco y resentido, y no parecía para nada interesado en estar con Vee ni con nadie. No me sentía en absoluto tranquila sabiendo que Vee pasaba tiempo a solas con Jules. No necesariamente por lo desagradable que era ni por lo poco que yo le conocía, sino por la única cosa que yo sabía acerca de él: que él y Elliot eran amigos íntimos.

La recepcionista cogió tres menús de un pequeño armario y nos condujo a un reservado tan cerca de la cocina que podía sentirse el fuego de los hornos a través de las paredes. A la izquierda estaba el bar. A la derecha, las puertas de cristal empañadas que conducían al patio. Mi blusa de popelina ya estaba adherida a mi espalda. Pero mi sudor podía tener que ver más con la primicia de Vee y Jules que con el calor.

—¿Aquí está bien? —preguntó la recepcionista, señalando el reservado.

—Estupendo —dijo Elliot y se quitó la cazadora—. Me encanta este sitio. Si el ambiente no te hace sudar, espera a probar la comida.

La sonrisa de la recepcionista se encendió.

—Usted ya ha estado aquí. ¿Puedo recomendarle empezar con unos nachos y nuestra nueva salsa de jalapeño? Es la más picante de la casa.

—Me encantan las cosas picantes —dijo Elliot.

Estaba segura de que se comportaba como un baboso. Había sido demasiado generosa al pensar que no era tan grosero como Marcie. Había sido demasiado generosa acerca de él, y punto. Ahora sabía que desde el principio ocultaba una investigación por asesinato y a saber cuántos otros esqueletos en el armario.

La recepcionista lo repasó con una mirada apreciativa.

—Regresaré con los nachos y la salsa. La camarera vendrá enseguida para tomarles el pedido.

Vee se sentó primero, yo me senté a su lado, y Elliot ocupó el asiento enfrente de mí. Nuestras miradas se encontraron y en sus ojos había algo oscuro. Rencor, probablemente. Tal vez incluso hostilidad. Me preguntaba si sabía que yo había visto el artículo.

—El púrpura te queda bien, Nora —dijo, señalando con la cabeza mi bufanda mientras me la quitaba y la ataba a las asas de mi bolso—. Resalta tus ojos.

Vee me dio un pisotón. Ella pensaba que realmente me estaba haciendo un cumplido.

—Oye —le dije a Elliot con una sonrisa artificial—, ¿por qué no nos cuentas algo sobre el Kinghorn?

—Sí —se unió Vee—. ¿Tienen sociedades secretas? ¿Como en las películas?

—¿Qué os puedo contar? —dijo Elliot—. Un colegio estupendo. Fin de la historia. —Cogió el menú y le echó un vistazo—. ¿Alguien quiere un aperitivo? Yo invito.

—Si era tan estupendo, ¿por qué te trasladaste? —Penetré sus ojos y aguanté la mirada. Aunque sólo fuera ligeramente, enarqué las cejas, desafiante.

Un músculo de la mandíbula de Elliot se movió justo antes de que enseñara una sonrisa resquebrajada.

—Por las chicas. Oí que por aquí eran mucho más guapas. Los rumores resultaron ciertos. —Me guiñó un ojo y sentí un escalofrío.

—¿Por qué Jules no se trasladó contigo? —preguntó Vee—. Podríamos haber sido los cuatro fantásticos, pero todavía mejores. Los cuatro fenómenos.

—Los padres de Jules están obsesionados con su educación. Decir que se les va la vida en ello sería poco. Lo juro, ese chico llegará muy lejos. Nada puede detenerlo. Yo pienso que soy bueno en el cole, mejor que la mayoría, pero no hay nadie que supere a Jules. Es un dios académico.

La mirada soñadora retornó a los ojos de Vee.

—Hasta ahora no he conocido a sus padres —dijo ella—. Las dos veces que fui a su casa estaban fuera de la ciudad o trabajando.

—Trabajan mucho —confirmó Elliot, volviendo a bajar la vista hacia el menú, dificultándome leer sus ojos.

—¿A qué se dedican? —pregunté.

Él bebió un trago de agua. Me dio la impresión de que estaba haciendo tiempo mientras pensaba una respuesta.

—Diamantes. Pasan mucho tiempo en África y en Australia.

—No sabía que Australia fuera importante en el negocio de los diamantes —dije.

—Ni yo —apuntó Vee.

De hecho, estaba segura de que en Australia no había diamantes.

—¿Por qué viven en Maine? —pregunté—. ¿Por qué no en África?

Elliot se concentró más aún en el menú.

—¿Qué vais a pedir? Las fajitas de carne tienen buena pinta.

—Si los padres de Jules están en el negocio de los diamantes, apuesto a que son expertos en elegir el anillo de compromiso perfecto —dijo Vee—. Siempre he querido un solitario con una esmeralda.

Le di una patada a Vee por debajo de la mesa. Ella me pinchó con el tenedor.

—¡Ay! —chillé.

La camarera se plantó en el extremo de la mesa para tomar el pedido.

—¿Para beber?

Elliot repasó el margen superior de su menú, luego me miró a mí y después a Vee.

—Coca-Cola *light* —pidió Vee.

—Agua con lima, por favor —dije.

La camarera regresó con sorprendente rapidez trayendo nuestras bebidas. Su regreso era mi pie para abandonar la mesa y empezar con el plan, y Vee me lo recordó con un segundo pisotón por debajo de la mesa.

—Vee —dije entre dientes—, ¿me acompañarías al lavabo? —De repente no quería llevar a cabo el plan. No quería dejar a Vee a solas con Elliot. Lo que quería era llevármela, contarle lo de la investigación por asesinato y encontrar la manera de que Elliot y Jules desaparecieran de nuestras vidas.

—¿Por qué no vas sola? —repuso ella—. Creo que sería un mejor plan. —Señaló la barra con la cabeza como indicándome «ve», mientras me ahuyentaba con discretos movimientos por debajo de la mesa.

—Estaba planeando ir sola, pero de verdad que me gustaría que me acompañaras.

—¿Qué os pasa, chicas? —dijo Elliot, repartiendo su sonrisa entre las dos—. La verdad, no he conocido a ninguna chica que pueda ir sola al lavabo. —Se inclinó hacia delante y sonrió con complicidad—. Dejadme conocer el secreto. En serio. Os pagaré cinco dólares a cada una. —Se llevó la mano al bolsillo trasero—.

Diez dólares si me dejáis ir con vosotras y ver de qué se trata.

Vee le dirigió una sonrisa.

—Pervertido. No te dejes esto —me dijo a mí, cargando en mis brazos las bolsas de plástico.

Elliot levantó las cejas.

—Es basura —le explicó Vee con un toque mordaz—. Nuestro cubo de basura está repleto. Mi madre me preguntó si ya que salía podía deshacerme de ella.

Elliot se mostró incrédulo, y a Vee no pareció importarle. Me levanté cargando con el disfraz en mis brazos, y digerí mi frustración.

Caminando entre las mesas me dirigí al pasillo que conducía al servicio. El pasillo estaba pintado de terracota y decorado con maracas, sombreros de paja y muñecas de madera. Allí hacía más calor, y me enjugué la frente. El plan consistía en acabar con eso lo antes posible. En cuanto regresara a la mesa pondría una excusa para irme y me llevaría a Vee conmigo. Con o sin su consentimiento.

Después de echar un vistazo en las tres cabinas del lavabo de señoras y asegurarme de que estaba sola, eché llave a la puerta y vacié las bolsas encima del tocador. Una peluca rubia platino, un sujetador púrpura de realce con aro y almohadillas extraíbles, un top negro, una minifalda con lentejuelas, unos leotardos de color fucsia, un par de tacones de aguja de piel de tiburón talla treinta y nueve.

Volví a meter en las bolsas el sujetador, el top y los leotardos. Me quité el pantalón y me puse la minifalda. Oculté mi pelo bajo la peluca y me apliqué el pintalabios. Lo realcé con una generosa capa de brillo de labios.

—Puedes hacerlo —me dije frente al espejo, volviendo a tapar el brillo y juntando los labios—. Puedes conseguir una Marcie Millar. Seducir a los hombres para sonsacarlos. No puede ser tan difícil.

Me quité los mocasines, los metí en la bolsa junto con mis tejanos y escondí la bolsa debajo del tocador.

—Además —continué—, no hay nada malo en sacrificar un poco de orgullo a cambio de información. Si quieres enfocarlo desde una perspectiva malsana, hasta podrías pensar que en caso de no obtener respuestas acabarás muerta. Porque te guste o no, ahí fuera hay alguien dispuesto a hacerte daño.

Balanceando en el aire los zapatos de piel de tiburón, los observé con detenimiento. No eran la cosa más fea del mundo. Hasta podía decirse que eran sexis. Los tiburones atacan Coldwater, Maine. Me los calcé y practiqué caminando varias veces de un lado a otro del servicio.

Dos minutos más tarde me senté con cuidado en un taburete de la barra.

El camarero me echó el ojo. «¿Dieciséis? —se preguntó—. ¿Diecisiete?»

Parecía diez años mayor que yo y tenía el pelo castaño cortado al rape y con entradas. De su lóbulo derecho colgaba un pendiente plateado. Camiseta blanca y tejanos. No era feo, pero tampoco un Apolo.

—No soy menor de edad —dije levantando la voz por encima de la música y del barullo de la conversación—. Estoy esperando a una amiga. Desde aquí tengo una vista estupenda de la puerta. —Saqué la lista de preguntas de mi bolso y encubiertamente la coloqué debajo de un salero de cristal.

—¿Qué es eso? —me preguntó el camarero, secándose las manos y señalando la lista con la cabeza.

Deslicé la lista más aún debajo del salero.

—Nada —respondí en tono inocente.

Enarcó una ceja.

Decidí no ceñirme a la verdad.

—Es una lista de la compra. De regreso a casa tengo que comprar algunas verduras para mi madre. —«¿Qué ha pasado con lo de flirtear? —me pregunté—. ¿Qué ha pasado con lo de jugar a ser Marcie Millar?»

Me lanzó una mirada escrutadora que no me pareció del todo negativa.

—Después de cinco años en este trabajo, sé detectar a una mentirosa.

—No soy una mentirosa —dije—. Quizás estuviera mintiendo hace un instante, pero fue una sola mentira. Una mentirijilla no me convierte en una mentirosa.

—Tienes pinta de periodista —respondió él.

—Trabajo en la revista digital del instituto. —Tonta de mí. Los periodistas no inspiran confianza. La gente suele sospechar de los periodistas—. Pero esta noche la tengo libre —me corregí—. Esta noche sólo placer. Nada de trabajo. Nada de agendas extraoficiales. Nada de nada.

Después de un silencio decidí que era el momento de avanzar.

—¿Trabajan muchos estudiantes de instituto en el Borderline?

—Tenemos a unos cuantos, sí. Recepcionistas y ayudantes de camarero.

—¿En serio? —dije fingiendo sorpresa—. Tal vez conozco a alguno.

El camarero miró al techo y se rascó la barbilla. Su mirada vacía no me inspiraba confianza. Por no mencionar que apenas disponía de tiempo. Elliot podía estar poniendo drogas letales en la Coca-Cola *light* de Vee.

—¿Te suena Patch Cipriano? —pregunté—. ¿Trabaja aquí?

—¿Patch? Sí, trabaja aquí. Un par de noches a la semana y los fines de semana.

—¿Este domingo por la noche vino a trabajar? —Procuré no parecer demasiado curiosa. Pero necesitaba saber si había una posibilidad de que Patch hubiera estado en el paseo marítimo. Dijo que tenía una fiesta en la costa, pero quizás había cambiado de planes. Si alguien me aseguraba que el domingo por la noche estaba trabajando, podía descartar su implicación en el ataque a Vee.

—¿El domingo? —Volvió a rascarse—. Las noches se me mezclan. Pregúntales a las camareras. Seguro que alguna lo recuerda. Todas se ríen como tontas y se derriten cuando Patch viene a trabajar. —Sonrió, como si por algún motivo yo pudiera comprenderlas.

—Por casualidad, ¿no tendrás acceso a su solicitud de trabajo? —Incluyendo su domicilio.

—Va a ser que no.

—Sólo por curiosidad —dije—, ¿sabes si es posible que te contraten aquí si tienes antecedentes penales?

—¿Antecedentes penales? —Lanzó una risotada—. ¿Me estás tomando el pelo?

—Vale, no antecedentes penales, pero ¿y si has cometido un delito menor?

Apoyó las manos en la barra y se inclinó hacia delante.

—Ni hablar —dijo. Su tono había dejado de ser complaciente para tornarse ofensivo.

—Eso está muy bien. Es bueno saberlo. —Cambié de posición sobre el taburete, y sentí la piel de mis muslos despegándose del vinilo. Estaba sudando. Si la regla número uno del flirteo era no llevar listas, estaba segura de que la regla número dos era no sudar.

Consulté mi lista.

—¿Sabes si Patch ha tenido alguna vez una orden judicial de alejamiento? ¿Sabes si tiene antecedentes por acosador? —Decidí lanzarle todas las preguntas en un último intento desesperado antes de que me mandara a freír espárragos, o peor aún, me echara del restaurante por acoso o comportamiento sospechoso—. ¿Sabes si tiene novia? —pregunté bruscamente.

—Pregúntaselo a él.

Pestañeé.

—Él no está aquí.

Mi estómago se aflojó ante la sonrisa del camarero.

—Esta noche no trabaja, ¿verdad? —pregunté—. Se supone que el martes es su día libre.

—Sí, así es. Pero está sustituyendo a Benji, que está en el hospital. Apendicitis.

—¿Quieres decir que Patch está aquí? ¿Ahora? —Miré por encima del hombro, acomodándome la peluca para cubrirme el perfil mientras lo buscaba por todo el restaurante.

—Ha ido a la cocina hace unos minutos.

Casi me caí del taburete.

—Creo que he dejado el coche en marcha. ¡Pero me ha encantado hablar contigo! —Me marché al servicio tan rápido como pude.

Una vez allí cerré la puerta con llave y, apoyada de espaldas, respiré agitada. Luego me acerqué al lavamanos y me mojé la cara con agua fría. Patch iba a enterarse de que lo espiaba. Mi inolvidable actuación así lo garantizaba. Menuda humillación. Y Patch era sumamente reservado. A las personas reservadas no les gusta que husmeen en sus vidas. ¿Cómo reaccionaría al saber que lo estaba observando con lupa?

Y entonces me pregunté por qué había ido hasta ahí, ya que en lo más profundo de mí no creía que él fuera el tipo del pasamontañas. Quizá tuviera secretos oscuros, perturbadores, pero ir por ahí con un pasamontañas no era propio de él.

Cerré el grifo, y al levantar la vista vi la cara de Patch reflejada en el espejo. Grité y me di la vuelta.

Él no sonreía, ni parecía muy contento.

—¿Qué estás haciendo aquí? —dije con la voz entrecortada.

—Trabajo aquí.

—Quiero decir aquí. ¿Es que no sabes leer? Es el lavabo de señoras…

—Estoy empezando a pensar que me sigues. Cada vez que me doy la vuelta, allí estás tú.

—Quería distraer a Vee —expliqué—. Ha estado en el hospital. —Sonaba como si estuviera a la defensiva, lo que seguramente me hacía parecer más culpable—. No pensaba encontrarme contigo. Se supone que es tu noche libre. ¿Y qué me estás contando? Soy yo la que te veo cada vez que me doy la vuelta.

Su mirada era afilada e intimidatoria. Sopesaba cada una de mis palabras, cada uno de mis movimientos.

—¿Quieres explicarme lo de tu pelo hortera? —dijo.

Me arranqué la peluca y la arrojé sobre el tocador.

—¿Quieres explicarme dónde has estado? Hace dos días que no vas a clase.

Estaba casi segura de que Patch no revelaría su paradero, pero en cambio dijo:

—Jugando al *paintball*. ¿Qué hacías tú en la barra?

—Hablar con el camarero. ¿Es un crimen? —Apoyando una mano en el tocador, levanté un pie para quitarme un tacón de tiburón. Me incliné un poco, y mientras lo hacía la lista de preguntas se salió de mi escote y cayó al suelo.

Me arrodillé para recogerla, pero Patch se me adelantó. La sostuvo encima de su cabeza mientras yo saltaba para agarrarla.

—¡Devuélveme eso! —dije.

—«¿Ha tenido Patch alguna vez una orden judicial de alejamiento?» —leyó—. «¿Es Patch un criminal?»

—¡Dámelo! —insistí furiosa.

Él rio por lo bajo, y yo supe que había visto la siguiente pregunta.

—«¿Patch tiene novia?»

Se guardó el papel en el bolsillo trasero. Estaba dispuesta a recuperarlo, pese a donde se encontraba.

Se apoyó de espaldas en el tocador y me miró a los ojos.

—Si estás buscando información, prefiero que me preguntes a mí.

—Esas preguntas —señalé su bolsillo— eran sólo una broma. Vee las escribió —añadí en un momento de inspiración—. Todo es culpa suya.

—Conozco tu letra, Nora.

—Vale, de acuerdo, está bien —admití mientras intentaba encontrar una respuesta inteligente, pero tardé demasiado.

—Ni órdenes de alejamiento —dijo—. Ni delitos.

Levanté la barbilla.

—¿Novia? —Me dije que no me importaba su respuesta. Ya fuera una cosa u otra, lo mismo daba.

—Eso no es asunto tuyo.

—Intentaste besarme —le recordé—. Lo convertiste en asunto mío.

Un amago de sonrisa pirata acechaba en su boca. Tuve la impresión de que estaba recordando cada detalle de aquel beso, incluido mi suspiro-gemido.

—Ex novia —dijo al cabo.

El alma se me cayó al suelo mientras un súbito pensamiento acudía a mi mente. ¿Y si la chica del Delphic y el paseo marítimo era la ex novia de Patch? ¿Y si me vio hablando con Patch en el salón de juegos y pensó que había algo entre nosotros? Si todavía se sentía atraída por Patch, era de esperar que se sintiera celosa y me siguiera a todas partes. Algunas piezas del rompecabezas parecían encajar...

Entonces, él dijo:

—Pero ya no está.

—¿Qué quieres decir?

—Se fue. No va a volver.

—¿Quieres decir que... murió?

Patch no lo negó.

De repente sentí una pesadez y un nudo en el estómago. Eso no me lo esperaba. Patch tenía una novia, y había muerto.

La puerta del lavabo de señoras vibró cuando alguien trató de entrar. Me había olvidado de que estaba cerrada con llave. Entonces ¿cómo había entrado Patch? O tenía una llave, o bien había otra explicación. Otra explicación en la que preferí no pensar, como que se había deslizado por debajo de la puerta como el aire. Como el humo.

—Tengo que volver al trabajo —dijo. Me lanzó una mirada que se demoró un instante debajo de las caderas—. Minifalda mortal. Piernas de infarto.

Antes de que yo pudiera conformar una respuesta coherente, él salió por la puerta.

La mujer mayor que esperaba para entrar me miró, y luego se dio la vuelta y miró a Patch, que se alejaba por el pasillo.

—Querida —me dijo—, parece un bribón de cuidado.

—Bien dicho —masculló.

Se retocó su cabello corto canoso peinado en espiral.

—Una chica puede morir por un bribón como ése.

Después de cambiarme de ropa regresé al reservado y me senté al lado de Vee. Elliot miró su reloj y luego a mí, levantando las cejas.

—Perdón por la tardanza —dije—. ¿Me he perdido algo?

—Nada —dijo Vee—. Lo de siempre, lo de siempre. —Me golpeó la rodilla, y en el gesto iba implícita la pregunta: «¿Y bien?»

Entonces, Elliot dijo:

—Te has perdido a la camarera. He pedido un burrito para ti. —Una sonrisa escalofriante tiró de las comisuras de sus labios.

Vi mi oportunidad.

—En realidad, no sé si quiero comer. —Hice una mueca de asco que no era del todo artificial—. Creo que me ha dado lo mismo que a Jules.

—Oh, Dios mío —dijo Vee—. ¿Te encuentras bien?

Negué con la cabeza.

—Buscaré a la camarera y le diré que nos ponga la comida en una caja —sugirió Vee mientras buscaba las llaves en el bolso.

—¿Y yo qué? —dijo Elliot.

—¿Lo dejamos para otro día? —propuso Vee.

«Bien pensado», me dije.

CAPÍTULO

14

Regresé a casa poco antes de las ocho. Metí la llave en la cerradura, cogí el pomo y empujé la puerta con la cadera. Había llamado a mi madre unas horas antes de la cena; ella estaba en la oficina, con muchas cosas pendientes, y no sabía a qué hora llegaría. Esperaba encontrarme la casa en silencio, oscura y fría.

Al tercer golpe de cadera la puerta cedió, y yo arrojé mi bolso en la oscuridad, para luego forcejear con la llave, todavía metida en la cerradura. Desde la noche en que Patch había venido, la cerradura mostraba una tendencia voraz. Me preguntaba si Dorothea lo había notado antes.

—Devuélveme la mal-di-ta llave —dije sacudiéndola hasta sacarla.

El reloj de pie del pasillo marcó la hora en punto, y ocho campanadas estridentes retumbaron rompiendo el silencio. Estaba entrando en el salón para encender la estufa de leña cuando se oyó el frufrú de una tela y un leve crujido al otro lado de la habitación.

Grité.

—¡Nora! —dijo mi madre, apartando una manta e incorporándose sobre el sofá—. ¿Qué demonios te ocurre?

Yo tenía una mano sobre el corazón y la otra apoyada en la pared, sosteniéndome.

—¡Me has asustado!

—Estaba dormida. Si te hubiera oído entrar te habría dicho algo. —Se apartó el pelo de la cara y parpadeó con seriedad—. ¿Qué hora es?

Me desplomé sobre el sillón más cercano y traté de recuperar mi pulso normal. Mi imaginación había hecho aparecer un par de ojos despiadados detrás de un pasamontañas. Ahora que sabía con certeza que ese tipo no era producto de mi imaginación, sentía un deseo imperioso de contarle todo a mi madre, desde cómo había saltado delante del Neon hasta su papel como agresor de Vee. Me estaba siguiendo, y era violento. Cambiaríamos la cerradura de la puerta. Y hasta parecía lógico avisar a la policía. Me sentiría mucho más segura por las noches con un coche patrulla junto al bordillo.

—Pensaba esperar para hablarte de esto —dijo mi madre, interrumpiendo mis pensamientos—, pero nunca se sabe si va a presentarse el momento apropiado.

Fruncí el entrecejo.

—¿Qué sucede?

Dio un suspiro largo y angustioso.

—Estoy pensando en vender la casa.

—¿Y eso? ¿Por qué?

—Llevamos un año luchando, y no creo que llegue a ganar tanto como esperaba. He pensado en buscar un segundo empleo, pero no creo que el día tenga suficientes horas. —Se rio sin una pizca de humor—. El salario de Dorothea no es mucho, pero es un gasto extra. Lo único que se me ocurre es mudarnos a una casa más pequeña. O a un apartamento.

—Pero ésta es nuestra casa. —Allí estaban todos mis

recuerdos. No podía creer que ella no sintiera lo mismo. Yo haría cualquier cosa por quedarnos.

—Esperaré tres meses más. Pero no te hagas demasiadas ilusiones.

Entonces supe que no podía contarle lo del tipo del pasamontañas. Renunciaría al día siguiente, conseguiría un trabajo en la ciudad y no quedaría más remedio que vender la casa.

—Hablemos de algo más alegre —dijo ella forzando una sonrisa—. ¿Qué tal la cena?

—Bien —respondí malhumorada.

—¿Y Vee? ¿Se está recuperando?

—Mañana ya puede regresar al colegio.

Mi madre sonrió con ironía.

—Suerte que se rompió el brazo izquierdo. De otro modo no podría tomar notas en clase, y me imagino lo decepcionada que estaría.

—Ja, ja. Voy a prepararme un chocolate caliente. —Me puse de pie y señalé en dirección a la cocina—. ¿Quieres uno?

—La verdad es que sí, me apetece. Voy a encender el fuego.

Tras una rápida escapada a la cocina para coger las tazas, el azúcar y la lata de cacao, regresé y encontré a mi madre colocando el hervidor sobre la estufa de leña. Me senté sobre el brazo del sofá y le alcancé una taza.

—¿Cómo supiste que estabas enamorada de papá? —le pregunté, esforzándome por parecer despreocupada. Hablando de mi padre podíamos acabar llorando, algo que esperaba evitar.

Ella se arrellanó en el sofá y puso los pies sobre la mesa.

—No lo supe. Hasta después de un año de casados.

No era la respuesta que esperaba.

—Entonces… ¿por qué te casaste con él?

—Porque creía estar enamorada. Y cuando crees estar enamorada estás dispuesta a aguantar y a hacer que funcione hasta que se convierta en amor.

—¿Tenías miedo?

—¿De casarme con él? —Se rio—. Ésa era la parte excitante. Comprar el vestido, reservar la capilla, probarme el anillo de compromiso.

Me imaginé la sonrisa maliciosa de Patch.

—¿Tenías miedo de papá?

—Sólo cuando perdían los New England Patriots.

Siempre que perdían los Patriots mi padre iba al garaje y encendía su motosierra. Dos otoños atrás había llevado la sierra al bosque detrás de nuestra propiedad, y había convertido diez árboles en leña. Todavía nos quedaba más de la mitad para consumir.

Mi madre dio una palmada sobre el sofá y yo me acurruqué junto a ella, apoyando la cabeza en su hombro.

—Lo echo de menos —dije.

—Yo también.

—Tengo miedo de olvidarme de cómo era. No en las fotos, sino cuando andaba por casa los sábados en chándal, preparando huevos revueltos.

Ella entrelazó sus dedos con los míos.

—Tú siempre te has parecido mucho a él, desde que eras pequeña.

—¿De verdad? —Me incorporé—. ¿En qué?

—Él era un buen estudiante, muy inteligente. No era una persona llamativa ni extrovertida, pero la gente lo respetaba.

—¿Era una persona… misteriosa?

Mi madre, al parecer, reflexionó al respecto.

—La gente misteriosa guarda muchos secretos. Tu padre era una persona abierta.

—¿Alguna vez se rebeló?

Se rio, sorprendida.

—¿Le has visto rebelarse alguna vez? Harrison Grey, el contable más honesto del mundo... ¿rebelándose? —Soltó un jadeo de asombro teatral—. ¡Por supuesto que no! Solía dejarse el pelo largo durante un tiempo. Era ondulado y rubio, como el de un surfista. Claro que sus gafas de carey le echaban a perder el *look*. Oye... ¿por qué empezamos a hablar de esto?

No sabía cómo explicarle mis sentimientos contradictorios hacia Patch. O sea, no sabía cómo hablarle de Patch. Mi madre probablemente solicitaría una descripción que incluyera los nombres de sus padres, sus notas, los deportes que practicaba y las universidades en que pensaba solicitar plaza. No quería alarmarla diciéndole que me jugaba mi hucha a que Patch tenía antecedentes penales.

—Hay un chico —dije, incapaz de reprimir la sonrisa al pensar en Patch— con el que he estado pasando el rato últimamente. Sobre todo por cosas del colegio.

—Ah, un chico. ¿Y bien? ¿Es del club de ajedrez? ¿Del consejo estudiantil? ¿Del equipo de tenis?

—Le gusta el *pool* —expuse con optimismo.

—¡Un nadador! ¿Es tan guapo como Michael Phelps? Claro que si hablamos del aspecto yo siempre me inclino por Ryan Lochte.*

Pensé en aclararle que me refería al billar, no a la natación. Quizá fuera mejor no aclarar nada. Billar, natación... eran casi lo mismo, ¿verdad?

Sonó el teléfono y mi madre se estiró para contestar. Después de diez segundos se dejó caer otra vez sobre el sofá y se dio una palmada en la frente.

---

* Juego de palabras intraducible entre *pool*, «piscina», y la modalidad de billar del mismo nombre. *(N. del T.)*

—No, no hay problema. Lo repasaré y lo llevaré mañana a primera hora.

—¿Hugo? —le pregunté cuando colgó. Hugo era el jefe de mi madre. Decir que llamaba a todas horas sería quedarse corto. Una vez la llamó un domingo para que fuera a trabajar porque él no sabía hacer funcionar la fotocopiadora.

—Se ha dejado un papeleo sin acabar en la oficina y necesita que lo repase, pero no creo que me lleve más de una hora. ¿Ya has hecho los deberes?

—Todavía no.

—Pues vamos allá —suspiró y levantó los pies—. ¿Te veo en una hora?

—Dile a Hugo que debería pagarte más.

Se rio.

—Mucho más.

Una vez a solas, despejé la mesa de la cocina e hice sitio para mis libros de texto. Literatura, Historia, Biología. Cogí un lápiz nuevo, abrí el primero de los libros y me puse a estudiar.

A los quince minutos mi mente se rebeló, negándose a digerir otro párrafo sobre el sistema feudal europeo. Me preguntaba qué hacía Patch después de trabajar. ¿Estudiar? Difícil de creer. ¿Comer pizza y mirar partidos de baloncesto en la tele? Improbable. ¿Jugar al billar y hacer apuestas en el Salón de Bo? Eso parecía una buena suposición.

Sentía el deseo inexplicable de ir hasta Bo y justificar mi comportamiento anterior, pero la idea fue rápidamente descartada por el simple hecho de que no tenía tiempo. Mi madre regresaría antes de lo que me llevaría ir y volver. Por no mencionar que Patch no era la clase de chico al que se podía perseguir y encontrar. Hasta ahora nuestros encuentros habían sucedido según su agenda, no la mía. Siempre era así.

Subí para ponerme algo cómodo. Entré en mi habitación y di tres pasos antes de pararme en seco. Los cajones de mi cómoda estaban abiertos; las prendas, tiradas por el suelo. La cama, deshecha. Las puertas del armario, abiertas, colgando torcidas de las bisagras. Había libros y marcos desparramados por todas partes.

Vi el reflejo de un movimiento en el cristal de la ventana y me di la vuelta. Él estaba apoyado en la pared detrás de mí, vestido completamente de negro y con el rostro cubierto por un pasamontañas. Mi cerebro cayó en un remolino de confusión, a punto de ordenarle a mis piernas que echaran a correr, cuando él se abalanzó sobre la ventana, la abrió y saltó ágilmente.

Bajé las escaleras saltando los peldaños de tres en tres, me lancé por encima de la barandilla, corrí a toda prisa por el pasillo hasta la cocina y marqué el 911.

Un cuarto de hora más tarde, un coche patrulla irrumpió en el camino de la entrada dando sacudidas. Todavía temblando, descorrí el cerrojo de la puerta y dejé entrar a los dos agentes. Uno era bajito y rechoncho, de pelo entrecano; el otro, más bien alto y delgado, con el pelo tan oscuro como Patch, aunque muy corto por encima de las orejas. En cierto modo se parecía a Patch. Tez mediterránea, rostro simétrico, ojos rasgados.

El de cabello oscuro era el inspector Basso. Su compañero, el inspector Holstijic.

—¿Tú eres Nora Grey? —me preguntó éste.

Asentí.

—Mi madre se ha ido poco antes de que ocurriera.

—De modo que estás sola.

Volví a asentir.

—Cuéntanos qué ha pasado —solicitó, cruzándose de brazos y separando los pies, mientras su compañero avanzaba unos pasos en el interior de la casa y echaba un vistazo.

—He lleguado a casa a las ocho y me he puesto a hacer los deberes —dije—. Cuando he subido a mi habitación, había un hombre. Estaba todo revuelto. Lo ha destrozado todo.

—¿Has podido reconocerlo?

—Llevaba un pasamontañas. Y las luces estaban apagadas.

—¿Alguna marca? ¿Tatuajes?

—No.

—¿Estatura? ¿Peso?

Hurgué de mala gana en mi frágil memoria. No deseaba revivir el momento, pero era importante que recordara cualquier rasgo.

—Peso medio, pero más bien alto de estatura. Casi de la altura de su compañero.

—¿Has dicho algo?

Negué con la cabeza.

Basso reapareció y dijo a su compañero:

—Todo en orden.

Luego subió al primer piso. La madera del suelo crujía encima de nosotros mientras él avanzaba por el pasillo, abriendo y cerrando puertas.

Holstijic y yo subimos juntos las escaleras, y yo lo conduje por el pasillo hasta mi dormitorio, donde estaba el otro con las manos en la cintura, contemplando la habitación.

Me quedé totalmente petrificada, invadida por un hormigueo de pánico. La cama estaba hecha. Mi pijama, bien doblado sobre la almohada, tal como lo había dejado por la mañana. Los cajones de la cómoda, cerrados, y encima de la cómoda, los marcos perfectamente ordenados. El baúl al pie de la cama, también cerrado. No había nada tirado en el suelo. Las cortinas colgaban perfectamente, una a cada lado de la ventana cerrada.

—Has dicho haber visto a un intruso —me recordó el inspector Basso. Me miraba con ojos atentos. Ojos expertos en detectar mentiras.

Entré en la habitación, pero echaba en falta el toque familiar de confort y de seguridad. Había un deje subyacente de intromisión y de peligro. Señalé la ventana, tratando de que no me temblara la mano.

—Cuando he entrado, ha saltado por la ventana.

Basso miró por la ventana.

—Es demasiado alto —observó. Intentó abrir la ventana—. ¿La has cerrado después de que se fuera?

—No. He bajado corriendo y he llamado al 911.

—Pues alguien la ha cerrado. —Seguía mirándome con sus ojos afilados, los labios apretados formando una línea fina.

—No creo que nadie pudiera huir después de saltar desde una altura como ésta —dijo Holstijic, poniéndose al lado de su compañero junto a la ventana—. Con suerte se marcharía con una pierna rota.

—Tal vez no ha saltado, tal vez ha bajado por el árbol —dije.

Basso se dio la vuelta.

—Bueno, ¿en qué quedamos? ¿Saltó o bajó por el árbol? Puede que te haya empujado y salido por la puerta principal. Sería una opción lógica. Eso es lo que yo hubiera hecho. Te lo preguntaré una vez más. Piénsalo bien. ¿Realmente has visto a alguien en tu habitación esta noche?

No me creía. Pensaba que me lo había inventado. Por un momento llegué a pensar lo mismo. ¿Qué me estaba ocurriendo? ¿Por qué se enrevesaba la realidad? ¿Por qué no coincidía con la verdad? Por el bien de mi salud mental, me convencí de que no era yo. Era él. El tipo del pasamontañas. Él me estaba haciendo todo eso. No sabía cómo, pero era culpa suya.

Holstijic rompió el silencio:

—¿A qué hora regresan tus padres?

—Vivo con mi madre. Ha tenido que ir hasta la oficina.

—Tenemos que haceros unas preguntas a las dos. —Me indicó que me sentara en la cama, pero yo moví la cabeza, aturdida—. ¿Has roto recientemente con tu novio?

—No.

—¿Qué me dices de las drogas? ¿Has tenido un problema, ahora o en el pasado?

—No.

—Has dicho que vives con tu madre. ¿Y tu padre? ¿Dónde está?

—Esto ha sido un error —dije—. Lo siento. No debería haber llamado.

Los dos policías intercambiaron miradas. Holstijic cerró los ojos y se frotó las comisuras internas. Basso parecía cansado de perder el tiempo y estaba dispuesto a dejarlo correr.

—Tenemos cosas que hacer —dijo—. ¿Estarás bien aquí sola hasta que tu madre regrese?

Apenas le oí. No podía apartar los ojos de la ventana. ¿Cómo lo hizo? Un cuarto de hora. Había tenido un cuarto de hora para encontrar la manera de volver a entrar y ordenarlo todo antes de que llegara la policía. Y conmigo haciendo guardia abajo todo el tiempo. Al caer en la cuenta de que habíamos estado solos en la casa, me estremecí.

Holstijic me entregó su tarjeta.

—¿Le dirás a tu madre que nos llame?

—No hace falta que nos acompañes hasta la puerta —dijo Basso. Ya iba por la mitad del pasillo.

CAPÍTULO
15

rees que Elliot ha matado a alguien?

—Chsss —mandé callar a Vee, mirando por encima de las mesas del laboratorio para asegurarme de que nadie nos estuviera oyendo.

—Sin ofender, chica, pero esto empieza a volverse ridículo. Primero que me atacó. Ahora que es un asesino. Perdona, pero ¿Elliot un asesino? Él es, cómo te diría, el chico más encantador que he conocido. ¿Cuándo fue la última vez que olvidó sujetarte la puerta para que pasaras? Pues sí, es cierto… nunca lo olvidó.

Vee y yo estábamos en clase de Biología, y Vee estaba tumbada boca arriba encima de una mesa. Estábamos haciendo una prueba de presión arterial, y se suponía que Vee tenía que estar descansando en silencio durante unos minutos. En condiciones normales habría hecho el trabajo con Patch, pero el entrenador nos había dado el día libre, lo que suponía que teníamos libertad para elegir a un compañero. Vee y yo estábamos en el fondo del laboratorio; Patch estaba trabajando con un hazmerreír llamado Thomas Rookery en la parte de delante laboratorio.

—Lo interrogaron como sospechoso en una investigación de asesinato —susurré, sintiendo los ojos del entrenador dirigirse hacia nosotras. Garabateé unas notas en mi hoja de laboratorio. «El sujeto está calmo y relajado. El sujeto se ha abstenido de hablar durante tres minutos y medio»—. Evidentemente, la policía creía que tenía motivos y medios.

—¿Estás segura de que es el mismo Elliot?

—¿Cuántos Elliot Saunders crees que había en el Kinghorn en febrero?

Vee se masajeó el estómago.

—Es que parece tan, pero tan difícil de creer... Y en cualquier caso, ¿si lo interrogaron qué? Lo importante es que lo liberaron. No lo encontraron culpable.

—Porque la policía encontró una nota de suicidio escrita por Halverson.

—¿Quién es Halverson?

—Kjirsten Halverson —dije con impaciencia—. La chica que supuestamente se ahorcó.

—Quizá sea cierto que se colgó. Quiero decir, ¿qué pasa si un día dijo: «Eh, la vida es una mierda», y se colgó de un árbol? Esas cosas pasan.

—¿No te parece demasiada coincidencia que en el apartamento de ella encontraran pruebas de allanamiento cuando descubrieron la nota de suicidio?

—Vivía en Portland. Los allanamientos son cosas de todos los días.

—Creo que alguien colocó esa nota. Alguien que quería sacar a Elliot del apuro.

—¿Quién iba a querer hacerlo? —preguntó Vee.

Le dirigí mi mejor mirada sarcástica.

Vee se incorporó con su codo ileso.

—Así que, según tú, Elliot subió a Kjirsten Halverson a un árbol, le ató una soga al cuello, la empujó de la rama, luego allanó su apartamento y dejó una evidencia que apuntaba al suicidio.

—¿Por qué no?

Ella me devolvió la mirada sarcástica.

—Porque la policía lo analiza todo. Si ellos dictaminaron que fue un suicidio, yo también.

—¿Y qué me dices de esto? —dije—. Apenas semanas después de ser puesto en libertad, Elliot se cambió de colegio. ¿Por qué alguien dejaría el Kinghorn para venir al Coldwater High?

—En eso tienes razón.

—Creo que está intentando escapar de su pasado. Creo que se le volvió insoportable seguir asistiendo al mismo campus donde mató a Kjirsten. Lleva la culpa sobre su conciencia. —Me golpeé el labio con el lápiz—. Tengo que coger el coche e ir al Kinghorn para averiguar algo. Ella sólo falleció hace tres meses; la gente todavía estará murmurando cosas al respecto.

—No sé, Nora. Me da mala espina empezar una operación de espionaje en el Kinghorn. Quiero decir, ¿vas a ir a preguntar específicamente por Elliot? ¿Y si se entera? ¿Qué va a pensar?

Bajé la vista hacia ella.

—Si no es culpable, no tiene nada de qué preocuparse.

—Y si lo fuera, te mataría para silenciarte. —Vee sonrió como el gato de Cheshire. Yo no sonreí—. Quiero saber quién me atacó tanto como tú —continuó, en tono más serio—, pero te aseguro que no fue Elliot. Lo he recordado unas cien veces. No se le parece ni de lejos. Créeme.

—Vale, quizás Elliot no te atacó —dije, tratando de conformarla pero sin ánimo de limpiar el nombre de Elliot—. Sigue teniendo muchas cosas en su contra. Estuvo implicado en la investigación de un asesinato, para empezar. Y para seguir, es demasiado encantador. Lo cual es extraño. Y para acabar, es amigo de Jules.

Vee frunció el entrecejo.

—¿Jules? ¿Qué pasa con Jules?

—¿No te parece raro que cada vez que quedamos con ellos, Jules desaparece?

—¿Adónde quieres llegar?

—La noche que fuimos al Delphic, Jules se fue casi inmediatamente al lavabo. ¿Regresó? ¿Después de que me fuera a comprar el algodón, Elliot lo encontró?

—No, pero lo atribuyó a problemas intestinales.

—Pues anoche misteriosamente faltó a la cita por enfermedad. —Restregué la goma del lápiz a lo largo de mi nariz, pensativa—. Parece enfermarse mucho.

—Me parece que lo estás analizando demasiado... tal vez padece el SII.

—¿El SII?

—Síndrome del intestino irritable.

Descarté esa suposición en beneficio de alcanzar una idea que se nos escapaba. El Kinghorn estaba a una hora en coche por lo menos. Si el colegio era tan académicamente riguroso como Elliot afirmaba, ¿cómo es que Jules disponía continuamente de tiempo para venir a Coldwater de visita? Yo lo veía casi cada mañana con Elliot cuando pasaba por Enzo camino de la escuela. Además, llevaba a Elliot a casa después del instituto. Era como si Elliot tuviera a Jules en la palma de la mano.

Pero eso no era todo. Me restregué más frenéticamente la goma del lápiz contra la nariz. ¿Qué se me escapaba?

—¿Por qué Elliot mataría a Kjirsten? —me pregunté en voz alta—. Quizás ella lo vio haciendo algo ilegal, y él la mató para silenciarla.

Vee dejó escapar un suspiro.

—Esto está empezando a entrar en territorio del absurdo.

—Hay algo más. Algo que no vemos.

Vee me miró como si mi capacidad de lógica estuviera de vacaciones.

—Personalmente, creo que estás imaginando cosas. Se parece bastante a una caza de brujas.

Y entonces súbitamente supe qué se me estaba escapando. Llevaba todo el día rondándome, reclamando mi atención desde algún rincón de mi mente, pero había estado demasiado abrumada con todo lo demás como para reparar en ello. El detective Basso me había preguntado si faltaba algo. Sólo ahora me daba cuenta: había dejado el artículo sobre Elliot encima de mi cómoda, pero esa mañana no estaba —consulté mi memoria para asegurarme—, había desaparecido. No, no estaba allí.

—¡Oh, Dios mío! —dije—. Elliot entró en mi casa anoche. ¡Era él! Se llevó el artículo. —Dado que el artículo estaba a simple vista, era obvio que él había destrozado la habitación para aterrorizarme, posiblemente como castigo por haber encontrado el artículo a la primera.

—¿Quién, qué? —dijo Vee.

—¿Qué ocurre aquí? —dijo el entrenador, parándose a mi lado.

—Eso digo yo, ¿qué ocurre? —replicó Vee. Me señaló y se rio de mí a espaldas del entrenador.

—Esto… el sujeto parece no tener pulso —dije, dándole a Vee un fuerte pellizco en la muñeca.

Mientras el entrenador tanteaba el pulso a Vee, ella simulaba estar a punto de desmayarse y se abanicaba. El entrenador me fulminó con la mirada por encima de sus gafas.

—Las pulsaciones son fuertes, Nora. ¿Estás segura

de que el sujeto se ha abstenido de toda actividad, incluido hablar, durante cinco minutos? Este pulso no es tan lento como me esperaba.

—Al sujeto le cuesta mucho no hablar —interpuso Vee—. Y le resulta difícil relajarse sobre una mesa de piedra. El sujeto quisiera proponer un intercambio para que Nora sea el nuevo sujeto. —Vee utilizó su mano derecha para aferrarse a mí y se incorporó.

—No hagáis que me arrepienta de haberos permitido elegir compañero —nos advirtió el entrenador.

—No haga que me arrepienta de haber venido hoy a la escuela —dijo Vee amablemente.

El entrenador le lanzó una mirada de advertencia, luego cogió mi hoja de laboratorio y repasó el folio casi en blanco.

—El sujeto equipara las clases de laboratorio con los sedantes —dijo Vee.

El entrenador hizo sonar su silbato, atrayendo todas las miradas de la clase.

—¿Patch? —dijo—. ¿Te importaría venir? Parece que tenemos un problema de equipo.

—Sólo bromeaba —se apresuró a decir Vee—. Oiga, haré la tarea.

—Haberlo pensado antes —repuso el entrenador.

—Perdóneme, se lo ruego —suplicó Vee, parpadeando de un modo angelical.

Él le colocó el cuaderno debajo de su brazo ileso.

—No —le dijo.

«Lo siento», me dijo Vee moviendo los labios mientras se dirigía de mala gana hacia delante.

Al instante, Patch se sentó en la mesa a mi lado. Juntó las manos entre las rodillas y me miró fijamente.

—¿Qué? —dije, desconcertada bajo el peso de su mirada.

Sonrió.

—Me estaba acordando de los zapatos de tiburón. Anoche.

Sentí el acostumbrado revuelo en el estómago, y como de costumbre no podía saber si era algo bueno o malo.

—¿Qué tal tu noche? —pregunté con voz cuidadosamente neutra, como para romper el hielo. Mi aventura de espionaje aún se interponía incómodamente entre nosotros.

—Interesante. ¿Y la tuya?

—No tanto.

—Te lo pasaste en grande haciendo los deberes, ¿eh? Se estaba burlando de mí.

—No hice los deberes.

—¿Qué hiciste?

Me quedé muda un instante. Me quedé allí de pie con la boca abierta.

—¿Te estás insinuando?

—Sólo me intereso por mi competencia.

—¿Por qué no maduras?

Su sonrisa se extendió.

—¿Por qué no te relajas?

—Para el entrenador, ya estoy sobre la cuerda floja, así que hazme un favor y concentrémonos en el ejercicio. No estoy de humor para hacer de sujeto, así que si no te importa… —Miré fijamente la mesa.

—Para mí es imposible —dijo—. No tengo corazón.

Pensé que no lo decía literalmente.

Me recosté sobre la mesa y junté las manos sobre el vientre.

—Dime cuando hayan pasado cinco minutos. —Cerré los ojos, prefiriendo no ver los ojos negros de Patch examinándome.

Al cabo de unos minutos abrí un ojo.

—Tiempo —dijo Patch.

Levanté una muñeca para que me tomara el pulso.

Patch me cogió la mano y una oleada de calor se extendió por todo mi brazo y acabó con un temblor en el estómago.

—El pulso del sujeto aumenta con el contacto —dijo.

—No escribas eso. —Se suponía que tenía que parecer enfadada. En todo caso parecía estar reprimiendo una sonrisa.

—El entrenador quiere que seamos rigurosos.

—¿Y qué es lo que tú quieres?

Patch me miró a los ojos. Se reía por dentro. Estaba segura.

—Además de eso —dije.

Después de clase pasé por el despacho de la señorita Greene para nuestra cita. Al final del día, el doctor Hendrickson siempre dejaba la puerta entreabierta, una invitación implícita para que los alumnos se detuvieran al pasar. Ahora, cada vez que recorría ese tramo de pasillo me encontraba la puerta cerrada. Del todo. Lo implícito en ese caso era el «No molestar».

—Nora —dijo tras abrir la puerta—, adelante, por favor. Siéntate.

Esta vez ya había desembalado todo y la decoración del despacho estaba acabada. Había traído algunas plantas más, y un panel de estampados botánicos colgaba horizontalmente en la pared encima del escritorio.

—He estado pensando acerca de lo que dijiste la última vez —empezó—. Y he llegado a la conclusión de que nuestra relación debe basarse en la confianza y en el respeto. No volveremos a hablar de tu padre, a menos que tú quieras.

—Vale —asentí con cautela. ¿De qué íbamos a hablar?

—Me han llegado noticias bastante decepcionantes —dijo. Su sonrisa se desvaneció y se inclinó hacia delante, apoyando los codos sobre la mesa. Sostenía un bolígrafo, y lo hacía rodar entre sus palmas—. No quiero husmear en tu vida privada, Nora, pero creo que fui muy clara respecto a tu relación con Patch.

No estaba segura de adónde quería llegar.

—No le he dado clases particulares. —Y, en realidad, ¿era asunto suyo?

—El sábado por la noche, Patch te llevó desde el Delphic hasta tu casa. Y tú lo invitaste a entrar.

Me esforcé por reprimir la protesta.

—¿Cómo lo sabe?

—Parte de mi trabajo como psicóloga consiste en aconsejarte. Por favor, prométeme que irás con mucho, mucho cuidado con Patch. —Me miró como si de verdad esperase que se lo prometiera.

—Es complicado —expliqué—. Mi amiga me dejó en el Delphic. No tenía alternativa. No es que esté buscando la ocasión para pasar tiempo con Patch. —Bueno, a excepción de la noche anterior en el Borderline. En mi defensa puedo decir que no esperaba encontrarme con él. Se suponía que tenía la noche libre.

—Me alegra mucho oír eso —respondió, pero no parecía del todo convencida de mi inocencia—. Dejando eso a un lado, ¿hay algo de lo que hoy quieras hablar? ¿Algo que te preocupe?

No iba a contarle que Elliot había allanado mi casa. No me fiaba de aquella psicóloga. Había algo en ella que me molestaba, pero no sabía exactamente qué. Y no me gustaba la manera en que me daba a entender que Patch era peligroso, sin decirme por qué.

Levanté la mochila del suelo y abrí la puerta.

—Pues no —contesté.

CAPÍTULO 16

Vee estaba apoyada contra mi taquilla, haciendo dibujitos en su escayola con un rotulador púrpura.

—Hola —dijo cuando el pasillo se despejó—. ¿Dónde estabas? Te he buscado en la redacción de la revista y en la biblioteca.

—He tenido una cita con la señorita Greene, la nueva psicóloga del instituto. —Lo dije en un tono de lo más pragmático, pero tenía una sensación de temblor y de vacío. No podía dejar de pensar en Elliot irrumpiendo en mi casa. ¿Qué le impedía hacerlo de nuevo? ¿O intentar algo peor?

—¿Y cómo ha ido?

Giré la combinación y saqué los libros de mi taquilla.

—¿Sabes cuánto cuesta un buen sistema de alarma?

—Venga, chica, pero ¿quién iba a querer robarte el coche?

La fulminé con una mirada ceñuda.

—Es para mi casa. Quiero asegurarme de que Elliot no pueda volver a entrar.

Vee levantó las manos.

—Nada. No he dicho nada. Si sigues empeñada en atribuir esto a Elliot… estás en todo tu derecho. También estás como una cabra, pero oye, es tu derecho.

Cerré la taquilla de un golpe y el ruido retumbó en el pasillo. Me tragué la réplica encendida de que al menos ella debería creerme, y en cambio dije:

—Voy a la biblioteca, y tengo prisa.

Salimos del edificio y cruzamos los jardines rumbo al aparcamiento. Me paré repentinamente y busqué el Fiat a mi alrededor, y fue entonces cuando recordé que mi madre me había dejado esa mañana en el colegio camino del trabajo. Y Vee con su brazo roto no podía conducir.

—Mierda —dijo leyendo mis pensamientos—. No tenemos coche.

Protegiéndome la vista del sol, escruté la calle.

—Supongo que esto significa que tendremos que andar.

—Tendremos no. Tendrás. Te acompañaría, pero una visita por semana a la biblioteca es mi cupo.

—Esta semana no has ido a la biblioteca —le recordé.

—Ya, pero tengo que ir mañana.

—Mañana es jueves. ¿Cuándo en tu vida has estudiado un jueves?

Vee se apoyó una uña en el labio y adoptó una expresión pensativa.

—¿Y cuándo un miércoles?

—Nunca, que yo recuerde.

—Pues eso. No puedo ir. Iría contra la tradición.

Media hora más tarde subía la escalinata de la biblioteca. Una vez dentro, dejé los deberes para más tarde y fui directa a la sala de informática, donde me puse a navegar en busca de más información sobre el ahorcamiento en el Kinghorn. No encontré mucho. Al principio le daban mucho bombo, pero cuando se encontró la nota de suicidio y Elliot fuera liberado, el hecho dejó de ser noticia.

Era el momento de viajar a Portland. No iba a averiguar mucho más examinando los archivos de noticias, pero quizá tuviese más suerte haciendo trabajo de campo allí mismo.

Cerré la sesión y llamé a mi madre.

—¿Es necesario que esté en casa a las nueve esta noche?

—Sí. ¿Por qué?

—Estaba pensando en coger un autobús a Portland.

Me dedicó una de sus risas en plan me-tomas-el-pelo-¿no?

—Tengo que entrevistar a unos estudiantes del Kinghorn —dije—. Es para un proyecto de investigación. —No le estaba mintiendo. Por supuesto, habría sido mucho más fácil justificarlo si no hubiera cargado con la culpa de ocultarle el allanamiento y la visita de la policía. Había pensado en contárselo, pero cada vez que abría la boca las palabras se escabullían. Estábamos luchando por sobrevivir. Necesitábamos los ingresos de mi madre. Si le contaba lo de Elliot, renunciaría de inmediato a su trabajo.

—No puedes ir sola a la ciudad. Mañana hay clase y pronto oscurecerá. Además, para cuando llegues los estudiantes ya se habrán ido.

Solté un suspiro.

—De acuerdo. Llegaré a casa temprano.

—Sé que te prometí que pasaría a recogerte, pero estoy atascada en la oficina. —Oía de fondo cómo removía sus papeles, y la imaginé con el auricular entre el hombro y la barbilla y el cable enrollado varias veces alrededor de su cuerpo—. ¿Es demasiado pedirte que vengas andando?

El tiempo era más bien frío, pero yo llevaba mi chaqueta y tenía dos piernas. Podía caminar, aunque la idea de ir andando a casa me provocaba un hormigueo en el estómago. Pero a menos que me quedara a pasar la noche en la biblioteca, no tenía más remedio.

Estaba a punto de salir de la biblioteca cuando oí mi nombre. Me di la vuelta y vi a Marcie Millar.

—Me he enterado de lo de Vee —dijo—. De verdad que es muy triste. Quiero decir, ¿quién querría agredirla? A menos, ya sabes, que fuera necesario. Quizás el agresor actuó en defensa propia. He oído que estaba oscuro y llovía. No sería extraño confundir a Vee con un alce. O con un oso o un búfalo. Con cualquier animal grande y pesado, en realidad.

—Oh, Dios mío, es un placer hablar contigo, pero antes preferiría cosas como meter la mano en el triturador de basura. —Seguí caminando hacia la salida.

—Ojalá se mantenga a salvo de la comida de los hospitales —dijo Marcie, pisándome los talones—. He oído que es muy rica en grasa. Ella no puede permitirse seguir ganando peso.

Me di la vuelta.

—Ya vale. Una palabra más y… —Las dos sabíamos que era una amenaza vana.

Marcie sonrió con afectación.

—¿Y qué?

—Arpía —le dije.

—Bicho raro.

—Zorra.

—Friki.

—Cerda anoréxica.

—Oh —dijo Marcie, retrocediendo melodramáticamente con una mano en el corazón—. ¿Se supone que tengo que ofenderme? Prueba con otra cosa. Menuda obviedad. Al menos yo sé cómo ejercitar un mínimo autocontrol.

El guardia de seguridad que estaba en la puerta se aclaró la garganta.

—Vale, basta ya. O lo arregláis fuera o venís a mi oficina para que llame a vuestros padres.

—Dígaselo a ella —repuso Marcie señalándome con el dedo—. Yo intento ser amable. Ella me ha agredido verbalmente. Yo sólo estaba presentando mis condolencias por lo de su amiga.

—He dicho que lo arregléis fuera.

—Le queda muy bien ese uniforme —suspiró Marcie con su sonrisa seductora marca de la casa.

Él señaló la puerta con la cabeza.

—Fuera. —Pero no lo dijo de un modo brusco.

Marcie se contoneó hasta la salida.

—¿Le importaría sostenerme la puerta? Tengo las manos ocupadas. —Llevaba sólo un libro. En rústica.

El guardia pulsó el botón para minusválidos y las puertas se abrieron automáticamente.

—Oh, gracias —dijo Marcie, arrojándole un beso.

No la seguí, pues no estaba segura de lo que pasaría, aunque estando tan cargada de emociones negativas seguramente haría algo de lo que después me arrepentiría. Las ofensas y las peleas no iban conmigo, salvo que se tratase de Marcie Millar.

Di media vuelta y volví a entrar en la biblioteca. En la zona de ascensores cogí uno para bajar al subsuelo. Podría haber esperado unos minutos hasta que Marcie desapareciera, pero conocía otra salida y decidí marcharme por allí. Hacía cinco años, el ayuntamiento había aprobado el traslado de la biblioteca pública a un edificio histórico ubicado justo en el centro del viejo distrito de Coldwater. Era un edificio de ladrillo de la década de 1850, rematado por una cúpula romántica y una galería para ver los barcos que navegaban. Lamentablemente no contaba con un aparcamiento, de modo que se había construido un pasaje subterráneo que conectaba la biblioteca con el garaje subterráneo del palacio de justicia, al otro lado de la calle. El garaje ahora servía a ambos edificios.

El ascensor se detuvo y bajé. El pasadizo estaba iluminado con luces fluorescentes que parpadeaban. Me llevó un rato decidirme a cruzarlo. De pronto me alcanzó el recuerdo de la noche en que mataron a mi padre. Me pregunté si él estaba en una calle tan apartada y oscura como aquel pasadizo.

«Tranquila —me dije—. Aquello fue un acto de violencia azaroso. Llevas un año sintiendo paranoia en las callejuelas oscuras, las habitaciones oscuras, los lavabos oscuros. No puedes pasarte el resto de tu vida esperando que te amenacen con una pistola.»

Decidida a probar que mi miedo sólo tenía fundamento en mi cabeza, avancé por el pasaje, oyendo el suave chirrido de mis suelas sobre el cemento. Cambié la mochila de hombro y calculé cuánto tardaría en llegar a casa andando, y si podía o no cortar camino por las vías del tren ahora que ya era de noche. Esperaba que manteniendo la mente alegre y ocupada pudiera soslayar mi creciente sensación de alarma.

Al final del pasadizo había plazas de aparcamiento, y una forma oscura apareció justo enfrente de mí.

Me detuve a mitad de una zancada y mi corazón se saltó un latido. Patch llevaba una camiseta negra, unos tejanos holgados y unas botas con puntera de acero. Su mirada no parecía sincera. Su sonrisa era demasiado astuta para sentirme tranquila.

—¿Qué estás haciendo aquí? —le pregunté, apartándome un mechón de pelo y mirando la salida de coches detrás de él, que conducía a un nivel superior. Sabía que estaba justo enfrente, pero algunos fluorescentes no funcionaban, lo que me dificultaba la visión. Si Patch tenía en mente una violación, un asesinato u otra aberración, me había atrapado en el lugar apropiado.

Él avanzó hacia mí y yo retrocedí. Me paré repentinamente de espaldas contra un coche y evalué mis posibilidades.

Di la vuelta, colocándome enfrente de Patch, ambos separados por el coche.

Patch me miró por encima del techo del vehículo. Enarcó las cejas.

—Tengo preguntas —dije—. Muchas.

—¿Acerca de qué?

—Acerca de todo.

Torció la boca, y supe que estaba ocultando una sonrisa.

—Y si mis respuestas no te satisfacen, ¿intentarás fugarte? —Señaló la salida del garaje con un movimiento de la cabeza.

Ése era el plan. Más o menos. Con algún que otro impedimento obvio, como el hecho de que Patch era mucho más veloz que yo.

—Veamos cuáles son esas preguntas —dijo.

—¿Cómo sabías que estaba en la biblioteca?

—Lo he adivinado.

En ningún momento creí que Patch estuviera allí por una corazonada. Había algo en él que era propio de un depredador. Si las fuerzas especiales supieran de él, harían todo lo posible para reclutarlo.

Patch se desplazó hacia su izquierda. Reaccioné a su movimiento desplazándome hacia la trasera del coche.

Cuando él se detuvo, yo también lo hice. Él estaba junto al morro; y yo, en la cola.

—¿Dónde estabas el domingo por la tarde? —pregunté—. ¿Me seguiste cuando fui de compras con Vee? —Tal vez Patch no fuera el tipo del pasamontañas, pero eso no significaba que fuese ajeno a la reciente cadena de acontecimientos perturbadores. Me estaba ocultando algo desde el día que nos conocimos. ¿Era una coincidencia que el último día normal en mi vida hubiera sido el anterior a aquel encuentro? Seguramente no.

—No. Por cierto, ¿qué tal fue? ¿Compraste algo?

—Puede que sí —respondí, pillada por sorpresa.

—¿Como qué?

Traté de recordar. Vee y yo sólo habíamos ido a Victoria's Secret. Yo había gastado treinta dólares en un sostén de encaje negro, pero no iba a entrar en esos detalles. Lo que hice fue relatarle lo ocurrido, desde que empecé a tener el presentimiento de que alguien me seguía hasta que encontré a Vee a un lado de la calle, víctima de un asalto brutal.

—¿Y bien? —le pregunté al terminar—. ¿Tienes algo que decir?

—Pues no.

—¿No estabas enterado de lo sucedido a Vee?

—Pues no.

—No te creo.

—Eso es porque tienes problemas de confianza. —Extendió las manos sobre el coche, inclinándose sobre el capó—. Ya hemos hablado de eso.

Me sentí furiosa. Una vez más, Patch le había dado la vuelta a la conversación. En lugar de tratar sobre él, el tema volvía a ser yo. Me irritaba sobremanera que me recordara que sabía toda clase de cosas acerca de mí. Cosas íntimas. Como mis problemas de confianza.

Se movió en el sentido de las agujas del reloj. Yo me apresuré a alejarme, deteniéndome en el mismo instante que él. De nuevo quietos, me miró fijamente, como si intentara leer mi próximo movimiento.

—¿Qué ocurrió en el Arcángel? ¿Me salvaste? —pregunté.

—Si te hubiera salvado no estaríamos aquí manteniendo esta conversación.

—Querrás decir que si *no* me hubieras salvado no estaríamos aquí. Estaría muerta.

—No es eso lo que he dicho.

No entendí a qué se refería.

—¿Por qué dices que no estaríamos aquí?

—Tú aún seguirías aquí. —Hizo una pausa—. Yo probablemente no.

Antes de que pudiera entender de qué estaba hablando, se precipitó nuevamente hacia mí, esta vez por la derecha. En mi estado de confusión, cedí parte de la distancia que nos separaba. En lugar de detenerse, Patch rodeó el coche. Eché a correr hacia la salida del garaje.

Había dejado atrás tres coches cuando me alcanzó. Me cogió del brazo y me arrinconó contra una columna.

—Olvídate de ese plan —dijo.

Lo miré con odio, aunque había pánico detrás de mi mirada. Él me enseñó una sonrisa desbordante de intenciones oscuras, confirmándome que tenía motivos suficientes para sudar de miedo.

—¿Qué está pasando? —dije, esforzándome por sonar hostil—. ¿Cómo puede ser que oiga tu voz en mi cabeza? ¿Y por qué dijiste que habías venido a este instituto por mí?

—Estaba cansado de admirar tus piernas desde lejos.

—Quiero la verdad. —Me atraganté—. Merezco saberlo todo.

—Saberlo todo —repitió con una sonrisa burlona—. ¿Tiene que ver con tu promesa de ponerme al descubierto? ¿De qué estamos hablando ahora exactamente?

No recordaba de qué estábamos hablando. Sólo era consciente del calor abrasador de su mirada. Tenía que interrumpir el contacto visual, con lo que bajé la vista y me miré las manos. Estaban brillantes de sudor, y me las llevé a la espalda.

—Tengo que irme —dije—. Debo hacer los deberes.

—¿Qué ha ocurrido ahí dentro? —Señaló los ascensores con un brusco movimiento de la barbilla.

—Nada.

Antes de que pudiera evitarlo, juntó su palma con la mía. Deslizó sus dedos entre los míos.

—Tienes los nudillos blancos —dijo rozándolos con los labios—. Y pareces excitada.

—Déjame. No estoy excitada. Y ahora, si no te importa, tengo que ir a hacer…

—Nora. —Pronunció mi nombre en voz baja, aunque con toda la intención de averiguar lo que quería saber.

—He tenido una pelea con Marcie Millar. —¿Por qué se lo contaba? Lo último que quería era ofrecerle otra ventana a mi interior—. ¿Vale? —enfaticé con exasperación—. ¿Satisfecho? ¿Quieres soltarme ya?

—¿Marcie Millar?

Intenté desenlazar mis dedos, pero Patch tenía una idea diferente.

—¿No conoces a Marcie? —dije cínicamente—. Difícil de creer, teniendo en cuenta que vas al Coldwater High y tienes un cromosoma Y.

—Cuéntame lo de la pelea —pidió.

—Ha llamado gorda a Vee.

—¿Y?

—Y yo la he llamado cerda anoréxica.

Patch pareció esforzarse por no romper a reír.

—¿Eso es todo? ¿Nada de golpes? ¿Ni mordiscos, ni arañazos, ni tirones de cabello?

Lo miré con los ojos entornados.

—¿Quieres que te enseñe a pelear, ángel?

—Sé pelear. —Alcé la barbilla pese a estar mintiendo.

Esta vez no se molestó en contener la risa.

—De hecho he tomado clases de boxeo. —Kick boxing. En el gimnasio. Una sola clase.

Patch levantó la mano y la colocó como una diana.

—Golpea. Con toda tu fuerza.

—No soy partidaria de la violencia gratuita.

—Aquí no nos ve nadie. —Sus botas estaban alineadas con la puntera de mis zapatos—. Un tío como yo podría querer abusar de una chica como tú. Enséñame lo que has aprendido.

Retrocedí lentamente y su moto negra apareció en mi campo de visión.

—Está bien, dejemos la violencia. ¿Quieres que te lleve a casa? —me ofreció.

—Iré andando.

—Es tarde, y está oscuro.

Tenía razón. Me gustara o no.

Pero me debatía en una lucha encarnizada. En primer lugar habría sido una idiotez irme a casa andando, y ahora me debatía entre dos malas decisiones: dejar que Patch me llevara, o arriesgarme a que hubiera alguien peor ahí fuera.

—Empiezo a pensar que la única razón de que te sigas ofreciendo a llevarme es que sabes que esta cosa no me gusta nada. —Solté un suspiro nervioso, me puse el casco y monté detrás de él. No era culpa mía que quedara tan pegada a él. El asiento no era precisamente espacioso.

Patch profirió por lo bajo un suspiro lascivo.

—Yo diría que hay un par de razones —dijo.

Aceleró en dirección a la salida del garaje. Una barrera de franjas blancas y rojas y una máquina automática nos impedían salir. Patch clavó los frenos, haciendo que me pegara a él aún más. Metió dinero en la máquina y una vez en la calle volvió a acelerar.

Aparcó la moto en la entrada de mi casa, y yo me agarré a él para no perder el equilibrio mientras me apeaba. Le devolví el casco.

—Gracias por traerme.

—¿Qué haces el sábado?

Una pausa breve.

—Tengo un compromiso con lo de siempre.

Al parecer, eso despertó su interés.

—¿Lo de siempre?

—Hacer los deberes.

—Cancélalo.

Me sentía mucho más relajada. Patch era cálido y fornido y olía de maravilla. A menta y a tierra oscura y fértil. Nadie nos había salido al cruce en el camino hasta casa, y todas las ventanas de la planta baja estaban iluminadas. Por primera vez en todo el día me sentía segura.

Salvo que Patch me había arrinconado en un pasaje subterráneo y posiblemente me estaba siguiendo.

—No salgo con extraños —dije.

—Suerte que yo sí. Pasaré a recogerte a las cinco.

CAPÍTULO 17

Todo el sábado cayó una lluvia fría, y yo estaba sentada cerca de la ventana viendo cómo hacía crecer los charcos en el jardín. Tenía un ejemplar muy manoseado de *Hamlet* sobre el regazo, un bolígrafo detrás de la oreja y un tazón vacío de chocolate a mis pies. El folio de preguntas de comprensión del texto reposaba sobre la mesilla en blanco, tal como lo había entregado la profesora Lemon hacía dos días. Muy mal.

Mi madre se había ido a clase de yoga hacía media hora, y si bien yo había practicado diferentes maneras de comunicarle mi cita con Patch, finalmente la había dejado marcharse sin abrir la boca. Me convencí de que no era muy grave: ya tenía dieciséis años y podía decidir la hora y el motivo para salir de casa, pero lo cierto es que debería haberle dicho que iba a salir. Genial. Ahora iba a cargar con la culpa toda la tarde.

Cuando el reloj de pie del pasillo dio las cuatro y media, de buena gana dejé el libro y subí trotando las escaleras rumbo a mi dormitorio. Me había pasado todo el día estudiando y haciendo los quehaceres domésticos, lo que me había ayudado a no pensar en la cita. Pero ahora que estaba en los minutos finales predominaba una expectativa nerviosa. Me gustara o no pensar en ello, Patch y yo teníamos asuntos pendientes. Nuestro último beso se había interrumpido. Tarde o temprano, el beso tendría que consumarse. Yo lo deseaba, pero no estaba segura de estar preparada para que ocurriera esa misma noche. Por si fuera poco, no me ayudaba en nada la advertencia de Vee que aparecía en mi mente como una señal de peligro: «aléjate de Patch».

Me paré delante del espejo de la cómoda para hacer un inventario. Maquillaje lo justo, apenas un trazo de rímel. El pelo demasiado voluminoso, para no variar. Podía usar un poco de brillo en los labios. Me lamí el labio inferior, dándole un lustre húmedo. Eso me hizo pensar en el beso *interruptus* con Patch, y me ruboricé. Si un beso no consumado podía provocarme eso, ¿qué podría hacerme un beso de verdad? Mi reflejo sonrió.

«No tiene mayor importancia», me dije mientras me probaba pendientes. Los primeros eran grandes, extravagantes, de color turquesa... demasiado ostentosos. Los dejé a un lado y probé otra vez con unas lágrimas color topacio. Mejor. Me preguntaba qué propondría Patch. ¿Una cena? ¿Una película? «Tiene toda la pinta de ser una cita para estudiar Biología —le dije a mi reflejo con aire despreocupado—. Sólo que sin biología ni nada que estudiar.»

Me puse los tejanos y mis bailarinas. Me ajusté a la cintura un pañuelo de seda azul, lo subí a lo largo de mi torso, y até los extremos en la nuca para hacerme un top escotado. Me sacudí el pelo, y justo entonces llamaron a la puerta.

—¡Ya voy! —grité bajando las escaleras.

Me eché un último vistazo en el espejo del pasillo,

luego abrí la puerta principal. Eran dos hombres vestidos con gabardinas oscuras.

—Hola —dijo el inspector Basso—. Volvemos a vernos.

Tardé un momento en encontrar mi voz.

—¿Qué les trae por aquí?

Movió la cabeza a un lado.

—Supongo que recuerdas a mi compañero, el inspector Holstijic. ¿Te importa si entramos y te hacemos unas preguntas? —No sonó como si me estuviera pidiendo permiso, sino más bien como una amenaza.

—¿Ocurre algo? —pregunté, mirando a uno y a otro.

—¿Está tu madre en casa?

—Está en su clase de yoga. ¿Por qué? ¿Qué ocurre?

Se sacudieron los pies y entraron.

—¿Puedes decirnos qué pasó el miércoles por la tarde en la biblioteca entre tú y Marcie Millar? —me preguntó Holstijic, dejándose caer en el sofá. Basso permaneció de pie, examinando los retratos de familia expuestos sobre la repisa de la chimenea.

La biblioteca. El miércoles por la tarde. Marcie Millar.

—¿Marcie se encuentra bien? —pregunté. No era un secreto que no sentía ninguna clase de afecto o simpatía por Marcie. Pero eso no quería decir que deseara verla en apuros, o peor aún, en peligro. Sobre todo, no deseaba verla en apuros si eso me involucraba a mí.

Basso puso los brazos en jarra.

—¿Qué te hace pensar que no se encuentra bien?

—Yo no le hice nada.

—¿Por qué discutisteis? —preguntó Holstijic—. El guardia de seguridad de la biblioteca nos contó que tuvisteis una discusión acalorada.

—No fue para tanto.

—¿Cómo fue?

—Nos dijimos algunas cosas —respondí, evasiva.

—¿Qué cosas?

—Insultos.

—¿Recuerdas qué insultos, Nora?

—Yo la llamé «cerda anoréxica». —Me picaban las mejillas y por mi voz parecía avergonzada. Si la situación no hubiese sido tan seria, me habría inventado algo más cruel y degradante. Y, sobre todo, algo que tuviese más sentido.

Ambos intercambiaron miradas.

—¿La amenazaste? —me preguntó Holstijic.

—No.

—¿Adónde fuiste después de la biblioteca?

—A casa.

—¿Seguiste a Marcie?

—No. Como le he dicho, regresé a casa. ¿Van a decirme qué ha sucedido?

—¿Hay alguien que pueda atestiguarlo?

—Mi compañero de Biología. Él me vio en la biblioteca y se ofreció a traerme a casa.

Yo estaba con un hombro apoyado en un lado de la puertaventana de acceso al salón, y el inspector Basso se me acercó y se colocó del otro lado, enfrente de mí.

—¿Por qué no nos cuentas algo de ese compañero de Biología?

—¿Qué clase de pregunta es ésa?

Levantó las manos.

—Una pregunta de rutina. Pero si quieres que sea más específico, lo seré. Cuando yo iba al instituto, sólo me ofrecía a llevar a casa a chicas que me interesaban. Vamos al grano. ¿Qué clase de relación tienes con tu compañero de Biología fuera de clase?

—¿Está de broma?

Basso levantó una de las comisuras de la boca.

—Ajá. ¿Pediste a tu novio que le diera una paliza a Marcie Millar?

—¿Le han dado una paliza…?

Se apartó de la entrada y se colocó directamente ante mí, taladrándome con su mirada severa.

—¿Querías enseñarle lo que les pasa a las chicas que no mantienen la boca cerrada? ¿Creías que merecía una pequeña lección? Yo conocí a chicas como Marcie en el instituto. Lo piden a gritos, ¿no es cierto? ¿Marcie lo estaba pidiendo a gritos, Nora? Alguien le dio una paliza de muerte el miércoles por la noche, y creo que tú sabes más de lo que dices.

Me esforzaba por reprimir mis pensamientos, temerosa de que pudieran reflejarse en mi rostro. Tal vez fuera una coincidencia que, la misma noche que me quejé de Marcie delante de Patch, ella acabara recibiendo una paliza. Y quizá no lo fuera.

—¿Tendremos que hablar con tu novio? —dijo Holstijic.

—No es mi novio. Es un compañero de Biología.

—¿Ahora vendrá a recogerte?

Sé que debería haber dicho la verdad. Pero pensándolo mejor, no creía que Patch hubiese agredido a Marcie. Ella no era la mejor persona del mundo, y se había ganado un buen número de enemigos. Algunos de esos enemigos podían actuar con brutalidad, pero Patch no era uno de ellos. Dar una paliza porque sí no era propio de él.

—No —respondí.

Basso sonrió fríamente.

—¿Todo ese vestuario para quedarte un sábado por la noche en casa?

—Pues sí —dije con sequedad.

Holstijic sacó una libreta de notas del bolsillo de su abrigo y la abrió, el bolígrafo ya listo.

—Necesitamos saber su nombre y dirección.

Diez minutos después de que los inspectores se marcharan, un Jeep Commander negro se detuvo en la entrada.

Patch trotó hacia el porche bajo la lluvia, con unos vaqueros negros y una camiseta térmica gris.

—¿Coche nuevo? —le pregunté tras abrirle la puerta.

Me dirigió una sonrisa misteriosa.

—Lo gané en una partida de billar hace un par de noches.

—¿Hay gente que apuesta su coche?

—A veces.

—¿Te has enterado de lo de Marcie Millar? —Se lo solté sin rodeos, esperando pillarlo por sorpresa.

—No. ¿Qué ha pasado? —Lo preguntó tranquilamente, y deduje que quizás estaba siendo sincero. Lamentablemente, en lo referente a mentir Patch no daba la impresión de ser un aficionado.

—Alguien le dio una paliza.

—Qué pena.

—¿Alguna idea de quién puede haber sido?

Si detectó la preocupación en mi voz, lo disimuló. Se apoyó de espaldas en la barandilla del porche y se frotó la mandíbula, pensativo.

—Ni idea.

Me pregunté si me estaba ocultando algo, pero descubrir a un mentiroso no era mi fuerte. No tenía mucha experiencia. Por lo general me rodeaba de gente en la que confiaba… Por lo general.

Patch aparcó el Jeep detrás del Salón de Bo. Cuando llegamos al principio de la cola, el taquillero nos miró alternativamente, tratando de ver si íbamos juntos.

—¿Qué tal? —dijo Patch, y puso tres billetes de diez sobre el mostrador.

El taquillero me escrutó. Había notado que le estaba mirando los tatuajes verde moho que cubrían su antebrazo. Desplazó una bola de ¿chicle?, ¿tabaco?, hacia el otro carrillo y dijo:

—¿Qué miras?

—Me gusta tu ta… —alcancé a decir, pero él me enseñó los dientes—. Creo que no le caigo bien —le susurré a Patch cuando entramos.

—No hay nadie que a Bo le caiga bien.

—¿Ése es Bo, del Salón de Bo?

—Ése es Bo hijo, del Salón de Bo. Bo padre murió hace unos años.

—¿Cómo?

—En una reyerta. Ahí abajo.

Sentí el impulso de regresar corriendo al Jeep y pirarme.

—¿Este sitio es seguro?

Patch me miró de soslayo.

—Vale. Sólo preguntaba.

Abajo, la sala de billar tenía el mismo aspecto que la primera vez que la había visitado. Paredes de cemento pintadas de negro. Mesas de fieltro rojo en el centro. Mesas de póquer dispersas en la periferia. Iluminación en riel de baja intensidad formando curvas de un extremo a otro del techo. El olor acumulado del humo de tabaco saturando el ambiente.

Patch escogió la mesa de billar más alejada de las escaleras. Sacó dos Seven Up del bar y las abrió en el borde del mostrador.

—Nunca he jugado al billar —le confesé.

—Elige un taco. —Fue hasta el soporte de los tacos colgado en la pared.

Yo bajé uno y lo llevé a la mesa.

Patch se pasó la mano por la cara para borrar una sonrisa.

—¿Qué pasa? —dije.

—En el billar no se puede marcar un jonrón.

Asentí.

—Nada de jonrón. Recibido.

Sonrió.

—Estás cogiendo el taco como si fuese un bate.

Tenía razón. Lo estaba cogiendo como si fuese un bate.

—Así parece cómodo —aduje.

Se puso a mi espalda, me apoyó las manos en las caderas y me colocó de cara a la mesa. Me rodeó con los brazos y agarró el taco.

—Así —dijo, corrigiendo la posición de mi mano derecha unos centímetros—. Y… así. —Formó un círculo con el pulgar y el índice y pasó el taco por dentro y por encima de mi dedo mayor—. Tienes que doblarte por la cintura.

Me incliné sobre la mesa, con la respiración de Patch calentándome la nuca. Él tiró del taco hacia atrás, deslizándolo dentro del círculo.

—¿Qué bola quieres golpear? —preguntó, estudiando el triángulo de bolas dispuesto en el otro extremo de la mesa—. La amarilla del frente es una buena opción.

—El rojo es mi color favorito.

—Pues entonces la roja.

Movió el taco adelante y atrás apuntando a la bola blanca, preparando mi tiro. Yo miré la bola blanca, y luego el triángulo de bolas al otro lado de la mesa.

—Estás un poquitín desviado —dije.

Sentí su sonrisa.

—¿Cuánto quieres apostar?

—Cinco dólares.

Lo sentí menear suavemente la cabeza.

—Tu chaqueta.

—¿Quieres mi chaqueta?

—Quiero que te la quites.

Mi brazo se movió bruscamente hacia delante y efectué el disparo sin querer. La bola salió disparada, impactó contra la roja y deshizo el triángulo, haciendo que el resto de las bolas rebotaran en todas las direcciones.

—Vale —dije quitándome la chaqueta—. Puede que me hayas impresionado un poco.

Patch examinó mi top escotado de seda. Sus ojos estaban tan oscuros como el océano a medianoche, una expresión contemplativa.

—Precioso —dijo. Luego rodeó la mesa, estudiando la distribución de las bolas.

—Cinco dólares a que no metes la azul rayada —dije; estaba protegida de la blanca por una barrera de bolas de colores.

—No quiero tu dinero —repuso. Nos miramos fijamente, y un hoyuelo minúsculo afloró en su rostro.

Mi temperatura interior aumentó un grado.

—¿Qué es lo que quieres? —pregunté.

Patch bajó el taco sobre la mesa, practicó un solo movimiento de tiro y golpeó la bola blanca. El impulso de la bola blanca se transfirió a la verde, y luego a la ocho, que golpeó la azul rayada haciéndola caer en una tronera.

Solté una risa nerviosa y traté de disimularla haciendo crujir los nudillos, un mal hábito al que no suelo sucumbir.

—Vale, puede que me hayas impresionado un poco más.

Patch seguía inclinado sobre la mesa, y levantó la vista hacia mí. Mi piel ardió con su mirada.

—No hemos llegado a apostar nada —objeté, resistiendo el impulso de cambiar mi peso a la otra pierna. El taco resbalaba un poco entre mis manos, y discretamente me sequé una palma contra el muslo.

—Me la debes —replicó—. Algún día me la cobraré.

Me eché a reír.

—Ya quisieras.

Se oyeron pasos bajando por las escaleras al otro lado del salón. Apareció un tipo alto y fibroso de nariz aguileña y cabello oscuro. Primero miró a Patch y luego a mí. Sonrió lentamente, luego se acercó y le dio un buen trago a mi botella de Seven Up, que había dejado en el borde de la mesa.

—Perdona, creo que… —empecé.

—No me dijiste que tenía una mirada tan tierna —le comentó a Patch, secándose la boca con el dorso de la mano. Hablaba con un fuerte acento irlandés.

—Tampoco le hablé a ella de tu mirada de tipo duro —replicó Patch, y su sonrisa se demoró un momento.

El hombre se apoyó junto a mí en la mesa de billar y me tendió la mano de lado.

—Me llamo Rixon, cariño —dijo.

Le estreché la mano de mala gana.

—Nora.

—¿Interrumpo algo? —dijo Rixon, mirándonos a los dos alternativamente.

—No —dije a la vez que Patch decía «Sí».

De repente, Rixon se abalanzó juguetonamente sobre Patch y los dos empezaron a darse puñetazos de broma. Se oyó una risa ronca, unos forcejeos y una tela que se rasgaba, y entonces vi la espalda desnuda de Patch: dos cicatrices gruesas la atravesaban a lo largo. Empezaban cerca de sus riñones y terminaban en sus omóplatos, abriéndose para formar una V del revés. Eran unas cicatrices tan monstruosas que casi grité horrorizada.

—¡Eh, déjame ya! —exclamó Rixon.

Patch se quitó de encima de él y su camisa rasgada ondeó abriéndose. Se la quitó y la arrojó al cubo de la basura que había en la esquina.

—Dame tu sudadera —le dijo a Rixon.

Éste me lanzó un guiño perverso.

—¿Tú qué dices, Nora? ¿Se la doy?

Patch lo embistió y Rixon levantó las manos.

—Eh, tranquilo —dijo retrocediendo.

Se quitó la sudadera y se la arrojó a Patch, quedándose con una camiseta blanca ajustada que llevaba debajo.

Mientras Patch se la ponía y ocultaba sus abdominales, tan marcados que me cortaban la respiración, Rixon se volvió hacia mí.

—¿Te ha contado cómo se ganó el mote?

—¿Perdona?

—Antes de que nuestro buen amigo Patch se metiera a jugador de billar, el chaval prefería el boxeo irlandés a puño limpio. No se le daba muy bien. —Sacudió la cabeza—. La verdad, era realmente patético. Me pasaba casi todas las noches vendándolo, y al poco tiempo todo el mundo empezó a llamarlo Patch, «venda». Le dije que dejara el boxeo, pero no me escuchó.

Miré a Patch y él me dirigió una sonrisa de medalla de oro en peleas de bares. Sólo la sonrisa ya daba miedo, pero debajo de la rudeza exterior encerraba cierto deseo.

Patch señaló las escaleras con un movimiento de la cabeza y me tendió la mano.

—Salgamos de aquí —dijo.

—¿Adónde me llevas? —pregunté, estupefacta.

—Ya verás.

Mientras subíamos las escaleras Rixon me gritó:

—¡Que tengas suerte con ese pájaro, cariño!

CAPÍTULO

De regreso, Patch tomó la salida de Topsham y aparcó al lado de la histórica fábrica papelera de la ciudad, situada a orillas del río Androscoggin. En otra época había cumplido la función de convertir la pulpa de madera en papel. Ahora, un cartel enorme al otro lado del edificio anunciaba: FÁBRICA DE CERVEZA SEA DOG. El río era ancho y turbulento, con árboles crecidos en ambas orillas.

Seguía lloviendo a cántaros y ya había anochecido. Tenía que llegar a casa antes que mi madre. No le había dicho que salía porque… en fin, la verdad es que Patch no era de la clase de chicos que las madres ven con buenos ojos. Patch era de la clase de chicos que manipulan las cerraduras de las casas.

—¿Y si compramos algo de comida para llevar? —pregunté.

Patch abrió su puerta.

—¿Alguna sugerencia?

—Sándwich de pavo. Pero sin pepinillos. Ni mayonesa.

Me gané una de sus media sonrisas. Últimamente me

ganaba un montón de ellas. Esta vez no conseguía entender qué había dicho para merecerla.

—Veré qué puedo hacer —dijo saliendo del coche.

Dejó la llave de contacto puesta y la calefacción encendida. Durante los primeros minutos repasé nuestra noche hasta el momento. Y luego caí en la cuenta de que estaba sola en su jeep. Su espacio privado.

Si yo fuera Patch y quisiera esconder algo en un lugar seguro, no lo tendría en mi habitación, ni en la taquilla del colegio ni en mi mochila, pues son cosas o sitios que pueden ser confiscados o registrados sin previo aviso. Lo escondería en mi flamante Jeep negro con un sofisticado sistema de alarma.

Me quité el cinturón de seguridad y rebusqué en la pila de libros que tenía a mis pies, esbozando una lenta y maliciosa sonrisa ante la posibilidad de descubrir algún secreto de Patch. No esperaba encontrar nada en particular. Me conformaba con la combinación de su taquilla o algo por el estilo. Revolviendo con la punta del pie viejos trabajos de clase amontonados sobre las alfombrillas, encontré un ambientador con fragancia de pino, una copia del CD de AC/DC *Highway to Hell*, cabos de lápices y un tíquet de supermercado del miércoles a las 22.18 horas.

Abrí la guantera y busqué en el manual del conductor y otros documentos. Percibí un destello cromo y sentí un roce metálico en los dedos. Saqué una linterna y quise encenderla, pero no funcionaba. Desenrosqué la parte inferior, pues la encontraba un poco ligera de peso, y como cabía esperar no tenía pilas. Me pregunté por qué Patch llevaba una linterna inútil en la guantera. Fue mi último pensamiento antes de que mis ojos se centraran en una mancha reseca en un extremo de la linterna.

Sangre.

Volví a guardar la linterna y cerré la guantera. Me dije que eran muchas las acciones que podían dejar un rastro de sangre en una linterna. Como agarrarla con una mano herida, usarla mientras se lleva un animal muerto a un lado de la carretera... o aporrear un cuerpo repetidas veces hasta hacerlo sangrar.

Con el corazón retumbando, me sobresalté ante la primera conclusión que me vino a la mente. Patch me había mentido. Había agredido a Marcie. El miércoles por la noche me había llevado en moto a casa, luego había cogido el Jeep y había salido a buscarla. O quizá se habían cruzado por casualidad y la había atacado impulsivamente. En cualquier caso, Marcie estaba herida, la policía estaba investigando, y Patch era culpable.

Razonando, sabía que era una conclusión precipitada, pero emocionalmente era mucho lo que estaba en juego como para dar un paso atrás y pensárselo dos veces. Patch tenía un pasado aterrador y muchos, muchos secretos. Si la violencia brutal y gratuita era uno de ellos, no podía sentirme segura paseando en coche con él.

El destello de una luz distante iluminó el pavimento. Patch salió del restaurante y cruzó el aparcamiento con una bolsa marrón y dos refrescos. Subió al Jeep. Se quitó la gorra de béisbol y se frotó la cabeza mojada. Su pelo ondulado se esparció por todas partes. Me tendió la bolsa marrón.

—Sándwich de pavo, sin mayonesa ni pepinillos, y una bebida.

—¿Le diste una paliza a Marcie Millar? —pregunté tranquilamente—. Quiero saber la verdad, ahora.

Él apartó el Seven Up de su boca. Me dirigió una mirada penetrante.

—¿Qué has dicho?

—La linterna en tu guantera. Explícamelo.

—¿Has estado hurgando en mi guantera? —No parecía molesto, pero tampoco contento.

—Hay sangre seca en la linterna. Hoy la policía ha estado en mi casa. Creen que estoy implicada. A Marcie la atacaron el miércoles por la noche, justo después de que yo te dijera que no la soportaba.

Patch lanzó una risa brusca, sin asomo de humor.

—¿Crees que aporreé a Marcie con esa linterna?

Metió el brazo detrás del asiento y sacó una pistola enorme. Grité.

Se inclinó sobre mí y me tapó la boca con la mano.

—Es una pistola de *paintball* —dijo con frialdad.

Miré el arma y luego a Patch repetidas veces, percibiendo puntitos blancos alrededor de mis ojos.

—Esta semana he estado jugando al *paintball* —añadió—. Creía que ya te lo había comentado.

—Eso… eso no explica la sangre en la linterna.

—No es sangre. Es pintura. Jugábamos al Capturar la Bandera.

Desvié la mirada hacia la guantera. La linterna era… la bandera. Me invadió una mezcla de alivio, sentimientos de estupidez y culpa por haberlo acusado.

—Oh —dije débilmente—. Lo… lo siento. —Pero parecía demasiado tarde para disculparse.

Patch miraba fijamente al frente, respirando hondo. Me preguntaba si estaba aprovechando el silencio para liberar tensiones. Después de todo, lo había acusado de agresión. Me sentía fatal, pero estaba demasiado nerviosa para encontrar la manera correcta de disculparme.

—Por lo que veo, el número de enemigos de Marcie ha aumentado.

—Estoy segura de que Vee y yo encabezamos la lista —dije tratando de relajar el ambiente, aunque no del todo en broma.

Patch paró el coche delante de mi casa y apagó el motor. Tenía la gorra de béisbol calada hasta las cejas, pero ahora su boca insinuaba una sonrisa. Sus labios parecían blandos y suaves, y yo tenía serias dificultades para dejar de mirarlos. Lo más importante era que, al parecer, me había perdonado.

—Tendrás que seguir entrenándote en el billar, ángel —dijo.

—Hablando de billar. —Me aclaré la garganta—. Quisiera saber cuándo y cómo piensas cobrarte eso que según tú... te debo.

—No será esta noche. —Me observó, estudiando mi reacción. Sentí una mezcla de alivio y de decepción. Sobre todo, decepción—. Tengo algo para ti —añadió. Metió la mano debajo del asiento y sacó una bolsa de papel blanco con impresiones de guindillas. Era una bolsa de comida para llevar del Borderline. La dejó entre los dos.

—¿Qué es? —pregunté mirando en el interior de la bolsa.

—Ábrelo.

Saqué una caja de cartón marrón y levanté la tapa. Contenía una esfera de nieve con un Delphic Seaport en miniatura en el interior. Un alambre en círculo formaba la noria, y otro doblado en bucles, la montaña rusa; unas láminas de metal reproducían el paseo de la alfombra mágica.

—Es precioso —dije, sorprendida de que Patch se hubiera tomado la molestia de comprarme un regalo—. Gracias. Me encanta.

Él tocó el cristal redondeado.

—Ése es el Arcángel antes de que fuera remodelado.

—Detrás de la noria, un fino alambre se retorcía dando forma a los altos y bajos del Arcángel. En lo más alto había un ángel con las alas rotas, la cabeza inclinada, mirando hacia abajo con los ojos vacíos.

—¿Qué ocurrió la noche que montamos juntos? —le pregunté.

—Es mejor que no lo sepas.

—¿Si me lo dices tendrás que matarme? —repuse medio en broma.

—No estamos solos —respondió él, mirando por el parabrisas.

Levanté la vista y vi a mi madre de pie en la puerta de la casa. Con horror, la vi salir y caminar hacia el Jeep.

—Déjame hablar a mí —dije, guardando la esfera de nieve en la caja—. Tú no digas ni una palabra. ¡Ni una!

Patch se apeó y dio la vuelta hasta mi puerta. Nos encontramos con mi madre en el camino de la entrada.

—No sabía que habías salido —me dijo sonriente, aunque aquello significaba «ya hablaremos luego».

—Surgió en el último momento —expliqué.

—Después de yoga he venido directa a casa —dijo. El resto se sobreentendía: «Tendrás que explicarte.» Yo contaba con que se iría a tomar unos batidos con sus amigas después de clase. Nueve de cada diez veces lo hacía. Se fijó en Patch—. Por fin tengo el placer de conocerte. Al parecer, mi hija es una gran admiradora tuya.

Abrí la boca para presentarlos de la manera más breve posible y despedir a Patch, pero mi madre se me adelantó.

—Soy la madre de Nora. Blythe Grey.

—Éste es Patch —dije, buscando acabar cuanto antes con los cumplidos. Pero sólo se me ocurría gritar «¡Fuego!» o fingir un síncope. Y ambas cosas parecían peores que enfrentarme a una conversación entre Patch y mi madre.

—Nora me dijo que eras nadador —comentó mi madre.

Tuve la sensación de que Patch se tronchaba por dentro.

—¿Nadador?

—¿Estás en el equipo de natación del colegio o compites en la liga interurbana?

—Lo hago más como actividad… recreativa —dijo él, interrogándome con la mirada.

—Bueno, eso también está bien. ¿Dónde vas a nadar? ¿Al centro recreativo?

—Prefiero hacerlo al aire libre. En ríos y lagos.

—¿No es demasiado frío?

Patch negó con la cabeza. La conversación parecía de lo más normal. Y desde luego coincidía con mi madre: Maine no era un sitio cálido ni tropical. Te morías de frío nadando al aire libre, incluso en verano. Si Patch de verdad nadaba al aire libre, es que estaba loco o tenía una alta tolerancia al dolor.

—Bueno —dije aprovechando la pausa—. Patch tiene que marcharse. —Lo miré y moví los labios: «Lárgate.»

—Ese Jeep es muy chulo —dijo mi madre—. ¿Te lo compraron tus padres?

—Me lo compré yo.

—Debes de tener un buen trabajo.

—Recojo las mesas en el Borderline.

Patch hablaba lo menos posible, esforzándose en conservar su halo de misterio. Me pregunté cómo era su vida cuando no estaba conmigo. En el fondo no podía evitar pensar en su pasado aterrador. Hasta ahora había fantaseado con descubrir sus secretos inconfesables porque quería demostrarme a mí y a Patch que era capaz de desenmascararlo, pero ahora quería conocer sus secretos porque eran parte de él. Y pese a que trataba de negarlo, sentía algo por él. Cuanto más tiempo pasaba con él, más segura estaba de que mis sentimientos perdurarían.

Mi madre frunció el entrecejo.

—Espero que el trabajo no entorpezca tus estudios. Personalmente creo que los estudiantes de secundaria no deberían trabajar durante el curso escolar. Menudo agobio tendrás con los platos.

Patch sonrió.

—No hay problema.

—¿Te importa si te pregunto por tu nota media? —continuó mi madre—. ¿Es demasiado grosero?

—¡Caramba, qué tarde se ha hecho! —dije mirando el reloj que no llevaba. No podía creer que mi madre fuese tan inoportuna. Era una mala señal. Sólo podía significar que su primera impresión de Patch era peor de lo que me temía. Aquello no era una presentación. Era un interrogatorio.

—Dos coma dos —respondió él.

Mi madre lo miró fijamente.

—Está bromeando —me apresuré a decir, y lo empujé discretamente en dirección al Jeep—. Patch tiene cosas que hacer. Partidas de billar pendientes. —Me llevé la mano a la boca.

—¿Billar? —repitió mi madre, confundida.

—Nora se refiere al Salón de Bo —aclaró Patch—. Pero no es allí adonde voy. Tengo que hacer unos recados.

—Nunca he estado en el Salón de Bo —comentó mi madre.

—No es nada del otro mundo —dije—. No te lo recomiendo.

—Un momento —dijo ella como si acabara de levantarse una bandera roja en su memoria—. ¿Está sobre la costa? ¿Cerca del Delphic Seaport? ¿No hubo un tiroteo en el Bo hace unos años?

—Ahora es más tranquilo que antes —dijo Patch.

Lo miré con ojos entrecerrados. Me había ganado de mano. Pensaba mentir descaradamente diciendo que allí nunca ocurrían incidentes violentos.

—¿Te apetece entrar a tomar un helado? —lo invitó mi madre, aparentemente aturdida, debatiéndose entre el trato amable y la reacción impulsiva de arrastrarme hasta la casa y echar el cerrojo—. Sólo tenemos de vainilla —añadió para desanimarlo—. Es de hace varias semanas.

Patch negó con la cabeza.

—Tengo que irme. Quizás otro día. Encantado de conocerte, Blythe.

Aproveché la pausa para llevar a mi madre hacia la puerta principal, agradecida de que el encuentro no hubiera ido tan mal como me temía. De repente, mi madre se dio la vuelta y le preguntó a Patch:

—¿Qué habéis hecho tú y Nora esta noche?

Él me miró y levantó un poco las cejas.

—Compramos comida para llevar en Topsham —me adelanté—. Sándwiches y refrescos. Una noche inofensiva.

El problema era que lo que sentía por Patch no era inofensivo.

CAPÍTULO

19

Dejé la esfera de nieve en su caja y la guardé en mi armario detrás de una pila de jerséis con rombos que le había birlado a mi padre. Al abrir el regalo delante de Patch, el Delphic me había parecido reluciente y precioso, con sus arcos iris formados por el reflejo de la luz en los alambres. Pero en mi habitación, el alegre parque parecía embrujado. Un campamento ideal para seres incorpóreos. Y no estaba del todo segura de que no contuviera una minicámara.

Después de cambiarme y de ponerme el pijama floreado, llamé a Vee.

—¿Y bien? —dijo ella—. ¿Cómo ha ido? Es evidente que no te ha asesinado. Un buen comienzo, ¿no?

—Hemos jugado al billar.

—Tú odias el billar.

—Me ha enseñado un par de cosas. Ahora que sé de qué va, no me parece tan aburrido.

—Apuesto a que podría enseñarte unas cuantas cosas más en otras áreas de tu vida.

—Ya. —En circunstancias normales me habría sonrojado con su comentario, pero estaba demasiado seria. Me esforzaba mucho, pensando.

—Sé que no es la primera vez que te lo digo, pero Patch no me inspira confianza —dijo Vee—. Todavía tengo pesadillas con el tipo del pasamontañas. En una de mis pesadillas se arranca la máscara, y adivina quién es: Patch. Creo que deberías tratarlo como a un arma cargada. Hay algo en él que no es normal.

Eso era exactamente de lo que quería hablar.

—¿Cuál podría ser el origen de una cicatriz con forma de uve en la espalda? —le pregunté.

Hubo un silencio.

—Ostras —graznó Vee—. ¿Lo has visto desnudo? ¿Dónde lo habéis hecho? ¿En el Jeep? ¿En su casa? ¿En su habitación?

—¡No lo vi desnudo! Fue casualidad.

—Ya, eso ya lo he oído antes.

—Tiene una cicatriz enorme en la espalda. Como una uve al revés. ¿No es un poco raro?

—Claro. Éste es el Patch del que estamos hablando. Le falta un tornillo. A bote pronto, se me ocurre que podría ser consecuencia de… ¿una pelea callejera? ¿Un recuerdo de la cárcel? ¿Un coche que lo arrolló y se dio a la fuga?

Una mitad de mi mente estaba atenta a la conversación, pero la otra, más profunda, estaba en otra parte. Me vino a la memoria la noche en que Patch me retó a subir al Arcángel. Recordé las pinturas extrañas y horripilantes en el lateral de los carritos. Recordé las bestias con cuernos arrancándole las alas a un ángel. Recordé la marca de la V al revés donde antes estaban las alas del ángel.

Por poco no dejé caer el teléfono.

—Pe-perdona, ¿qué? —pregunté al darme cuenta de

que Vee había seguido con la conversación y esperaba mi respuesta.

—¿Qué ha pa-sa-do des-pués? —enfatizó cada sílaba—. Tierra llamando a Nora. Necesito detalles. Me estoy muriendo.

—No ha pasado nada. Ha tenido una pelea y su camisa se ha rasgado. Fin de la historia.

Vee se quedó sin aliento.

—De eso te estoy hablando. Salís juntos, ¿y él va y se mete en una pelea? ¿Qué problema tiene? Parece más animal que humano.

Mentalmente comparé las cicatrices de aquel ángel con las de Patch. Ambas se habían vuelto del color oscuro del regaliz, ambas iban desde los omóplatos hasta los riñones, y ambas se curvaban hacia fuera a medida que recorrían la longitud de la espalda. Me convencí de que era muy probable que sólo fuera una horripilante coincidencia que las cicatrices de Patch estuvieran fielmente representadas en los carritos del Arcángel. Me dije que había muchas clases de accidentes que podían dejar cicatrices así. Una pelea callejera, un recuerdo de la cárcel, un coche, como había señalado Vee. Lamentablemente, todo eso me parecía falso. Como si tuviera la verdad delante de los ojos y me faltara el valor para verla.

—¿Es un ángel? —me preguntó Vee.

—¿Qué?

—¿Es un ángel o mantiene su imagen de chico malo? Porque no me trago eso de que no ha intentado nada.

—Vee, tengo que dejarte. —Mi voz parecía cubierta de telarañas.

—Ya veo. Vas a colgarme antes de que pueda sonsacarte detalles.

—No ha pasado nada durante la cita, y tampoco después. Nos hemos encontrado con mi madre en la entrada de casa.

—¡Qué dices!

—Creo que Patch no le ha caído bien.

—No me digas. ¿Por qué será?

—Te llamo mañana, ¿vale?

—Que tengas dulces sueños, chica.

«Va a ser difícil», pensé.

Bajé al pequeño despacho de mi madre y encendí nuestro viejo ordenador IBM. La habitación era pequeña, con un tejado a dos aguas, más un cuartucho que una habitación. Una ventana grasienta con cortinas desteñidas de los años setenta daba a un lado del jardín. En un tercio de la habitación no podía estar totalmente de pie. En el resto, mi coronilla tocaba las vigas del techo. Allí colgaba una bombilla desnuda.

Al cabo de diez minutos, el ordenador se conectó a Internet mediante llamada telefónica. Escribí en la barra de Google: «ángel+alas+cicatrices». Dejé mi dedo suspendido encima de *enter*, temerosa de que seguir adelante implicaba admitir la posibilidad de que Patch no fuera... en fin, humano.

Le di a la tecla e hice clic sobre el primer enlace antes de arrepentirme.

ÁNGELES CAÍDOS:
UNA VERDAD ATERRADORA

En la creación del Jardín del Edén, los ángeles celestiales fueron enviados a la Tierra para vigilar a Adán y a Eva. Pronto, sin embargo, algunos ángeles ambicionaron lo que había más allá de los muros del jardín. Se vieron a sí mismos como los futuros soberanos de la Tierra, codiciando el poder, la riqueza e incluso a las mujeres humanas.

Juntos tentaron y convencieron a Eva para que comiera del fruto prohibido, y abrieron las puertas custodiadas del Edén. Como castigo a su grave pecado y desobediencia, Dios los despojó de sus alas y los condenó a vivir en la Tierra para siempre.

Leí por encima algunos párrafos; el corazón me latía de forma irregular.

Los ángeles caídos son los mismos espíritus malignos (o demonios) descritos en la Biblia como usurpadores de cuerpos humanos. Vagan por la Tierra en busca de cuerpos humanos que acosar y controlar. Tientan a los humanos para que hagan el mal introduciendo pensamientos e imágenes en sus mentes. Si un ángel caído consigue pervertir a un humano, puede entrar en su cuerpo e influir sobre su personalidad y sus acciones.

Sin embargo, la ocupación de un cuerpo humano por un ángel sólo puede ocurrir durante el mes hebreo de Jeshván. El Jeshván, conocido como el mes amargo, es el único que carece de festividades judías de importancia, lo que lo convierte en un mes profano. Durante el Jeshván, entre la luna nueva y la luna llena, los ángeles caídos invaden en masa los cuerpos humanos.

Me quedé mirando fijamente el monitor varios minutos. Sin pensamientos. Nada. Sólo un cúmulo de emociones que se enredaban en mi interior. Frío, pánico y... un horrible presentimiento.

Un escalofrío me despertó. Recordé las pocas ocasiones en que Patch había traspasado los métodos de comunicación normal y había susurrado mensajes en mi mente, tal como afirmaba el artículo acerca de los ángeles caídos. Comparando esta información con las cicatrices de Patch... ¿era posible que él fuera un ángel caído? ¿Pretendía tomar posesión de mi cuerpo?

Seguí leyendo por encima el resto del artículo, deteniéndome cuando encontraba algo todavía más extraño.

Los ángeles caídos que tienen una relación sexual con un humano producen una descendencia de seres sobrenaturales llamados Nefilim. La raza de los Nefilim es una raza maligna y antinatural que no estaba destinada a habitar la Tierra. Aunque muchos creen que el Diluvio Universal en los tiempos de Noé tenía el propósito de purificar la Tierra de los Nefilim, no hay manera de saber si esta raza híbrida se extinguió o si los ángeles caídos han seguido reproduciéndose con humanos desde entonces. Parece lógico que así sea, lo que significa que es muy probable que la raza de los Nefilim habite hoy sobre la faz de la Tierra.

Me aparté del escritorio. Metí todo lo que había leído en una carpeta y lo guardé. El archivo lo guardé como «MIEDO». No quería pensar en eso ahora. Ya lo haría más tarde. Quizás.

El móvil sonó en mi bolsillo y me asusté.

—¿Dijimos que los aguacates eran verdes o amarillos? —me preguntó Vee—. Ya he comido todas las frutas verdes que me tocaban hoy, pero si me dices que los aguacates son amarillos la he pifiado.

—¿Tú crees en los superhéroes?

—Después de ver a Tobey Maguire en *Spiderman,* sí. Y también está Christian Bale. Es más viejo, pero está muy bueno. Dejaría que me rescatase de los ninjas espadachines.

—Hablo en serio.

—Yo también.

—¿Cuándo fue la última vez que fuiste a la iglesia? —le pregunté.

Escuché el pequeño estallido de un globo de chicle.

—El domingo.

—¿Crees que la Biblia es de fiar? Es decir, ¿crees que lo que dice es real?

—Creo que el pastor Calvin es guapo. A la manera de los cuarentones. Eso resume bastante bien mi convicción religiosa.

Fui a mi habitación y me metí debajo de las mantas. Cogí una manta extra para protegerme de un frío repentino. O en la habitación hacía frío, o bien era yo la que me sentía helada por dentro, no estaba segura. Palabras como «ángel caído», «ocupación de humanos» y «Nefilim» me obsesionaban, alejándome del sueño.

CAPÍTULO

Estuve toda la noche dando vueltas en la cama; el viento rodeaba la casa y salpicaba la ventana con piedrecillas. Me desperté varias veces con el ruido de las tejas arrastradas que caían a un lado de la casa. Cada pequeño ruido, ya fueran las ventanas que vibraban o los muelles de mi colchón, hacía que me despertara sobresaltada.

A eso de las seis me di por vencida, me levanté y caminé por el pasillo rumbo a la ducha. Después me puse a ordenar mi habitación. Mi armario se fue quedando vacío y, como era de esperar, llené tres veces el cesto de la ropa sucia. Estaba subiendo las escaleras con una colada recién hecha cuando llamaron a la puerta. Era Elliot.

Llevaba unos tejanos, una camisa a cuadros arremangada hasta los codos, gafas de sol y una gorra de béisbol. Por fuera parecía un americano ejemplar, pero yo sabía que no era así.

—Nora Grey —dijo en tono condescendiente. Se inclinó hacia delante y sonrió, y yo noté su aliento a alcohol—. Me has causado muchos problemas últimamente.

—¿A qué has venido?

Echó un vistazo al interior de la casa por encima de mi hombro.

—¿Tú qué crees? He venido a hablar. ¿Puedo pasar?

—Mi madre está durmiendo. No quiero despertarla.

—No he tenido ocasión de conocer a tu madre. —La manera en que lo dijo me puso los pelos de punta.

—Perdona, ¿qué necesitas?

Su sonrisa era un poco sensiblera y un poco despectiva.

—No te gusto, ¿verdad, Nora Grey?

A modo de respuesta me crucé de brazos.

Dio un paso atrás con una mano apoyada en el corazón.

—Ay. Aquí estoy, Nora Grey, en un intento desesperado por convencerte de que soy un chico como cualquier otro y que puedes confiar en mí. No me decepciones.

—Escucha, Elliot, tengo cosas que hacer…

Estrelló los nudillos contra la pared con tal fuerza que la pintura se desconchó.

—¡No he terminado! —barbotó furioso. De repente echó la cabeza atrás y rio por lo bajo. Se dobló y metió la mano ensangrentada entre las rodillas—. Diez dólares a que me arrepentiré de esto.

La presencia de Elliot me ponía la piel de gallina. Recordé cuando apenas días atrás pensaba que era guapo y encantador. Me preguntaba cómo podía haber sido tan estúpida.

Estaba pensando en cerrar la puerta y echarle la llave cuando Elliot se quitó las gafas de sol, descubriendo unos ojos inyectados en sangre. Se aclaró la garganta y habló con voz sincera.

—He venido a decirte que Jules está bajo mucha presión en el colegio. Los exámenes, el centro de estudiantes, las solicitudes de becas, bla, bla, bla. No parece el mismo. Tiene que dejar todo eso por un par de días. Deberíamos irnos los cuatro de acampada en Semana Santa, Jules, Vee, tú y yo. Salir mañana para Powder Horn y regresar el martes por la tarde. Le daría la posibilidad a Jules de desconectar. —Cada palabra parecía inquietante y cuidadosamente ensayada.

—Lo siento, ya tengo planes.

—Deja que te convenza. Tengo todo el viaje organizado. Las tiendas, la comida. Te demostraré que soy un tío genial. Haré que te lo pases bomba.

—Creo que deberías irte.

Apoyó su mano en el marco de la puerta, inclinándose hacia mí.

—Respuesta incorrecta. —Por un instante, el sopor vidrioso de sus ojos desapareció, eclipsado por algo retorcido y siniestro. Di un paso atrás, casi segura de que Elliot llevaba el virus del asesinato en la sangre, casi segura de que la muerte de Kjirsten era cosa suya.

—Vete o llamo a un taxi —dije.

Elliot abrió la mosquitera con tal violencia que ésta se estampó contra la pared exterior. Me agarró por el albornoz y me sacó fuera de un tirón. Me empujó contra la pared y me inmovilizó con su cuerpo.

—Vas a venir de acampada quieras o no.

—Quítate de encima o… —dije revolviéndome.

—¿O qué? ¿Qué vas a hacer? —Me sujetaba por los hombros, y volvió a estamparme contra la pared, haciendo castañetear mis dientes.

—Llamaré a la policía. —No sé cómo me atreví a decirlo. Jadeaba y tenía las manos pegajosas.

—¿Vas a llamarla a gritos? No te oirán. La única manera de que te suelte es que me jures que vendrás al campamento.

—¿Nora?

Nos giramos hacia la puerta principal, por donde había llegado la voz de mi madre. Elliot dejó sus manos sobre mí un momento más, luego emitió un ruido de disgusto y me apartó de un empujón. Cuando bajaba los peldaños del porche se dio la vuelta.

—Esto no quedará así.

Me apresuré a entrar y cerré la puerta. Empezaron a arderme los ojos. Deslicé la espalda por la hoja y me senté en la alfombrilla de la entrada, conteniendo el llanto.

Mi madre apareció en lo alto de la escalera, ciñéndose la bata por la cintura.

—¿Nora? ¿Qué ocurre? ¿Con quién estabas?

Pestañeé.

—Era un chico del instituto. —No podía evitar que me temblara la voz—. Quería… quería… —Ya me había buscado bastantes problemas por salir con Patch. Mi madre pensaba asistir por la noche a la boda de la hija de una compañera de trabajo, pero si le contaba que Elliot me había maltratado no iría por nada del mundo. Y eso era lo último que quería, porque necesitaba ir a Portland a investigar sobre Elliot. Bastaría una pequeña prueba incriminatoria para meterlo en chirona, pero hasta que eso ocurriera no me sentiría segura. Percibía cierta violencia creciente dentro de él, y no quería esperar a ver sus resultados—. Quería mis apuntes sobre *Hamlet* —dije por fin—. La semana pasada me copió en el examen, y parece que se está acostumbrando a ello.

—Oh, cielo. —Vino a mi lado y me acarició el pelo—. Entiendo que eso te moleste. Si quieres puedo llamar a sus padres.

Negué con la cabeza.

—Entonces prepararé el desayuno. Anda, ve a vestirte. Cuando bajes ya estará listo.

Estaba de pie frente al armario cuando sonó mi móvil.

—Ya lo sabes, ¿no? ¡Nos vamos los cuatro de campa-men-to en Semana Santa! —Vee parecía jubilosa.

—Vee —dije con voz temblorosa—, Elliot está planeando algo. Algo horripilante. La única razón por la que quiere ir de campamento es para estar a solas con nosotras. No vamos a ir.

—¿Cómo que no? Estás de guasa o qué. Por una vez que podemos hacer algo emocionante para Semana Santa, ¿vas a negarte? Sabes que mi madre no me dejará ir sola. Haré lo que sea. De verdad. Haré tus deberes durante una semana. Venga, Nora. Quiero escuchar esa palabrita. Dila. Empieza con s...

La mano con que sujetaba el móvil me estaba temblando. Me lo pasé a la otra.

—Elliot ha estado en mi casa hace quince minutos, borracho. Me... me ha maltratado físicamente.

Se quedó callada un instante.

—¿Qué quieres decir con que te ha maltratado físicamente?

—Me ha arrastrado fuera y me ha empujado contra la pared.

—Pero estaba borracho, ¿no?

—¿Y eso qué tiene que ver? —repuse indignada.

—Bueno, le han pasado muchas cosas. Lo acusaron injustamente de estar implicado en el suicidio de una chica, y se vio obligado a cambiar de colegio. Si te ha hecho daño, y que conste que no estoy justificándolo, quizá significa que necesita ayuda... psicológica.

—Pero...

—Estaba borracho, ¿no? Quizá no sabía lo que hacía. Mañana se sentirá fatal.

Abrí la boca y volví a cerrarla. No podía creer que Vee se pusiera de parte de Elliot.

—Tengo que dejarte —dije secamente—. Te llamaré más tarde.

—¿Puedo ser sincera, chica? Sé que estás preocupada por el tipo ese del pasamontañas. No me odies, pero creo que la única razón por la que quieres colgarle el muerto a Elliot es porque no quieres que sea Patch. Lo racionalizas todo, y eso me deja alucinada.

Me quedé estupefacta.

—¿Que lo racionalizo todo? Patch no se ha presentado en mi casa esta mañana y me ha estampado contra la pared.

—¿Sabes qué? No tendría que habértelo mencionado. Olvídalo, ¿vale?

—De acuerdo —dije fríamente.

—Pues eso... ¿Qué haces hoy?

Me asomé a la puerta, atenta a lo que hacía mi madre. En la cocina se oía la batidora en un cuenco. Una parte de mí no le veía sentido a seguir compartiendo cosas con Vee, pero la otra sentía resentimiento y agresividad. ¿Quería conocer mis planes? Por mí genial. Si no le gustaban, allá ella.

—En cuanto mi madre se vaya a una boda en Old Orchard Beach, cogeré el coche e iré a Portland. —La boda empezaba a las cuatro de la tarde, y con el banquete posterior mi madre no llegaría a casa hasta las nueve. Lo que me daba tiempo suficiente para pasar la tarde en Portland y regresar antes que ella—. De hecho quería pedirte el Neon. No quiero que mi madre me pille por el cuentakilómetros de mi coche.

—Caray. Quieres investigar a Elliot, ¿no es cierto? Vas a meter las narices en el Kinghorn.

—Voy a hacer algunas compras y a comer algo por

ahí —dije, deslizando las perchas por la barra de mi armario. Cogí una camiseta de manga larga, unos tejanos y un gorro a rayas, blanco y rosa, reservado para los fines de semana y los días en que mi pelo es un desastre.

—¿Y lo de comer algo por ahí incluye pararse en un restaurante a pocas calles del Kinghorn? ¿Un restaurante en el que Kjirsten no-sé-qué trabajaba de camarera?

—No es mala idea —respondí—. Quizá lo haga.

—¿Y de verdad piensas comer, o sólo vas a interrogar a la gente?

—Puede que haga algunas preguntas. ¿Puedo llevarme el Neon o no?

—Claro que puedes —dijo—. ¿Para qué están las amigas? Incluso te acompañaré en ese paseíllo destinado al fracaso. Pero primero tienes que prometerme que vendrás al campamento.

—Olvídalo. Cogeré el autobús.

—¡Ya hablaremos de lo de Semana Santa! —gritó Vee antes de que pudiera colgar.

Había estado en Portland en varias ocasiones, pero no conocía la ciudad. Bajé del autobús armada con mi móvil, un mapa y mi propia brújula interior. Los edificios eran de ladrillo, altos y estrechos, y tapaban la salida del sol, que resplandecía por debajo de una espesa extensión de nubarrones, proyectando un toldo de sombra sobre las calles. Las tiendas y las galerías tenían carteles pintorescos sobre la entrada. Las calles estaban iluminadas por farolas negras con forma de sombrero de bruja. Después de andar unas manzanas, las calles más transitadas dieron paso a una extensa zona arbolada, y entonces vi una señal del Colegio Kinghorn. Una iglesia con su aguja y su torre de reloj asomaba por encima de los árboles.

Seguí por la acera y giré en la esquina de la calle Treinta y dos. El puerto estaba a pocas manzanas, y llegué a ver de lejos algunos barcos que pasaban por detrás de las tiendas mientras se acercaban al muelle. Bajando por la calle vi la señal que conducía al restaurante Blind Joe's. Saqué mi lista de preguntas y la releí por última vez. La idea era que no pareciera que estaba realizando una entrevista. Esperaba que sacando el tema de Kjirsten como por casualidad los empleados me dejaran caer algo que la prensa hubiera pasado por alto. Deseando que las preguntas se me quedaran grabadas en la memoria, tiré la lista en la papelera más cercana.

La puerta repicó cuando entré.

Las baldosas del suelo eran amarillas y blancas, y los reservados estaban tapizados en azul marino. De las paredes colgaban fotos del puerto. Me senté en un reservado cerca de la puerta y me quité el abrigo.

Una camarera con un delantal blanco manchado apareció a mi lado.

—Mi nombre es Whitney —me dijo—. Bienvenida al Blind Joe's. El especial de hoy es el sándwich de atún. La sopa del día es de pescado. —Tenía el bolígrafo listo para tomarme el pedido.

—¿Blind Joe's? —Fruncí el entrecejo y me toqué la barbilla—. Pues el nombre me suena…

—¿No lees la prensa? El mes pasado salimos en los periódicos durante una semana entera. Los quince minutos de fama y todo eso.

—Ah, vale. Ya me acuerdo. Hubo un asesinato, ¿no es así? La chica trabajaba aquí, ¿no?

—Kjirsten Halverson. —Pulsó el botón del boli con impaciencia—. ¿Quieres que te traiga esa sopa de pescado para empezar?

No me apetecía. De hecho no me apetecía nada en absoluto.

—Debe de haber sido duro. ¿Erais amigas?

—Caray, no. ¿Vas a pedir o no? Te contaré un secretito: si no trabajo no me pagan. Y si no me pagan no puedo pagar mi alquiler.

De pronto deseé que me atendiera el camarero que había al otro lado del restaurante. Era bajo, calvo hasta las orejas y tenía el físico de un palillo de dientes. Su mirada nunca superaba el metro de altura. Debía de sentirse tan patético como yo me sentiría en su lugar, con lo que pensé que una sonrisa amigable de mi parte bastaría para que me soltara la biografía completa de Kjirsten.

—Lo siento —le dije a Whitney—. Es que no puedo quitarme ese crimen de la cabeza. Claro que para ti ya será agua pasada. Debes de haber tenido a la prensa haciéndote preguntas todo el tiempo.

Me dirigió una mirada penetrante.

—¿Necesitas más tiempo para mirar el menú?

—Creo que los periodistas son irritantes.

Se inclinó, apoyándose sobre la mesa.

—Lo que me irrita son los clientes que me hacen perder el tiempo.

Suspiré en silencio y abrí el menú.

—¿Qué me recomiendas?

—Todo está bueno. Pregúntaselo a mi novio. —Enseñó una sonrisa tensa—. Él es el cocinero.

—Hablando de novios… ¿Kjirsten tenía novio? —«Buena conexión», me dije.

—Venga ya. ¿Eres policía? ¿Abogada? ¿Periodista?

—Sólo una ciudadana preocupada. —Sonó como una pregunta.

—Ya. ¿Sabes qué? Pide un batido, unas patatas fritas, una hamburguesa de ternera, un plato de sopa, y déjame un veinticinco por ciento de propina, y entonces te contaré lo que le he contado a todo el mundo.

Estudié las opciones: mi dinero o las respuestas.

—Hecho —dije.

—Kjirsten estaba liada con ese chico, Elliot Saunders, el que salió en los periódicos. Se pasaba todo el día aquí. La acompañaba a su casa cuando ella acababa el turno.

—¿Hablaste alguna vez con él?

—No.

—¿Crees que Kjirsten se suicidó?

—¿Cómo voy a saberlo?

—Al parecer, en su apartamento encontraron una nota de suicidio, pero también señales de allanamiento.

—¿Y?

—¿No te parece un poco… raro?

—Si me estás preguntando si creo que Elliot pudo haber dejado la nota, claro que lo creo. Los niños ricos como ése pueden hacer cualquier cosa sin que les pillen. Probablemente contrató a alguien para que dejara la nota. Así es como funciona cuando tienes dinero.

—No creo que Elliot tenga mucho dinero. —Mi impresión siempre había sido que el rico era Jules. Vee no paraba de hablar de su casa—. Creo que estaba en el Kinghorn con una beca.

—¿Una beca? —repitió con un resoplido—. ¿Qué has estado bebiendo? Si Elliot no tiene un pastón, ¿cómo hizo para comprarle a Kjirsten un apartamento? Explícamelo.

Intenté controlar mi sorpresa.

—¿Le compró un apartamento?

—Kjirsten no paraba de pregonarlo. A mí me desquiciaba.

—¿Para qué se lo compró?

Whitney me miró fijamente, con las manos en las caderas.

—Dime que no eres tan boba como pareces.

Vale. Para tener privacidad. Intimidad. Entendido. Continué preguntando:

—¿Sabes por qué Elliot se fue del Kinghorn?

—No sabía que se había ido.

Intentaba cuadrar sus respuestas con las preguntas que todavía me quedaban por formular.

—¿Conocía a gente aquí? ¿Alguien más aparte de Kjirsten?

—¿Cómo voy a acordarme? —Hizo una mueca de disgusto—. ¿Parezco uno de esos que tienen memoria fotográfica?

—¿No te suena un chico muy alto? Realmente alto. De pelo largo rubio, guapo, ropa hecha a medida.

Se arrancó una uña magullada con los incisivos y se la guardó en el bolsillo del delantal.

—Sí, me acuerdo de ese chico. Difícil no acordarse. Tan malhumorado y callado. Vino una o dos veces. No fue hace mucho tiempo. Quizá para cuando Kjirsten murió. Me acuerdo porque estábamos sirviendo sándwiches de carne para el día de San Patricio y no conseguí que pidiera uno. Me miraba con odio, como si fuera a dar la vuelta a la mesa para cortarme el cuello si me quedaba allí leyéndole el menú del día. Pero creo recordar algo más. No es que me entrometa, pero tengo oídos. A veces no puedo evitar oír cosas. La última vez que el chico alto y Elliot vinieron estaban encorvados sobre una mesa hablando de un examen.

—¿Un examen en el instituto?

—¿Cómo voy a saberlo? Por lo que oí, parecía que el chico alto había suspendido un examen y Elliot no estaba nada contento a causa de ello. Empujó la silla hacia atrás y se marchó hecho una furia. Ni siquiera se comió todo el sándwich.

—¿Mencionaron a Kjirsten?

—El chico alto llegó primero y preguntó si Kjirsten estaba trabajando. Yo le dije que no y él hizo una llamada con su móvil. Al cabo de diez minutos apareció Elliot. Kjirsten siempre atendía la mesa de Elliot, pero como he dicho, ella no estaba, así que los atendí yo. Si hablaron de Kjirsten, no los escuché. Pero me daba a mí que el chico alto no quería cerca a Kjirsten.

—¿Recuerdas algo más?

—Depende. ¿Vas a pedir postre?

—Supongo que tomaré un trozo de tarta.

—¿Tarta? ¿Te doy cinco minutos de mi valioso tiempo y sólo pides un trozo de tarta? ¿Crees que no tengo nada mejor que hacer que charlar contigo?

Lancé una mirada alrededor. El restaurante estaba vacío. Aparte de un hombre encorvado sobre un periódico en la barra, yo era la única clienta.

—Vale… —Repasé el menú.

—Vas a pedirte una limonada con frambuesa para tragar esa tarta. —Lo garabateó en su bloc—. Y luego un café. —Siguió garabateando—. Espero que me dejes otro veinte por ciento de propina. —Me lanzó una sonrisa engreída, se guardó el bloc en el delantal y se dirigió a la cocina.

CAPÍTULO

21

El tiempo se había vuelto frío y lluvioso. Las farolas emitían un brillo amarillento y fantasmagórico que apenas penetraba la espesa niebla de la calle. Salí del Blind Joe's, alegrándome de haber consultado el pronóstico más temprano y haber llevado mi paraguas. Mientras pasaba por delante de las ventanas veía a la gente reunida en los bares.

Estaba a pocas calles de la parada del autobús cuando una sensación conocida se instaló en mi nuca. La había sentido la noche en que estaba segura de que alguien me observaba por la ventana de mi habitación, también en el Delphic y una vez más antes de que Vee saliera de Victoria's Secret con mi chaqueta puesta. Me agaché, fingiendo atarme los cordones, y lancé una mirada furtiva alrededor. Las dos aceras de la calle estaban desiertas.

Al cambiar el semáforo, reanudé la marcha andando rápido y con la mochila bajo el brazo. Ojalá el autobús pasara a su hora. Corté por un callejón pasando por detrás de un bar, junto a un grupo de fumadores, y salí a la calle de arriba. Fui trotando hasta la siguiente esquina, giré en otro callejón y di la vuelta a la manzana.

Oí el motor del autobús, y un momento después dobló la esquina surgiendo de la niebla. Redujo la marcha junto al bordillo y subí. Por fin de regreso a casa. Era la única pasajera.

Escogí un asiento varias filas detrás del conductor y me agaché para quedar fuera de su vista. Él cerró las puertas y el autobús rugió, poniéndose en marcha. Estaba a punto de suspirar aliviada cuando recibí un mensaje de Vee.

DOND STS?

PORTLAND. Y TÚ?, respondí.

TMB. EN UNA FSTA CON JULES Y ELLIOT. NS VMS?

XQ STS EN PORTLAND?

No esperé la respuesta y la llamé directamente. Hablar era más rápido. Y eso era urgente.

—¿Y bien? ¿Qué me dices? —me preguntó Vee—. ¿Estás para una fiesta?

—¿Sabe tu madre que estás en una fiesta en Portland con dos chicos?

—Empiezas a parecer un poco neurótica, chica.

—¡No puedo creer que hayas venido a Portland con Elliot! —Tuve una sensación de ansiedad—. ¿Sabe que estás hablando conmigo?

—¿Para que vaya y te mate? No, lo siento. Él y Jules fueron al Kinghorn a buscar algo, y yo me he quedado sola. Necesito a alguien que me ayude a ligar. ¡Eh! —gritó Vee—. Las manos quietas, ¿vale? Q-u-i-e-t-a-s. ¿Nora, me oyes? No estoy exactamente en el mejor lugar. El tiempo es primordial.

—¿Dónde estás?

—Un momento, ahora te lo digo… Vale. El número del edificio de enfrente es el 1727. La calle se llama Highsmith, estoy casi segura.

—Llegaré lo antes posible, pero no me quedaré. Me

voy a casa, y tú te vendrás conmigo. ¡Pare el autobús!
—le grité al conductor.

Él pisó el freno, y me estampé contra el asiento de delante.

—¿Puede decirme en qué dirección está la calle Highsmith? —le pregunté una vez que conseguí llegar al final del pasillo.

Señaló a la derecha a través de las ventanillas.

—Hacia el oeste. ¿Piensas ir andando? —Me miró de arriba abajo—. Te lo advierto: es un barrio peligroso.

Genial.

Tuve que andar unas pocas calles para darme cuenta de que el conductor había hecho bien en advertirme. El escenario cambió drásticamente. Las fachadas pintorescas fueron reemplazadas por edificios con pintadas de bandas callejeras. Las ventanas eran oscuras, con enrejados de hierro. Las aceras eran caminos desolados que se adentraban en la niebla.

Un ruido metálico surgió de la niebla, y apareció una mujer que empujaba un carro con ruedas cargado con bolsas de basura. Sus ojos eran uvas pasas, pequeños y oscuros, y se desviaron hacia mí en una mirada casi depredadora.

—Pero qué tenemos aquí —dijo con su boca desdentada.

Retrocedí un paso y agarré mi mochila con fuerza.

—Un abrigo, guantes y un bonito gorro de lana —dijo—. Siempre quise tener un gorro de lana bonito —añadió, subrayando la palabra «bonito».

—Hola —le dije, aclarándome la garganta y tratando de parecer amigable—. ¿Sabe cuánto falta para la calle Highsmith?

Soltó una carcajada.

—Un conductor de autobús me indicó esta dirección.

—¿Te dijo que Highsmith era por aquí? —dijo ella—. Yo sé cómo llegar a Highsmith, y no es por aquí.

Esperé, pero no me dio más detalles.

—¿Cree que podría indicarme cómo llegar? —pregunté.

—Yo sé cómo llegar. —Se tocó la cabeza con un dedo que se parecía mucho a una ramita nudosa y retorcida—. Lo tengo todo aquí.

—Vale. Explíqueme cómo llegar, por favor.

—No te lo puedo decir a cambio de nada —contestó ella—. Tendrás que pagarme. Una mujer tiene que ganarse la vida. ¿Nunca te han dicho que en la vida nada es gratis?

—No llevo dinero encima. —No mucho, en cualquier caso. Lo justo para un billete de autobús.

—Pero sí un abrigo precioso y calentito.

Bajé la vista hacia mi abrigo acolchado. Un viento helado me despeinaba, y con sólo pensar en quitarme el abrigo se me puso la piel de gallina.

—Acaban de regalármelo por Navidad.

—Se me está helando el trasero aquí en la calle —dijo ella con aspereza—. ¿Quieres que te diga cómo llegar o no?

No podía creer que me encontrara en ese sitio. No podía creer que estuviera canjeando mi abrigo con una mendiga. Era tanto lo que Vee me debía que posiblemente nunca estaríamos en paz.

Me quité el abrigo y vi cómo la mujer se lo ponía.

Mi aliento se condensaba. Me rodeé con los brazos y zapateé para ahuyentar el frío.

—Bien, ¿va a decirme cómo llegar a Highsmith?

—¿Prefieres el camino largo o el corto?

—El co-co-corto —dije con un castañeteo de dientes.

—Eso te costará un poco más. El camino corto tiene

una tarifa adicional. Ya te lo dije, siempre he querido tener un gorro de lana bonito.

Me quité el gorro de colores.

—¿Dónde está Highsmith? —la apremié, tratando de conservar mi tono amigable.

—¿Ves ese callejón? —dijo señalando detrás de mí. Me di la vuelta. El callejón estaba a cincuenta metros—. Métete allí y saldrás a Highsmith justo al otro lado.

—¿Es ahí? —dije incrédula—. ¿En la siguiente calle?

—Lo bueno es que cogerás el camino corto. Lo malo es que en invierno ningún camino resulta corto. Claro que ahora yo estoy guapa y calentita con mi abrigo y mi gorro bonito. Si me das tus guantes te acompaño hasta allí.

Me miré los guantes. Al menos tenía las manos calientes.

—Me las arreglaré.

Se encogió de hombros y siguió arrastrando el carro hasta la esquina, donde se quedó junto a un poste pegado a la pared.

El callejón estaba oscuro y revuelto, con cubos de basura, cajas de cartón húmedas y algo que podía ser un calentador de agua desechado. O una manta enrollada alrededor de un cadáver. Una alta valla de tela metálica cerraba el callejón. Ni siquiera podía saltar una valla de metro y medio en plena forma; ni hablar de una de cuatro metros. Estaba flanqueada por edificios de ladrillos a ambos lados. Todas las ventanas tenían rejas.

Pisando cajas de embalaje y bolsas de basura me iba abriendo camino. Los vidrios rotos crujían bajo mis zapatos. Un destello blanco pasó entre mis piernas, dejándome sin aliento. Un gato. Sólo un gato, que desapareció en la oscuridad.

Pensé en enviarle un mensaje de texto a Vee para que

viniera a buscarme, cuando recordé que me había dejado el móvil en el bolsillo del abrigo. Maldición. ¿Qué probabilidad había de que la mendiga me devolviera el móvil? Para ser precisa, pocas o ninguna.

Decidí que valía la pena intentarlo, y al darme la vuelta vi un sedán negro lustroso que pasaba por la boca del callejón. Las luces rojas de los frenos se encendieron con un brillo súbito.

Intuitivamente, me oculté entre las sombras.

La puerta del coche se abrió y sonó un disparo. Dos disparos. La puerta se cerró y el sedán negro salió chirriando. El corazón me retumbaba en el pecho, mezclándose con el sonido de pasos a la carrera. Al instante me di cuenta de que eran mis propios pasos, y que estaba corriendo hacia la boca del callejón. Giré en la esquina y me paré en seco.

El cuerpo de la mendiga yacía desplomado sobre la acera.

Corrí y me arrodillé junto a ella.

—¿Se encuentra bien? —le pregunté frenéticamente, dándole la vuelta. Una expresión boquiabierta, sus ojos de uvas pasas vacíos. Un líquido oscuro salía del abrigo acolchado que yo había llevado hasta hacía pocos minutos.

Sentí el impulso de apartarme de un salto, pero me contuve y busqué en los bolsillos del abrigo. Tenía que pedir ayuda, pero mi móvil no estaba.

Había una cabina de teléfono en la esquina al otro lado de la calle. Corrí hasta allí y marqué el número de emergencias. Mientras esperaba, me volví para mirar a la mendiga, y entonces me quedé perpleja: el cuerpo había desaparecido.

Me temblaba la mano cuando colgué. Unos pasos resonaban en mis oídos, pero no podía saber si estaban lejos o cerca.

«Es él —pensé—. El hombre del pasamontañas.»

Metí unas monedas en el teléfono y cogí el auricular con las dos manos. Traté de recordar el número de Patch. Cerrando los ojos visualicé los siete dígitos que había escrito en mi mano el día que nos conocimos. Los marqué.

—¿Sí? —contestó Patch.

Casi me eché a llorar al oír su voz. De fondo se oía el choque de las bolas de billar sobre la mesa, y supe que estaba en el Salón de Bo. Podría venir en quince minutos. Veinte, quizá.

—Soy yo —dije sin atreverme a levantar la voz por encima de un susurro.

—¿Nora?

—Estoy en... estoy en Portland. En la esquina de Hempshire y Nantucket. ¿Puedes pasar a recogerme? Es urgente.

Estaba acurrucada en el suelo de la cabina, contando silenciosamente hasta cien, tratando de mantener la calma, cuando un Jeep Commander negro se acercó al bordillo. Patch abrió la puerta de la cabina y se agachó a mi lado.

Se quitó la gruesa sudadera negra de mangas largas, quedándose con una camiseta negra, y me la enfundó rápidamente. La holgada prenda me hacía parecer pequeña, con las mangas colgando muy por debajo de mis dedos. Olía a humo, a salitre y a jabón de menta. Había algo en esa mezcla que me infundió un hálito de confianza.

—Vamos al coche —dijo Patch. Me ayudó a levantarme, puso mis brazos alrededor de su cuello y acercó mi rostro al suyo.

—Creo que voy a enfermarme —dije. El mundo se

inclinaba, y con él, Patch—. Necesito mis tabletas de hierro.

—Chsss... —chistó, sosteniéndome contra él—. Todo va a estar bien. Ahora estoy aquí.

Conseguí asentir con la cabeza.

—Vámonos de aquí.

Asentí otra vez.

—Tenemos que encontrar a Vee —dije—. Está en una fiesta a una calle de aquí.

Cuando el Jeep dobló la esquina, el castañeteo de mis dientes me retumbaba en la cabeza. Nunca en mi vida había estado tan aterrada. Ver a aquella sin techo muerta me había recordado a mi padre. La visión estaba teñida de rojo, y por mucho que lo intentara no podía limpiar la sangre de la imagen.

—¿Estabas en una partida de billar? —le pregunté.

—Estaba a punto de ganar una casa adosada.

—¿Una casa?

—Una de ésas tan monas que hay en el lago. Pero no importa; habría terminado detestando el lugar. La fiesta es en Highsmith. ¿Sabes el número?

—No lo recuerdo —dije, sentándome recta para ver mejor las ventanas. Todos los edificios parecían abandonados. No había señales de ninguna fiesta, ni de nada.

—¿Recuerdas su móvil? —me preguntó Patch.

Sacó una Blackberry del bolsillo.

—Queda poca batería. No sé si podré hacer una llamada.

Le envié un mensaje a Vee.

¿DÓNDE ESTÁS?

CAMBIO DE PLANES, me respondió. J Y E NO ENCONTRARON LO QUE BUSCABAN. NOS VAMOS A CASA.

La pantalla se apagó.

—¿Tienes un cargador?

—No lo llevo encima.

—Vee va de regreso a Coldwater. ¿Podrías dejarme en su casa?

Minutos después estábamos en la carretera de la costa, circulando por un acantilado justo encima del océano. Ya había hecho ese camino antes, y cuando el sol se pone las aguas se tiñen de azul pizarra con parches de verde oscuro allí donde se reflejan los árboles de hoja perenne. Era de noche, y el océano era un suave manto negro.

—¿Vas a decirme qué ocurre? —preguntó Patch.

Todavía no tenía muy claro si debía contarle el episodio de la mendiga, que le habían disparado después de que se pusiera mi abrigo, que yo creía que esas balas eran para mí, y que el cadáver había desaparecido inexplicablemente.

Recordé la mirada escéptica del inspector Basso cuando no encontró rastro de allanamiento en mi habitación. No estaba de ánimos para recibir miradas así, ni quería que se rieran de mí otra vez.

—Me perdí, y una mendiga me acosó —dije—. Me obligó a entregarle mi abrigo… —Me limpié la nariz con el dorso de la mano y sorbí—. Y también mi gorro.

—¿Qué hacías allí?

—Buscaba la fiesta donde estaba Vee.

Estábamos a medio camino entre Portland y Coldwater, en un tramo frondoso y deshabitado de la carretera, cuando de repente empezó a salir humo del capó del Jeep. Patch frenó, aparcando a un lado de la carretera.

—Espera aquí —dijo mientras se apeaba. Levantó el capó y desapareció de mi vista.

Un minuto después volvió a bajar el capó. Restregándose las manos en los pantalones se acercó a mi ventanilla y me indicó que la bajara.

—Malas noticias —dijo—. Es el motor.

Intenté parecer informada e inteligente, pero mi expresión sólo transmitió perplejidad.

Patch levantó una ceja y dijo:

—Descanse en paz. El motor, me refiero.

—¿El Jeep no se moverá?

—No a menos que lo empujemos.

De todos los coches, tenía que ganar el fallido.

—Dame tu móvil —pidió.

—Lo he perdido.

Sonrió.

—No me lo digas. Lo has olvidado en el bolsillo de tu abrigo, ¿verdad? La mendiga se lo ha quedado todo, ¿eh?

Exploró el horizonte.

—Tenemos dos opciones. Podemos hacer autoestop o andar hasta la próxima salida y encontrar un teléfono.

Salí del coche, cerrando la puerta con fuerza, y le di una patada a la rueda delantera. La rabia me servía para ocultar el miedo por todo lo que me había ocurrido ese día. Si me quedaba a solas, me echaría a llorar.

—Creo que en la próxima salida hay un motel. Llamaré desde una ca-ca-cabina —dije con los dientes castañeteando—. Tú quédate aquí con el Jeep.

Esbozó una sonrisa, pero no parecía convencido.

—No dejaré que te me pierdas de vista. Pareces un poco desquiciada, ángel. Iremos juntos.

Me planté delante de él con los brazos cruzados. Con zapatillas de tenis, mis ojos quedaban a la altura de sus hombros. Me obligué a mantenerme erguida para mirarlo a los ojos.

—No pienso acercarme contigo a un motel. —Mejor decirlo con firmeza para reducir las posibilidades de cambiar de opinión.

—¿Crees que nosotros dos y un motel de mala muerte sería una combinación peligrosa?

«Pues la verdad es que sí.»

Patch se apoyó contra el Jeep.

—Podríamos quedarnos aquí a discutirlo. —Entrecerró los ojos alzando la vista al cielo alborotado—. Pero la tormenta está a punto de resurgir.

Como si la Madre Naturaleza quisiera dar su veredicto, el cielo se abrió y empezó a caer una mezcla de lluvia y aguanieve.

Le dirigí a Patch mi mirada más fría y resoplé enfadada.

Como siempre, él tenía razón.

CAPÍTULO

22

Veinte minutos más tarde, Patch y yo llegamos al motelito. Durante el camino al trote bajo la lluvia, no le había dirigido la palabra y ahora no sólo estaba empapada sino también desconcertada. Llovía a cántaros y no podríamos regresar al Jeep en breve. Lo que nos dejaba a mí, a Patch y al motelito juntos durante cierto tiempo.

La puerta repicó cuando entramos, y el recepcionista se puso de pie abruptamente, sacudiéndose las migajas de pan y de queso del regazo.

—¿Cuántos sois? —dijo, y se chupó un par de dedos—. ¿Sólo dos?

—¿Tie-tie-tiene un teléfono? —respondí atropelladamente.

—La línea está cortada. Culpa de la tormenta.

—¿Có-có-cómo que la línea está cortada? ¿No tiene un móvil?

El recepcionista miró a Patch.

—Mi amiga quiere una habitación para no fumadores —dijo Patch.

Lo miré con los ojos como platos. «¿Estás loco?», gesticulé moviendo los labios.

El hombre pulsó unas teclas en su ordenador.

—Me parece que… Un momento… Sí, me queda una para no fumadores.

—Nos la quedamos —dijo Patch. Me miró de soslayo, insinuando una sonrisa. Entorné los ojos.

Justo entonces las luces del techo parpadearon y se apagaron, dejando el vestíbulo a oscuras. Hubo un momento de silencio, y luego el recepcionista se puso a buscar a tientas y encendió una linterna de tamaño industrial.

—Yo fui *boy scout* —comentó—. En mi juventud.

—Entonces te-te-tendrá un móvil —dije.

—Lo tenía. Hasta que no pude pagar más la factura. —Se encogió de hombros—. Ya sabéis, mi madre es una tacaña.

¿Su madre? Debía de tener unos cuarenta. No era que eso me importara. Me preocupaba mucho más mi propia madre y lo que haría cuando regresara de la boda y descubriera que su hija no estaba en casa.

—¿Cómo pagarán? —preguntó el recepcionista.

—Efectivo —dijo Patch.

El empleado soltó una risita moviendo la cabeza arriba y abajo.

—Aquí es una forma de pago muy habitual. —Se inclinó y habló en tono confidencial—. Muchos clientes prefieren no dejar rastros de sus actividades extracurriculares, ya sabéis.

La parte racional de mi cerebro me decía que no podía pasar la noche con Patch en un motel.

—Esto es una locura —le dije en voz baja.

—Pues yo estoy loco, sí. —Otra vez estaba al borde de una sonrisa—. Por ti. ¿Puede dejarme la linterna? —le preguntó al recepcionista.

El hombre buscó bajo el escritorio.

—Tengo algo mejor: velas de supervivencia —dijo, y puso dos encima del mostrador. Encendió una con una cerilla—. Cortesía de la casa. Poned una en el baño y una en la habitación y no notaréis la diferencia. La caja de cerillas también va de regalo. Será un bonito souvenir.

—Gracias —dijo Patch, y me cogió del brazo al salir.

En la habitación 106 echó la llave a la puerta. Colocó la vela sobre la mesilla de noche, y luego encendió la otra. Se quitó la gorra de béisbol y se sacudió el pelo como un perro mojado.

—Necesitas una ducha caliente —me dijo. Asomó la cabeza al lavabo—. Vaya, hay jabón y dos toallas.

Levanté la barbilla.

—No pu-puedes obligarme a quedarme aquí. —Había accedido a entrar para no quedarme fuera en medio de la lluvia, y también porque tenía la esperanza de que restablecieran la línea telefónica.

—Ha sonado más como pregunta que como afirmación —dijo Patch.

—Pues entonces re-re-responde.

Dejó asomar su sonrisa de pillo.

—Es difícil mirarte y contestar que no.

Bajé la mirada y me vi con la sudadera negra de Patch, mojada y ceñida al cuerpo. Fui al lavabo y cerré la puerta.

Abrí el agua caliente al máximo y me quité la sudadera y el resto de la ropa. Había un largo pelo negro adherido a la pared de la ducha; lo despegué con un trozo de papel higiénico que arrojé al váter. Luego entré a la ducha y corrí la cortina, observando cómo mi piel brillaba con el calor.

Mientras me enjabonaba el cuello y los hombros, me dije que podía manejar lo de dormir en la misma habitación que Patch. No era el mejor arreglo ni el más seguro, pero yo misma me encargaría de que no pasara nada. Además, no tenía más opciones…

La parte alocada y espontánea de mi cerebro se rio de mí. Sabía lo que estaba pensando. Al principio me había sentido atraída hacia Patch por un campo de fuerza misterioso. Ahora lo que me atraía era algo muy distinto, algo que implicaba grandes dosis de ardor. El contacto esa noche era inevitable. En una escala del uno al diez, el miedo que eso me producía era ocho. Y la excitación, nueve.

Cerré el agua, salí de la ducha y me sequé. Con sólo mirar mi ropa mojada supe que no me apetecía volver a ponérmela. Quizás hubiera en el motel una secadora que funcionara con monedas… una que no requiriera electricidad. Suspiré y me puse la blusa y las bragas, que habían sobrevivido a lo peor de la lluvia.

—¿Patch? —susurré a través de la puerta.

—¿Ya estás lista?

—Apaga la vela.

—Hecho —susurró. Su risa también se oyó tan bajo que bien podría haber sido un susurro.

Apagué la vela y salí a la oscuridad total. Oí la respiración de Patch. No quería pensar en lo que llevaba o no llevaba puesto, y sacudí la cabeza para rechazar la imagen que se estaba formando en mi mente.

—Mi ropa está empapada —dije—. No tengo qué ponerme.

Oí el roce de la tela mojada contra su piel como un limpiaparabrisas.

—Mejor para mí. —Su camiseta cayó sobre una pila de ropa húmeda en el suelo.

—Esto es muy embarazoso —le dije.

Percibí su sonrisa. Estaba cerca, demasiado cerca.

—Deberías ducharte —le dije—. Ahora mismo.

—¿Tan mal huelo?

En realidad olía estupendamente. El humo había desaparecido, la menta se había vuelto más intensa.

Patch se metió en el lavabo. Volvió a encender la vela y dejó la puerta entreabierta, que proyectó una franja de luz a lo largo del suelo y un trozo de pared.

Deslicé mi espalda por la pared hasta sentarme en el suelo. Era de todo punto imposible pernoctar allí. Tenía que regresar a casa. Quedarme a solas con Patch estaba mal, más allá de cualquier juramento de prudencia. Tenía que informar sobre el cadáver de la mendiga. ¿O no? ¿Cómo iba a informar sobre un cadáver desaparecido? Me considerarían una chalada. ¿Me estaba volviendo loca?

Hice un esfuerzo y me concentré en el asunto prioritario. No podía quedarme allí sabiendo que Vee estaba con Elliot, en peligro, mientras yo permanecía a salvo. No, debía expresarlo con otras palabras: eso de que estaba a salvo era relativo. Cuando Patch estaba cerca no me pasaba nada malo, pero eso no tenía que llevarme a pensar que era mi ángel custodio.

Ojalá no se me hubiese ocurrido lo del ángel custodio. Haciendo acopio de fuerza de voluntad, borré de mi cabeza todos los pensamientos sobre ángeles: custodios, caídos y de cualquier otra clase. Me dije que probablemente estaba enloqueciendo. Por lo que sabía, la muerte de la mendiga había sido una alucinación. Como también las cicatrices de Patch.

El agua se detuvo, y poco después él salió vestido únicamente con sus tejanos. Dejó la vela del baño encendida, y la puerta, abierta. Un color delicado iluminó tenuemente la habitación.

Una mirada fugaz y supe que Patch dedicaba varias horas a la semana a correr y levantar pesas. Un cuerpo con esa definición no se conseguía sin esfuerzo y sudor. De repente me sentí reblandecida.

—¿De qué lado de la cama quieres dormir? —preguntó.

—Pues...

Una sonrisa astuta.

—¿Nerviosa?

—No —mentí con descaro.

—Qué mal mientes —dijo él, todavía sonriente—. Nunca he conocido a nadie que mienta tan mal.

Puse los brazos en jarra, como diciendo: «Pero ¿qué dices?»

—Ven aquí —dijo, poniéndome de pie.

Sentí cómo se evaporaba mi anterior promesa de resistirme. Si me quedaba diez segundos más a esa distancia de Patch mis defensas se hundirían.

Había un espejo en la pared detrás de él, y por encima de sus hombros vi la V invertida formada por las cicatrices que delineaban un brillo oscuro sobre su piel.

Me envaré y pestañeé, tratando de hacer desaparecer las cicatrices, pero seguían allí.

Sin pensar, deslicé mis manos sobre su pecho buscando su espalda. Con un dedo rocé la cicatriz de la derecha.

Patch se puso tenso ante el contacto. Yo me quedé helada, la punta de mi dedo temblando sobre la cicatriz. Me llevó un instante darme cuenta de que, en realidad, no era mi dedo lo que temblaba, sino yo. Todo mi cuerpo.

Fui absorbida por un túnel suave y oscuro, y todo se volvió negro.

Estaba en el Salón de Bo contemplando varias partidas de billar, apoyada en la pared. Las ventanas estaban cubiertas y no podía saber si era de día o de noche. Por los altavoces sonaba una canción de Stevie Nicks que hablaba de una paloma de alas blancas y de estar al final de los diecisiete años. Nadie parecía sorprendido por mi súbita aparición de la nada.

Y entonces recordé que no llevaba nada puesto, salvo una blusa y bragas. No soy vanidosa, pero ¿cómo podía ser que estuviera en medio de una concurrencia masculina, apenas cubierta con paños menores, y que nadie me mirara siquiera?

Me pellizqué. Estaba perfectamente viva, al menos eso parecía.

Agité la mano para disipar el humo del tabaco, y vi a Patch al otro lado del salón. Estaba sentado a una mesa de póquer, relajado, con sus cartas cerca del pecho.

Atravesé el salón descalza, con los brazos cruzados sobre el pecho tratando de cubrirme.

—¿Podemos hablar? —le dije al oído con cierto nerviosismo, ya que no tenía ni idea de cómo había llegado al Salón de Bo. Estaba en el motel, y un segundo más tarde había aparecido allí.

Patch empujó una pila de fichas de póquer hacia el centro de la mesa.

—¿Puede ser ahora? —le dije—. Es urgente… —Se me fue la voz al fijarme en el calendario de la pared. Estaba ocho meses atrasado, en agosto del año anterior, justo antes de que empezara el curso. Meses antes de que yo conociera a Patch. Seguro que era un error, un despiste de quienquiera que estuviese a cargo de arrancar los meses antiguos, pero al mismo tiempo consideré con disgusto la posibilidad de que el calendario estuviera en la fecha correcta. Y yo no.

Cogí una silla de la mesa de al lado y la acerqué a Patch.

—Tiene un cinco de picas, un nueve de picas, un as de corazones… —Me interrumpí al darme cuenta de que nadie me prestaba atención. No, no era eso. Nadie podía verme.

Al otro lado del salón se oyeron pasos que bajaban pesadamente por las escaleras, y el mismo taquillero que me había amenazado con echarme la primera vez que visité el salón apareció al pie de la escalera.

—Arriba hay alguien que quiere hablar contigo —dijo.

Patch enarcó las cejas, preguntando en silencio.

—No ha querido decirme su nombre —añadió el otro—. Se lo he preguntado un par de veces. Le he dicho que estabas en una partida privada, pero ha insistido. Si quieres puedo echarla.

—No. Hazla pasar.

Patch jugó su mano, recogió sus fichas y empujó su silla hacia atrás.

—Me retiro —dijo. Fue hasta la mesa de billar junto

a las escaleras, se apoyó en ella y se metió las manos en los bolsillos.

Lo seguí y chasqueé los dedos delante de sus ojos. Le di patadas en las botas y manotazos en el pecho. Ni un respingo, ni el menor movimiento.

En la escalera se oyeron pasos ligeros que bajaban, y cuando vi que se trataba de la señorita Greene me quedé boquiabierta. El pelo rubio le caía hasta a la cintura, totalmente liso. Llevaba unos tejanos ajustados y una camiseta rosa sin mangas, e iba descalza. Así vestida, hasta parecía casi de mi edad. Iba lamiendo una piruleta.

El rostro de Patch es una máscara, y nunca sé lo que está pensando, pero apenas vio a la psicóloga supe que se sorprendía. Se enderezó rápidamente mientras su mirada se tornaba alerta y cautelosa.

—¿Dabria?

Mi corazón se disparó. Si de verdad me encontraba ocho meses antes, ¿cómo era posible que ellos se conocieran? Ella todavía no trabajaba en el instituto. ¿Y por qué él la llamaba por su nombre de pila?

—¿Cómo estás? —saludó la señorita Greene (Dabria) con una sonrisa tímida, tirando la piruleta a una papelera.

—¿Qué estás haciendo aquí? —Los ojos de Patch se tornaron más atentos, como si no pudiera aplicar a Dabria aquello de «lo que ves es lo que es».

—Me he escapado. —Sonrió con un lado de la boca—. Necesitaba volver a verte. Llevo tiempo intentándolo, pero la seguridad, en fin, ya sabes, no es precisamente laxa. Se supone que tu rango y el mío no deberían mezclarse. Pero eso ya lo sabes.

—Ha sido una mala idea.

—Sé que no duró mucho, pero esperaba un recibimiento más amable —repuso ella, haciendo un mohín con los labios.

Él no respondió.

—No he dejado de pensar en ti —añadió Dabria, ahora con tono bajo y sensual, y se acercó un paso a Patch—. No ha sido fácil bajar hasta aquí. Lucianna se está inventando excusas para explicar mi ausencia. Estoy arriesgando tanto su futuro como el mío. ¿No quieres escuchar al menos lo que tengo que decirte?

—Habla —dijo Patch con cierto recelo.

—No he renunciado a ti. Todo este tiempo… —Se interrumpió y volvió a pestañear en una repentina exhibición de lágrimas. Cuando volvió a hablar, su voz sonó más sosegada, aunque todavía vacilante—. Sé cómo puedes recuperar tus alas. —Sonrió.

Patch no le devolvió la sonrisa.

—Tan pronto como recuperes tus alas, podrás regresar —prosiguió ella, su voz iba adquiriendo confianza—. Todo volverá a ser como antes. Nada ha cambiado. No mucho.

—¿Dónde está la trampa?

—No hay trampa. Tienes que salvar una vida humana. Muy razonable, considerando el crimen por el que te expulsaron.

—¿Cuál será mi rango?

Toda la confianza desapareció de los ojos de Dabria, y yo supe que él le había hecho una pregunta incómoda.

—Yo sólo te he dicho cómo recuperar tus alas —contestó con una pizca de condescendencia—. Creo que deberías agradecérmelo…

—Contesta a mi pregunta. —Pero su lúgubre sonrisa revelaba que él ya lo sabía. O que tenía una idea bastante aproximada. Cualquiera que fuera la respuesta de Dabria, a Patch no iba a gustarle.

—Vale. Serás un custodio, ¿de acuerdo?

Él echó la cabeza atrás y se rio.

—¿Qué hay de malo en ser un custodio? —preguntó Dabria—. ¿Por qué no es lo bastante bueno?

—Tengo algo mejor en mente.

—Escucha, Patch, no hay nada mejor. Te estás engañando a ti mismo. Cualquier otro ángel caído aprovecharía la ocasión de recuperar sus alas y convertirse en ángel custodio. ¿Por qué tú no? —La perplejidad y la irritación ahogaron su voz.

Patch se apartó de la mesa de billar.

—Ha sido agradable volver a verte, Dabria. Que tengas un buen viaje.

De repente, Dabria lo agarró de la camisa, lo atrajo hacia sí y le plantó un beso en la boca. Lentamente, Patch fue cediendo, ablandando su cuerpo. Levantó las manos y le acarició los brazos.

Me atraganté, presa de los celos y de la confusión. Una parte de mí quería darse la vuelta y llorar; otra, largarse y empezar a gritar. Pero nada de eso serviría. Era invisible. Evidentemente, la señorita Greene, Dabria... quienquiera que fuese... y Patch compartían un pasado amoroso. ¿Seguirían estando juntos en el futuro? ¿Había conseguido ella un trabajo en el Coldwater High para estar cerca de Patch? ¿Por eso se empeñaba en que me alejara de él?

—Tengo que irme —dijo ella, soltándose—. Ya me he quedado demasiado tiempo. Le prometí a Lucianna que no tardaría. —Bajó la cabeza contra su pecho—. Te echo de menos —susurró—. Salva esa vida y volverás a tener tus alas. Regresa a mí —suplicó—. Ven a casa. —Se apartó de repente—. Tengo que irme. Nadie debe enterarse de que he estado aquí. Te quiero.

Y se dio la vuelta. Entonces, la ansiedad desapareció

de su rostro, reemplazada por expresión de astuta confianza. Era el rostro de alguien que había superado con faroles una pésima mano de cartas.

Patch la retuvo por la muñeca.

—Ahora dime a qué has venido —pidió.

Me estremecí ante el trasfondo oscuro de su voz. Para cualquier extraño parecía perfectamente tranquilo, pero para alguien que le conociera un poco resultaba obvio. La manera en que miraba a Dabria decía que ella había cruzado una línea y que más le valía retroceder inmediatamente.

Patch la llevó hacia la barra. La sentó en un taburete y se sentó en otro a su lado. Yo me senté junto a él, para oírlo por encima de la música.

—¿Por qué me preguntas a qué he venido? —balbuceó Dabria—. Ya te he dicho que…

—Mientes.

Se quedó boquiabierta.

—¿Piensas que…?

—Dime la verdad. Ahora —insistió Patch.

Ella dudó antes de contestar. Lo miró con ojos encendidos y luego dijo:

—Vale. Sé lo que pretendes.

Patch se echó a reír. Era una risa que decía: «Pretendo muchas cosas. ¿A cuál de ellas te refieres?»

—Sé que has oído rumores sobre el *Libro de Enoc*. También sé que crees que puedes hacer lo mismo, pero no puedes.

Patch se cruzó de brazos sobre la barra.

—Te han enviado aquí para persuadirme de seguir otro rumbo, ¿no es así? —Una sonrisa asomó a sus ojos—. Si estoy bajo amenaza, los rumores deben de ser ciertos.

—No, no lo son. Son sólo rumores.

—Si ocurrió una vez, puede volver a ocurrir.

—Nunca ocurrió. ¿Te tomaste la molestia de leer el *Libro de Enoc* antes de tu caída? ¿Sabes exactamente lo que dice?

—Tal vez puedas dejarme tu ejemplar.

—¡No blasfemes! —se escandalizó ella—. ¡Tú tienes prohibido leerlo! Con tu caída traicionaste a todos y a cada uno de los ángeles del cielo.

—¿Cuántos de ellos saben lo que pretendo? ¿Cuán grande es la amenaza que pende sobre mí?

Ella sacudió la cabeza.

—Eso no puedo revelarlo. Ya te he dicho más de lo que debería.

—¿Intentarán detenerme?

—Los ángeles vengadores lo harán.

Él le dirigió una mirada llena de intención.

—A menos que crean que me has convencido.

—No me mires así. —Daba la impresión de que ella se esforzaba por mostrarse firme—. No mentiré para protegerte. Lo que intentas hacer está mal. No es natural.

—Dabria. —Pronunció su nombre en un tono suavemente amenazante, del mismo modo que podría haberle retorcido el brazo a la espalda.

—No puedo ayudarte —dijo ella con convicción—. No de ese modo. Quítatelo de la cabeza. Sé un ángel custodio. Concéntrate en ello y olvídate del *Libro de Enoc*.

Patch apoyó los codos en la barra, pensativo. Al cabo dijo:

—Diles que hemos hablado, y que he mostrado interés en ser un custodio.

—¿Interés? —repitió ella, incrédula.

—Interés —confirmó él—. Diles que he pedido un nombre. Si voy a salvar una vida, necesito saber quién encabeza la lista de tu departamento. Sé que como ángel de la muerte estás al tanto de esa información.

—Esa información es sagrada y confidencial, y nunca es predecible. Los hechos en este mundo cambian constantemente según las decisiones humanas...

—Un nombre, Dabria.

—Primero prométeme que te olvidarás del *Libro de Enoc*. Dame tu palabra.

—¿Te fiarías?

—No —dijo ella—. No me fiaría.

Patch se rio fríamente y tras coger un palillo se dirigió a las escaleras.

—Patch, espera —llamó ella. Saltó del taburete—. ¡Patch, por favor, espera!

Él la miró por encima del hombro.

—Nora Grey —dijo ella, y al punto se tapó la boca con la mano.

La expresión de Patch se demudó ligeramente, con una mezcla de incredulidad y de disgusto. Lo que no tenía sentido, puesto que, si el calendario de la pared era correcto, él y yo de momento no nos habíamos conocido. Mi nombre no tenía por qué sonarle familiar.

—¿Cómo va a morir? —preguntó él.

—Alguien va a matarla.

—¿Quién?

—No lo sé —dijo ella, tapándose los oídos y sacudiendo la cabeza—. Hay mucho ruido y alboroto aquí abajo. Todas las imágenes se vuelven borrosas, pasan demasiado rápido, no puedo ver con claridad. Necesito volver a casa. Necesito paz y tranquilidad.

Patch le colocó un mechón del pelo detrás de la oreja y la miró de modo persuasivo. Ella se estremeció ante el contacto, luego inclinó la cabeza y cerró los ojos.

—No puedo ver... No veo nada... es inútil.

—¿Quién quiere matar a Nora Grey? —insistió Patch.

—Espera, la estoy viendo. —Su voz sonó ansiosa—. Hay una sombra detrás de ella. Es él. La sigue. Ella no lo ve… pero él está allí. ¿Por qué ella no lo ve? ¿Por qué no echa a correr? No puedo verle la cara, está en la sombra… —Sus ojos se abrieron entre parpadeos. Inspiró sobresaltada.

—¿Quién es?

Dabria se tapó la boca con las manos. Temblando, miró a Patch.

—Tú —susurró.

Aparté el dedo de la cicatriz de Patch y la conexión se interrumpió. Tardé un momento en orientarme, pero Patch me tumbó sobre la cama y me sujetó las manos encima de la cabeza.

—No debías hacer eso. —Había rabia contenida en su rostro, oscuro y a punto de estallar—. ¿Qué has visto?

Le di un rodillazo en las costillas.

—¡Suéltame!

Se colocó a horcajadas encima de mí, inmovilizando mis piernas. Con los brazos estirados sobre la cabeza, no podía hacer otra cosa que retorcerme bajo su peso.

—¡Suéltame o grito!

—Ya estás gritando. Y no creo que en este sitio vayas a causar mucha conmoción. Es más una casa de putas que un motel. —Me enseñó una sonrisa dura, mortífera en sus comisuras—. Te lo pregunto por última vez, Nora. ¿Qué has visto?

Yo estaba al borde de las lágrimas, mi cuerpo entero bullendo con una emoción extraña e indefinible.

—¡Me das asco! —le espeté—. ¿Quién eres? ¿Quién eres de verdad?

La expresión de su boca se volvió aún más espeluznante.

—Nos vamos acercando.

—¡Quieres matarme!

El rostro de Patch no reveló nada, pero su mirada se volvió más fría.

—Al Jeep no le pasaba nada, ¿verdad? Me mentiste. Me has traído aquí para matarme. Eso dijo Dabria. Pues bien, ¿a qué esperas? —No tenía idea de qué conseguiría con eso, y tampoco me importaba. Escupía palabras en un intento por distraerme de mi propio horror—. Siempre has querido matarme. Desde el principio. ¿Vas a hacerlo ahora? —Lo miraba fijamente, con dureza y sin pestañear, tratando de contener las lágrimas mientras recordaba el día fatídico en que él había aparecido en mi vida.

—Ganas no me faltan.

Me retorcí debajo de él. Traté de volcarme hacia un lado; luego, hacia el otro. Finalmente comprendí que estaba malgastando mis fuerzas y me quedé quieta. Él me miraba fijamente con los ojos más negros que jamás había visto.

—Apuesto a que esto te gusta —le dije.

—Una buena apuesta, sin duda.

Mi corazón se había desbocado.

—Hazlo de una vez —lo desafié.

—¿Matarte?

Asentí.

—Pero primero quiero saber por qué —añadí—. De los millones de personas que hay en el mundo, ¿por qué a mí?

—Un defecto genético.

—¿Eso es todo? ¿Es la única explicación?

—De momento sí.

—¿Qué significa eso? —Volví a levantar la voz—. ¿Voy a saber el resto una vez que me hayas vencido y matado?

—No tengo que vencerte para matarte. Si hubiera querido que murieses hace cinco minutos, habrías muerto hace cinco minutos.

Me atraganté.

Rozó con el pulgar mi marca de nacimiento, un roce engañosamente suave, lo que lo volvió aún más insoportable.

—¿Qué hay de Dabria? —pregunté, respirando con dificultad—. Ella es como tú, ¿no es así? Los dos sois ángeles. —Mi voz se quebró al pronunciar la palabra.

Patch redujo un poco la presión sobre mis caderas, pero no me soltó las muñecas.

—Si te suelto, ¿me escucharás?

Si me soltaba iba a salir como un rayo por la puerta.

—¿Qué más te da si echo a correr? Me cogerás y me arrastrarás de nuevo hasta aquí.

—Ya, pero eso sería montar una escena.

—¿Dabria es tu novia? —pregunté con voz entrecortada. No estaba segura de querer saber la respuesta. No era que me importara. Ahora que sabía que Patch quería matarme, era ridículo que incluso me interesara saberlo.

—Era. Lo fue hace mucho tiempo, antes de que yo cayera en el lado oscuro. —Forzó una sonrisa sin humor—. También fue un error. —Retrocedió para apoyarse en los talones, liberándome despacio, atento a si yo reanudaba el forcejeo.

Me tumbé sobre el colchón respirando agitadamente, apoyada en los codos. Conté hasta tres y me arrojé sobre él con todas mis fuerzas.

Lo embestí en el pecho, pero ni siquiera se tambaleó.

Me escabullí con dificultad de debajo de él y arremetí a puñetazos. Lo golpeé en el pecho hasta que me dolieron los puños.

—¿Ya está? —preguntó él.

—¡No! —Le clavé el codo en el muslo—. ¿Qué pasa contigo? ¿Es que no sientes nada?

Me puse de pie sobre el colchón y lo pateé con todas mis fuerzas en el estómago.

—Te has ganado un minuto más —me dijo—. Desahógate. Luego yo me encargo.

No sabía qué significaba eso, ni quería averiguarlo. Salté de la cama con la vista puesta en la puerta. Patch me atrapó al vuelo y me empujó contra la pared. Sus piernas estaban alineadas con las mías; los muslos, enfrentados.

—Quiero la verdad —exigí, luchando por no llorar—. ¿Viniste al colegio para matarme? ¿Era tu objetivo desde el principio?

Un tic en su mandíbula.

—Sí.

Me sequé una lágrima.

—¿Te regodeas con esto? De eso se trata, ¿no es así? ¡Haces que confíe en ti para luego pillarme desprevenida! —Sabía que mi indignación era irracional. Debería haberme sentido aterrada y desesperada, haber intentado escapar. Lo más irracional era que todavía no quería creer que fuera a matarme, y no lograba desechar esa pizca de confianza.

—Estás enfadada —dijo.

—¡Estoy destrozada! —grité.

Sus manos se deslizaron por mi cuello. Apretándome suavemente la garganta con los pulgares me echó la cabeza atrás. Sentí la presión de sus labios contra los míos, con tal fuerza que impidió salir lo que fuera que estuviera a punto de llamarle. Sus manos bajaron hasta mis hombros, rozaron mis brazos y se posaron en mi región lumbar. Sentí ligeros escalofríos de pánico y placer. Intentó estrecharme contra él, y yo le mordí el labio.

Se relamió con la punta de la lengua.

—¿Me has mordido?

—¿Para ti todo esto es una broma? —le pregunté.

Volvió a lamerse el labio.

—No todo.

—¿Qué no es una broma?

—Tú.

La noche parecía desequilibrada. Era difícil enfrentarse a alguien tan indiferente como Patch. No, indiferente no: perfectamente controlado.

Oí una voz en mi mente: «Tranquila. Confía en mí.»

—Oh, Dios mío —dije con repentina claridad—. Estás haciéndolo otra vez, ¿no es así? Me estás liando. —Recordé el artículo que había encontrado en Google sobre ángeles caídos—. Puedes llenar mi cabeza con algo más que palabras, ¿no es así? Puedes llenarla con imágenes, imágenes muy reales.

No lo negó.

—El Arcángel —dije, comprendiendo finalmente—. Aquella noche intentaste matarme, ¿verdad? Pero algo salió mal. Luego me hiciste creer que mi móvil estaba muerto para que no pudiera llamar a Vee. ¿Pensabas matarme de camino a casa? ¡Quiero saber cómo consigues que vea lo que tú quieres que vea!

Su rostro se mantenía cautelosamente inexpresivo.

—Puedo poner imágenes en tu cabeza, pero tú decides si te las crees o no. Es como una adivinanza. Las imágenes se superponen con la realidad, y tú tienes que adivinar cuál es real.

—¿Es un poder especial de los ángeles?

Negó con la cabeza.

—Sólo de los ángeles caídos. Ningún otro ángel invadiría tu privacidad, ni aunque pudiera.

Porque los otros ángeles eran buenos. Y Patch no.

Apoyó las manos en la pared detrás de mí, una a cada lado de mi cabeza.

—Hice que el entrenador nos cambiara de sitio en clase para estar cerca de ti. Te hice creer que caías del Arcángel porque quería matarte, pero no pude seguir adelante. Casi lo hice, pero me detuve. En su lugar decidí darte un susto. Después te hice creer que tu móvil estaba muerto porque quería llevarte a casa. Cuando entré en tu casa cogí un cuchillo. Pensaba matarte. —Su voz se suavizó—. Pero lograste que cambiara de opinión.

Respiré hondo.

—No te entiendo. Cuando te dije que mi padre estaba muerto te mostraste apenado. Cuando te presenté a mi madre fuiste majo.

—Majo —repitió—. Será mejor que eso quede entre tú y yo.

La cabeza me daba vueltas, y podía sentir el pulso en las sienes. Ya había sentido antes ese pánico cardíaco. Me faltaba el aire. Necesitaba un chute de hierro. O era Patch, que me hacía pensar que lo necesitaba.

Levanté la barbilla y entrecerré los ojos.

—Sal de mi mente. ¡Ahora!

—No estoy en tu mente, Nora.

Me agaché y me rodeé las rodillas con los brazos, respirando hondo.

—Sí que lo estás. Te siento. ¿Es así como piensas hacerlo? ¿Asfixiándome?

Suaves estallidos resonaron en mis oídos, y un negro borroso enmarcó mi visión. Traté de llenar los pulmones, pero era como si ya no quedara más aire. El mundo se inclinó y Patch se deslizó a un lado de mi campo visual. Apoyé una mano en la pared para mantener el equilibrio. Cuanto más intentaba respirar, más se cerraba mi garganta.

Se acercó a mí, pero yo agité la mano.

—¡Aléjate!

Él apoyó un hombro en la pared y me miró de frente, con gesto de preocupación.

—A-lé-ja-te —balbuceé.

No lo hizo.

—¡No puedo respirar! —gemí con voz ahogada, arañando la pared con una mano, agarrándome la garganta con la otra.

De pronto, Patch me recogió y me llevó hasta la silla que había al otro lado de la habitación.

—Mete la cabeza entre las rodillas —dijo guiando mi cabeza hacia abajo.

En esa posición logré respirar deprisa, tratando de llenar los pulmones. Muy lentamente mi cuerpo volvía a disponer de oxígeno.

—¿Mejor? —me preguntó Patch al cabo de un minuto.

Asentí.

—¿Llevas encima las tabletas de hierro?

Negué con la cabeza.

—Mantén la cabeza baja y respira hondo.

Lo hice, sintiendo cómo la opresión del pecho se relajaba.

—Gracias —musité.

—¿Sigues sin confiar en mí?

—Si quieres que confíe en ti, deja que vuelva a tocar tus cicatrices.

Patch me observó un momento.

—No es buena idea —respondió al cabo.

—¿Por qué?

—Porque no puedo controlar lo que ves.

—De eso se trata.

Esperó unos segundos antes de contestarme. Su voz sonó grave, sin rastro de emoción.

—Sabes que tengo secretos. —Había una pregunta implícita en esas palabras.

Yo sabía que él tenía una vida oculta y albergaba secretos. No era tan presuntuosa como para creer que una parte importante de ellos tenían que ver conmigo. Patch tenía una vida al margen de aquella que compartía conmigo. Más de una vez había especulado sobre cómo sería su otra vida. Siempre tenía la sensación de que cuanto menos supiera acerca de ella, mejor.

—Dame una razón para confiar en ti —dije.

Se sentó en la esquina de la cama; el colchón se hundió bajo su peso. Se inclinó hacia delante apoyando los antebrazos en las rodillas. Sus cicatrices quedaron a la vista, con sombras espeluznantes bailando sobre su espalda a la luz de la vela. Los músculos de su espalda se tensaron y se relajaron.

—Adelante —dijo en voz baja—. Ten en cuenta que la gente cambia, pero el pasado no.

De pronto no supe si quería hacerlo. Patch me aterrorizaba en casi todos los aspectos, pero en lo más hondo de mí no creía que quisiera matarme. De lo contrario, ya lo habría hecho. Contemplé sus horribles cicatrices. Confiar en él parecía más tranquilizador que sumergirme nuevamente en su pasado sin tener idea de lo que podía encontrar. No obstante, si ahora me echaba atrás, Patch sabría que le tenía miedo. Me estaba abriendo una de sus puertas porque se lo había pedido. No podía pedirle una cosa así y luego arrepentirme.

—No me quedaré atrapada allí para siempre, ¿verdad? —pregunté.

Patch lanzó una risita.

—No, descuida.

Haciendo acopio de coraje, me senté en la cama a su lado. Por segunda vez en la noche, mis dedos rozaron su cicatriz. Una bruma gris invadió mi campo visual, desde los bordes hacia el centro. Todo se oscureció.

CAPÍTULO

Estaba tumbada de espaldas; mi blusa absorbía la humedad debajo de mi cuerpo y las briznas de hierba me pinchaban los brazos desnudos. La luna en lo alto era apenas una tajada, una sonrisa ladeada. Aparte del estruendo de un trueno lejano, todo permanecía en silencio.

Pestañeé varias veces, ayudando a mis ojos a adaptarse a la escasa luz. Al volver la cabeza, una simétrica formación de ramas curvas que asomaban entre la hierba se materializó ante mis ojos. Me incorporé despacio mientras dos esferas negras me miraban fijamente desde más arriba de las ramas. Me concentré en identificar esa imagen familiar. Y entonces, horrorizada, caí en la cuenta: estaba tumbada junto a un esqueleto humano.

Retrocedí arrastrándome hasta llegar a una valla de hierro. Superado el momento de confusión, reviví mi último recuerdo. Había tocado las cicatrices de Patch. El lugar donde me encontraba debía de estar en su memoria.

Una voz masculina y vagamente familiar se hizo oír en la oscuridad cantando una melodía por lo bajo. Me volví hacia ella y vi un laberinto de lápidas que se extendían como fichas de dominó en medio de la niebla. Patch estaba en cuclillas encima de una de ellas. Sólo llevaba tejanos y una camiseta, pese a que la noche no era cálida.

—¿Coqueteando con la muerte? —preguntó la voz familiar. Era ronca, sonora y con acento irlandés. Rixon. Se sentó con la espalda apoyada en la lápida de enfrente, mirando a Patch. Él se pasó el pulgar por el labio inferior—. Déjame adivinar. ¿Quieres poseer a un muerto? Caramba —añadió meneando la cabeza—. Los gusanos que se meten por los agujeros de los ojos… por no mencionar los demás agujeros. ¿No sería ir demasiado lejos?

—Por eso me gusta tenerte cerca, Rixon. Siempre ves el lado positivo de las cosas.

—Esta noche comienza el Jeshván. ¿Por qué haces el idiota en un cementerio?

—Estoy pensando.

—¿Pensando?

—Un proceso en el cual utilizo mi cerebro para tomar una decisión razonable.

Rixon torció el gesto.

—Empiezas a preocuparme. Venga. Es hora de irnos. Chauncey Langeais y Barnabas nos esperan. La luna cambia a medianoche. Además, tengo visto un postre en la ciudad. —Emuló un ronroneo gatuno—. Sé que te gustan pelirrojas, pero yo las prefiero rubias, y una vez que me meta en un cuerpo intentaré ocuparme de un asunto pendiente con una rubia que me ha estado tirando los tejos esta tarde.

Al ver que Patch no se movía, añadió:

—¿Estás tonto o qué? Tenemos que irnos. ¿No recuerdas el juramento de lealtad feudal de Chauncey?

Eres un ángel caído. No puedes sentir nada. Hasta esta noche, claro. Las próximas dos semanas serán un regalo de Chauncey para ti. De mala gana, claro —añadió con una sonrisa.

Patch lo miró de soslayo.

—¿Qué sabes del *Libro de Enoc*?

—Lo mismo que cualquier ángel caído: poco y nada.

—Me han dicho que en ese libro hay una historia acerca de un ángel que se convierte en humano.

Rixon se mondó de risa.

—¿Te has vuelto loco? —Unió sus manos con las palmas hacia arriba, imitando un libro abierto—. El *Libro de Enoc* es un cuento para irse a dormir. Y uno de los buenos, al parecer. Te manda directo al país de los sueños.

—Quiero un cuerpo humano.

—Serías más feliz con dos semanas y un Nefilim. Un cuerpo mitad humano es mejor que nada. Chauncey no puede deshacer lo que ya está hecho. Ha hecho un juramento y tiene que cumplirlo. Lo mismo que el año pasado y el anterior...

—Dos semanas no es suficiente. Quiero ser humano. De manera permanente. —Lo miró, consiguiendo que Rixon se echara a reír otra vez.

—El *Libro de Enoc* es un cuento de hadas. Somos ángeles caídos, no humanos. Nunca fuimos humanos, y nunca lo seremos. Fin de la historia. Ahora deja de hacer el idiota y ayúdame a encontrar el camino a Portland. —Estiró el cuello hacia atrás y observó el cielo oscurecido.

Patch se apeó de la lápida.

—Voy a convertirme en humano.

—Claro, compañero, seguro que lo harás.

—El *Libro de Enoc* dice que tengo que matar a mi Nefilim vasallo. Tengo que matar a Chauncey.

—No, no tienes que hacerlo —repuso Rixon, con un deje de impaciencia—. Tienes que poseerlo. Ocupar su cuerpo y utilizarlo como si fuera tuyo. No es que quiera aguarte la fiesta, pero no puedes matar a Chauncey. El Nefilim no puede morir. Además, si lo mataras no podrías poseerlo.

—Si lo matara, me convertiría en humano y no tendría que poseerlo.

Rixon se frotó la frente, como si supiera que su argumento estaba cayendo en saco roto y eso le causara dolor de cabeza.

—Si pudiésemos matar a un Nefilim, ya habríamos encontrado la manera de hacerlo. Lo lamento, chaval, pero si no estoy pronto en los brazos de esa rubia se me endurecerán los sesos. Y algunas otras partes de mi...

—Hay dos opciones.

—¿Eh?

—Salvar una vida humana y convertirte en un ángel custodio, o matar a tu Nefilim vasallo y convertirte en humano. Escoge.

—¿Ésas son más tonterías del *Libro de Enoc*?

—Dabria me hizo una visita.

Los ojos de Rixon se abrieron de par en par y soltó una carcajada.

—¿La psicótica de tu ex? ¿Qué andaba haciendo por aquí? ¿La expulsaron? ¿Le quitaron las alas?

—Vino a decirme que podré recuperar mis alas si salvo una vida humana.

Los ojos de Rixon se ensancharon aún más.

—Si te fías de ella, adelante. No hay nada malo en ser un ángel custodio. Pasarse el día manteniendo a los mortales fuera de peligro puede ser... divertido, dependiendo del mortal que te asignen.

—Pero ¿si pudieras elegir? —preguntó Patch.

—No se puede elegir. Y te diré por qué: no creo en el *Libro de Enoc*. Yo que tú me concentraría en ser ángel custodio. Yo mismo me lo estoy pensando. Qué pena que no conozca a ningún humano a punto de palmarla.

Hubo un instante de silencio y luego Patch pareció sacudirse sus pensamientos.

—¿Cuánto dinero podemos ganar antes de la medianoche? —preguntó.

—¿Jugando a las cartas o boxeando?

—Cartas.

A Rixon le brillaron los ojos.

—Pero ¿qué tenemos aquí? ¿Un niño bonito? Deja que te dé un buen vapuleo. —Cogió a Patch por el cuello, pero Patch se revolvió y los dos cayeron al suelo, donde se enzarzaron a puñetazos.

»¡Ya vale, ya vale! —gritó Rixon, levantando las manos en gesto de rendición—. Que no sienta el dolor no significa que quiera ir por ahí con el labio partido. —Guiñó un ojo—. No me ayudará a ganar puntos con las mujeres.

—¿Y qué tal un ojo morado?

Rixon se llevó los dedos a los ojos, tanteando.

—¡Serás cabrón! —dijo, y le lanzó un puñetazo.

Retiré mi dedo de la cicatriz. Sentí un picor en la nuca y el corazón me palpitaba. Patch me observó, una sombra de incertidumbre en sus ojos.

Debía admitir que quizá no era el momento de confiar en la parte racional de mi cerebro. Quizás era una de esas ocasiones en que necesitaba traspasar los límites. Aparcar las reglas. Aceptar lo imposible.

—Así que definitivamente no eres humano —dije—. Eres un ángel caído. Un chico malo.

Eso le arrancó una sonrisa.

—¿Crees que soy un chico malo?

—Te apoderas de los cuerpos de otra gente.

Asintió.

—¿Y también quieres apoderarte del mío?

—Quiero hacer de todo con tu cuerpo, menos eso.

—¿Qué le pasa al tuyo?

—Mi cuerpo se parece mucho al cristal. Es real, pero por fuera. Tú puedes verme y oírme, y yo te veo y te oigo. Cuando me tocas, lo sientes. Yo no lo experimento de la misma manera. Yo no te siento. Lo experimento todo a través de una lámina de cristal, y la única manera de atravesarla es poseyendo un cuerpo humano.

—O en parte humano.

Las comisuras de sus labios se tensaron.

—Cuando has tocado las cicatrices, ¿has visto a Chauncey?

—Te he oído hablar con Rixon. Ha dicho que debías poseer el cuerpo de Chauncey durante dos semanas cada año durante el Jeshván. Ha dicho que Chauncey tampoco era humano. Era un Nefilim.

—Chauncey es una mezcla de ángel caído y de humano. Es inmortal como un ángel, pero tiene todos los sentidos de los mortales. Un ángel caído puede experimentar sensaciones humanas en el cuerpo de un Nefilim.

—Si no puedes sentir, ¿por qué me besaste?

Patch deslizó un dedo a lo largo de mi clavícula, hacia abajo, y se detuvo en mi corazón.

—Porque lo siento aquí, en mi corazón —susurró—. No he perdido la capacidad de emocionarme. —Me miró de cerca—. Entre nosotros hay una conexión emocional.

«Cálmate», pensé. Pero mi respiración ya se había acelerado y entrecortado.

—¿Quieres decir que puedes sentir felicidad o tristeza o...?

—Deseo. —Una sonrisa apenas insinuada.

«Continúa —me dije—. No te dejes atrapar por tus propias emociones. Enfréntate a ellas más tarde, una vez que tengas las respuestas.»

—¿Por qué te expulsaron?

Me miró fijamente a los ojos durante unos segundos.

—Codicia.

—¿De dinero?

Patch se acarició la mandíbula. Sólo lo hacía cuando quería ocultar lo que estaba pensando. Estaba reprimiendo una sonrisa.

—Y de la otra. Pensé que si me expulsaban me convertiría en humano. Los ángeles que tentaron a Eva fueron condenados a la Tierra, y corrían rumores de que habían perdido sus alas y se habían vuelto humanos. Cuando dejaron el cielo, no hicieron esa clase de ceremonia a la que estábamos todos invitados. Fue una ceremonia privada. Yo no sabía que les habían arrancado las alas y que habían sido condenados a vagar por la Tierra, ávidos de poseer cuerpos humanos. Entonces nadie había oído hablar de los ángeles caídos. Así que para mí tenía sentido que me expulsaran, para así perder las alas y convertirme en humano. Al mismo tiempo, estaba loco por una chica humana, y me pareció que el riesgo merecía la pena.

—Dabria dijo que podías recuperar tus alas salvando una vida humana. Dijo que serías un ángel custodio. ¿No

293

es eso lo que quieres? —No comprendía por qué se oponía tanto a eso.

—No es para mí. Yo quiero ser humano. Lo deseo más que cualquier otra cosa.

—¿Y qué pasa con Dabria? Si ya no estáis juntos, ¿por qué ella sigue aquí? No me pareció que fuera un ángel caído. ¿Ella también quiere ser humana?

Patch se quedó súbitamente inmóvil, rígidos los músculos de su brazo.

—¿Dabria sigue en la Tierra?

—Trabaja en el instituto. Es la nueva psicóloga, la señorita Greene. Me he reunido con ella un par de veces. —Se me hizo un nudo en el estómago—. Después de ver tus recuerdos, pensé que había cogido ese puesto para estar más cerca de ti.

—¿Qué fue exactamente lo que te dijo?

—Que me alejara de ti. Hizo alusión a tu pasado oscuro y peligroso. —Hice una pausa—. Hay algo en esto que no está bien, ¿verdad? —le pregunté, sintiendo un hormigueo inquietante en toda mi espina dorsal.

—Tengo que llevarte a casa. Después iré al instituto para revisar sus archivos a ver si encuentro algo útil. Me sentiré más tranquilo cuando sepa qué está tramando. —Patch deshizo la cama—. Cúbrete con esto —me dijo, entregándome las sábanas.

Mi mente se esforzaba en ordenar aquellos fragmentos de información. De repente sentí la boca seca.

—Ella todavía siente algo por ti. Tal vez quiere que me quite de en medio.

Nuestras miradas se encontraron.

—Yo también lo creo —dijo Patch.

Un pensamiento perturbador llevaba unos minutos dando vueltas en mi cabeza, intentando llamar mi atención. Ahora casi se anunciaba a gritos, diciéndome que

Dabria podía ser el tipo del pasamontañas. Desde el primer momento había pensado que la persona que atropellé con el Neon era un hombre, lo mismo que había pensado Vee de su agresor. Ahora no me sorprendía que Dabria nos hubiese engañado a las dos.

Tras una rápida visita al lavabo, Patch salió vistiendo su camiseta húmeda.

—Iré a buscar el Jeep —dijo—. Espérame aquí. Te recojo en la puerta trasera.

CAPÍTULO
25

Una vez a solas, puse la cadena en la puerta. Acerqué la silla y la encajé debajo del picaporte. Me aseguré de que las ventanas estuvieran bien cerradas. No estaba convencida de que todo eso funcionara con Dabria, ni siquiera sabía si me seguía los pasos, pero supuse que era mejor no arriesgarse. Después de ir y venir por la habitación durante varios minutos, descolgué el teléfono de la mesilla de noche. Seguía sin línea.

Mi madre iba a matarme.

Me había escapado para ir a Portland y había acabado con Patch en un motel. Si no me castigaba de por vida, tendría suerte. No. La suerte sería que no renunciara a su empleo y solicitara una plaza como maestra sustituta hasta encontrar un trabajo a tiempo completo en la ciudad. Tendríamos que vender la casa, y yo perdería lo único que me unía a mi padre.

Casi un cuarto de hora más tarde, eché un vistazo por la mirilla. Sólo oscuridad. Desatranqué la puerta, y justo cuando iba a abrirla unas luces parpadearon a mis espaldas. Me di la vuelta sobresaltada, esperando ver a Dabria.

La habitación seguía vacía, pero la electricidad había vuelto.

Abrí la puerta con un sonoro clic y salí al pasillo. La alfombra era de un rojo sangre, un poco pelada en el centro y con algunas manchas oscuras. Las paredes eran de un color neutro, pero se estaban desconchando, seguro que por la mala calidad de la pintura.

Un cartel de neón indicaba la salida. Seguí la flecha y giré al final del pasillo. El Jeep se detuvo delante de la puerta trasera. Salí corriendo y me monté en el asiento del pasajero.

Cuando llegamos a casa no había luces encendidas. Yo tenía una terrible sensación de culpa y me preguntaba si mi madre habría salido a buscarme. La lluvia había cesado, y la niebla campaba alrededor de la casa y entre los arbustos como un adorno navideño. Los árboles que salpicaban el camino de la entrada permanecían torcidos y deformes por los constantes vientos del norte. Después del anochecer, todas las casas parecían poco atractivas con las luces apagadas, pero la nuestra, con sus pequeñas ventanas, su tejado ligeramente arqueado y sus malas hierbas, parecía una casa embrujada.

—Voy a echar un vistazo —dijo Patch, bajando del coche.

—¿Crees que Dabria está dentro?

Negó con la cabeza.

—Pero no está de más comprobarlo.

Esperé en el Jeep, y al cabo de unos minutos Patch regresó.

—Todo en orden —dijo—. Iré al instituto y registraré su despacho. Quizá se haya olvidado algo interesante, aunque no lo creo. Luego vuelvo.

Me desabroché el cinturón y ordené a mis piernas que me llevaran rápidamente hasta la casa. Al abrir la puerta oí que el Jeep daba la vuelta y se marchaba. El entarimado del recibidor crujió bajo mis pies y de pronto me sentí muy sola.

Sin encender las luces recorrí lentamente todas las habitaciones, empezando por la planta baja, y luego subí las escaleras. Patch ya había echado un vistazo, pero una nueva comprobación no estaba de más. Una vez segura de que no había nadie escondido debajo de una cama, tras la cortina de la ducha o en los armarios, me puse unos tejanos y un suéter negro de cuello en pico. Encontré el móvil de emergencia que mi madre guardaba en el botiquín de primeros auxilios debajo del lavamanos y la llamé.

Atendió enseguida.

—¿Nora? ¿Eres tú? ¿Dónde estás? ¡Me tenías preocupadísima!

Respiré hondo, rogando que las palabras adecuadas acudieran a mí y me ayudaran a salir bien librada.

—Te lo explicaré —empecé en mi tono de disculpa más sincero.

—La carretera de Cascade se ha inundado y han tenido que cerrarla. He tenido que volver y coger una habitación en Milliken Mills, que es donde estoy ahora. He intentado llamar a casa, pero las líneas estaban cortadas. Te he llamado al móvil, pero no lo has cogido.

—Espera. ¿Todo este tiempo has estado en Milliken Mills?

—¿Dónde creías que estaba?

Di un suspiro de alivio y me senté en el borde de la bañera.

—No lo sé —dije—. Yo tampoco podía localizarte.

—¿Desde qué número me estás llamando? —preguntó mi madre—. No reconozco este número.

—Es el móvil de emergencia.

—¿Dónde está tu móvil?

—Lo he perdido.

—¡Qué! ¿Dónde?

Llegué a la insegura conclusión de que una omisión era la única salida. No quería alarmarla. Tampoco quería recibir un castigo bíblico.

—Debo de haberlo dejado en algún sitio. Ya aparecerá. —En el cadáver de una mendiga.

—Te llamaré en cuanto abran las carreteras —dijo ella.

A continuación llamé a Vee. Después de cinco tonos, saltó el buzón de voz.

—¿Dónde estás? —dije—. Llámame a este número lo antes posible.

Colgué, tratando de convencerme de que Vee estaba bien. Pero sabía que no era cierto. El hilo invisible que nos unía me había advertido hacía rato que se encontraba en peligro. Y el presentimiento aumentaba con cada minuto que pasaba.

En la cocina, encontré mi bote de tabletas de hierro sobre la encimera. Me tragué dos con un vaso de leche. Me senté un momento, dejando que el hierro me hiciera efecto, notando que mi respiración se hacía más profunda y lenta. Luego me dirigí a la nevera para guardar el cartón de leche, cuando la vi de pie en la puerta, entre la cocina y el lavadero.

Un líquido frío me mojó los pies, y me di cuenta de que había dejado caer la leche.

—¿Dabria? —dije.

Ladeó la cabeza, mostrando cierta sorpresa.

—¿Cómo sabes mi nombre? —Hizo una pausa—. Ah, te lo ha dicho Patch.

Retrocedí hasta el fregadero, poniendo distancia entre nosotras. Dabria no se parecía en nada a la señorita Greene del instituto. Ahora tenía el pelo enmarañado, no liso, y sus labios brillaban más, reflejando cierta avidez. Su mirada era más aguda, con una mancha oscura bordeando los ojos.

—¿Qué quieres? —le pregunté.

Lanzó una risa que sonó como cubos de hielo tintineando en un vaso.

—Quiero a Patch.

—No está aquí.

—Lo sé. He esperado en la calle hasta que se ha ido. Pero no me refiero a eso cuando digo que quiero a Patch.

La sangre bombeada a mis piernas circulaba de regreso a mi corazón produciéndome un leve mareo. Me apoyé en la encimera para conservar el equilibrio.

—Sé que intentabas manipularme durante mis sesiones de orientación.

—¿Eso es todo lo que sabes? —repuso, y sus ojos escrutaban los míos.

Recordé la noche en que estaba segura de que había alguien mirando por la ventana de mi habitación.

—También me has espiado aquí —dije.

—Ésta es la primera vez que estoy en tu casa. —Pasó el dedo por el borde de la cocina y se sentó en un taburete—. Es una casa bonita.

—Deja que te refresque la memoria —dije, intentando parecer valiente—. Te asomaste a la ventana de la habitación mientras yo dormía.

Su sonrisa se curvó aún más.

—No, pero te seguí cuando fuiste de compras. Ataqué a tu amiga y le metí algunas ideas en la cabeza, para que creyera que había sido Patch. No fui demasiado lejos. Para empezar, él no es precisamente inofensivo. Me importaba sobre todo que tú le tuvieras miedo, mucho miedo.

—Para que me alejara de él.

—Pero no lo hiciste. Sigues interponiéndote en lo nuestro.

—¿Lo vuestro?

—Vamos, Nora. Si sabes quién soy, sabes de qué te hablo. Quiero que recupere las alas. Él no pertenece a este mundo. Me pertenece a mí. Cometió un error, y voy a corregirlo. —Su tono era inflexible. Se apeó del taburete y rodeó la encimera de la cocina para acercarse a mí.

Retrocedí siguiendo el borde de la encimera, manteniendo la distancia. Rastreé mi cerebro buscando la manera de distraerla. O de escapar. Había vivido dieciséis años en aquella casa y la conocía como la palma de mi mano. Conocía todos los recovecos secretos y los mejores escondites. Forzaba mi cerebro para dar con un plan: algo improvisado y brillante. Mi espalda tocó el aparador.

—Mientras tú sigas incordiando, Patch no volverá conmigo —dijo Dabria.

—Creo que sobrevaloras sus sentimientos hacia mí. —Parecía una buena idea quitar importancia a nuestra relación. El carácter posesivo de Dabria parecía gobernar su comportamiento.

Una sonrisa incrédula apareció en su rostro.

—¿Crees que siente algo por ti? Todo este tiempo has pensado… —Se interrumpió con una risa—. No está aquí porque te ama. Lo que quiere es matarte.

Sacudí la cabeza.

—Él no va a matarme.

La sonrisa de Dabria se endureció.

—Si eso es lo que crees, no eres más que otra chica a la que ha seducido para conseguir lo que quiere. Tiene un don para eso —añadió con perspicacia—. A mí me sedujo para sonsacarme tu nombre, no le resultó nada difícil. Yo caí presa de su hechizo y le dije que la muerte venía a por ti.

Sabía de qué estaba hablando. Había sido testigo de ese preciso momento en el interior de la memoria de Patch.

—Y ahora está haciendo lo mismo contigo —añadió—. La traición duele, ¿no es así?

Sacudí la cabeza.

—No…

—¡Se propone hacer un sacrificio contigo! —estalló—. ¿Ves esa marca? —Deslizó un dedo por mi muñeca—. Significa que eres una mujer descendiente de un Nefilim. Y no de cualquier Nefilim, sino de Chauncey Langeais, el vasallo de Patch.

Miré mi cicatriz, y por un instante realmente la creí. Pero sabía que no podía confiar en ella.

—Hay un libro sagrado, el *Libro de Enoc* —dijo—. En él, un ángel caído mata a su vasallo Nefilim por medio del sacrificio de una de sus descendientes. ¿No crees que Patch quiera matarte? ¿Cuál es su mayor deseo? Una vez que te sacrifique será humano. Tendrá todo lo que quiera.

Extrajo un cuchillo del bloque de madera que había sobre la encimera.

—Y por eso tengo que librarme de ti. Parece que, de un modo u otro, mi premonición era acertada. La muerte viene a por ti.

—Patch está por llegar —dije mientras se me revolvía el estómago—. ¿No quieres hablar de esto con él?

—Seré rápida —continuó—. Soy un ángel de la muerte. Me llevo almas a la otra vida. Apenas termine me llevaré la tuya. No tienes nada que temer.

Quería gritar, pero mi voz estaba atrapada en mi garganta. Me coloqué detrás de la mesa.

—Si eres un ángel, ¿dónde están tus alas?

—Se acabaron las preguntas —repuso con impaciencia, y con determinación empezó a acortar la distancia que nos separaba.

—¿Cuánto tiempo hace que dejaste el cielo? —le pregunté para ganar tiempo—. Llevas varios meses por aquí, ¿no? ¿No crees que los demás ángeles habrán notado tu ausencia?

—Cállate —espetó, y levantó el cuchillo proyectando el brillo de la hoja.

—Te estás tomando muchas molestias por Patch —insistí, mi voz no tan desprovista de pánico como habría querido—. Me sorprende que no te importe que te usara cuando le convenía a sus propósitos. Me sorprende que quieras que recupere sus alas. Después de lo que te hizo, ¿no te alegra que lo hayan expulsado?

—¡Me dejó por una humana sin ningún valor! —espetó, un azul encendido en sus ojos.

—No te dejó. En realidad, no. Lo expulsaron...

—¡Lo expulsaron porque quería ser humano como ella! Pero me tenía a mí. ¡A mí! —Soltó una risa burlona con la que no disimuló su rabia y su pena—. Al principio estaba dolida y enfadada, e hice todo lo posible para olvidarlo. Después, cuando los arcángeles supieron que sus intentos por convertirse en humano eran serios, me enviaron para hacerle cambiar de idea. Me prometí que no volvería a caer en sus redes, pero ¿de qué sirvió?

—Dabria... —dije suavemente.

—¡Ni siquiera le importó que la chica estuviese hecha del polvo de la tierra! ¡Todos vosotros sois tan sucios y egoístas...! ¡Vuestros cuerpos son salvajes e indisciplinados! Tan pronto alcanzáis la felicidad como caéis en la desesperación. ¡Es deplorable! ¡Ningún ángel aspira a eso! —Se pasó el brazo por la cara, secándose las lágrimas—. ¡Mírame a mí! ¡Apenas puedo controlarme! ¡Llevo demasiado tiempo aquí abajo, sumida en la suciedad humana!

Me di la vuelta y salí corriendo de la cocina, llevándome por delante una silla, que cayó en el camino de Dabria. Corrí por el pasillo, sabiendo que estaba atrapada. La casa tenía dos salidas: la puerta principal, a la que Dabria podría llegar antes que yo atravesando el salón, y la puerta trasera de la cocina, cuyo paso estaba bloqueado por ella.

Recibí un fuerte empujón por detrás y caí de bruces. Me arrastré por el suelo del pasillo y me volví de espaldas. Dabria se cernía sobre mí, su piel y su pelo resplandeciendo con una blancura cegadora, apuntándome con el cuchillo.

No pensé. Le lancé una patada con toda mi fuerza, dándome impulso con la otra pierna, y la alcancé en el antebrazo. El cuchillo cayó de su mano. Mientras me ponía de pie, Dabria apuntó a la lámpara de la pequeña mesa de la entrada y con su dedo la envió volando hacia mí. Me aparté rodando y la lámpara se hizo pedazos contra el suelo.

—¡Muévete! —ordenó Dabria, y el banco de la entrada se movió para obstaculizar la puerta principal, bloqueándome la salida.

Subí con dificultad los peldaños de las escaleras de dos en dos, usando la barandilla para darme mayor impulso. Dabria se reía detrás de mí, y al instante la barandilla se desprendió, cayendo al pasillo de abajo. Para evitar caerme, eché mi peso hacia atrás. Manteniendo el equilibrio, llegué a lo alto de la escalera. Me metí en la habitación de mi madre y cerré la puerta.

Corrí hacia una de las ventanas que flanqueaban la chimenea y contemplé la altura de dos pisos que me separaba del suelo. Justo debajo había tres arbustos que habían perdido las hojas con la llegada del otoño. No sabía si sobreviviría a la caída.

—¡Ábrete! —ordenó Dabria desde el otro lado de la puerta. La madera se rajó mientras la puerta hacía fuerza para soltarse de la cerradura. Mi tiempo se acababa.

Fui hasta la chimenea y me metí en el tiro. Acababa de subir los pies, sosteniéndolos contra el humero, cuando la puerta se abrió violentamente golpeando contra la pared. Oí las zancadas de Dabria hacia la ventana.

—¡Nora! —me llamó con una voz delicada y escalofriante—. ¡Sé que estás cerca! Te siento. No puedes correr y no puedes esconderte. ¡Voy a incendiar las habitaciones de esta casa una por una si hace falta! Y después quemaré todo lo que encuentre a mi paso. ¡No voy a dejarte con vida!

Un resplandor rojizo iluminó la habitación, acompañado del crepitar de un fuego encendiéndose. Las llamas proyectaron sombras danzantes. Se oía el ruido seco y el chisporroteo del fuego, consumiendo muy probablemente los muebles y la madera del suelo.

Me quedé encogida en la chimenea. El corazón se me disparó y el sudor me caía a gotas. Aspiré varias veces, exhalando lentamente para controlar el ardor en mis piernas, firmemente contraídas. Patch había dicho que iba al instituto. ¿Cuándo regresaría?

Sin saber si Dabria todavía estaba en la habitación, pero temerosa de que si no salía de inmediato quedaría atrapada en medio del fuego, bajé una pierna y luego la otra. Salí de la chimenea. Dabria no estaba a la vista, pero las llamas estaban subiendo por las paredes y el humo envolvía la habitación.

Me apresuré a salir al pasillo pero no me atreví a bajar por la escalera, suponiendo que Dabria esperaba que intentara escapar por una de las dos puertas de la casa. Fui a mi habitación y abrí la ventana. El árbol de fuera estaba cerca y era lo bastante robusto como para intentar un descenso. Tal vez podría escabullirme entre la niebla que rodeaba la casa. Los vecinos más próximos estaban a menos de un kilómetro de distancia, y corriendo rápido podría llegar allí en siete minutos. Estaba a punto de sacar una pierna por la ventana cuando oí un crujido en el pasillo.

Me encerré en el armario sin hacer ruido y marqué el 911 en el móvil.

—Hay alguien en mi casa tratando de matarme —susurré a la operadora. Acababa de dar mi dirección cuando se abrió la puerta de mi habitación. Me quedé inmóvil.

Por la celosía del armario vi entrar a alguien. La luz era tenue, no tenía el mejor ángulo, así que no podía distinguir casi nada. La figura levantó la persiana de la ventana y miró hacia fuera. Rebuscó en un cajón abierto, toqueteando mis calcetines y mi ropa interior. Cogió la peineta plateada de mi cómoda, la observó y volvió a dejarla. Cuando la figura se volvió hacia el armario, me recorrió un escalofrío.

Tanteando el suelo con la mano busqué algo para defenderme. Mi codo chocó con unas cajas de zapatos, derribándolas. Maldije para mis adentros. Los pasos se acercaron rápidamente.

La puerta del armario se abrió y yo lancé un zapato fuera, seguido de otro.

Patch maldijo en voz baja, me arrebató el tercer zapato de la mano y lo arrojó detrás de él. Tiró de mí para sacarme del armario y me puso de pie. Antes de que pudiera sentirme aliviada de tenerlo a él y no a Dabria delante de mí, me estrechó contra su cuerpo.

—¿Te encuentras bien? —me susurró al oído.

—Dabria está aquí —dije con los ojos llenos de lágrimas. Me temblaban las rodillas, y Patch era todo lo que me permitía mantenerme en pie—. Está incendiando toda la casa.

Patch colocó un juego de llaves en mi mano y cerró mi puño sobre ellas.

—El Jeep está aparcado en la calle. Ve al Delphic y espérame allí.

Me levantó la barbilla para que lo mirara a los ojos. Rozó mis labios con un beso, provocándome una oleada de calor.

—¿Qué vas a hacer? —le pregunté.

—Ocuparme de Dabria.

—¿Cómo?

Me dirigió una mirada que decía: «¿De verdad quieres detalles?»

Las sirenas aullaban en la distancia.

Patch miró por la ventana.

—¿Has llamado a la policía?

—Creía que eras Dabria.

Él ya estaba saliendo por la puerta, cuando repitió:

—Iré a por ella. Tú ve al Delphic y espérame allí.

—¿Qué pasa con el fuego?

—La policía se encargará.

Apreté las llaves en mi puño. La parte de mi cerebro que tomaba las decisiones estaba dividida, considerando dos opciones: huir de la casa y de Dabria y más tarde encontrarme con Patch, o tomar en cuenta lo que había dicho Dabria: que Patch quería sacrificarme para convertirse en humano.

No lo había dicho a la ligera o para molestarme. Ni siquiera para volverme en contra de él. Parecía que hablaba en serio. Tan en serio que intentó matarme para evitar que Patch lo consiguiera primero.

El Jeep estaba aparcado en la calle, tal como Patch había dicho. Lo arranqué y aceleré por la carretera de Hawthorne. Dando por sentado que sería inútil intentarlo otra vez con el móvil de Vee, llamé a su casa.

—Hola, señora Sky —dije tratando de aparentar absoluta normalidad—. ¿Está Vee?

—¡Hola, Nora! No, no está. Dijo que iba a una fiesta en Portland. Creí que estaba contigo.

—Ya, pero nos separamos —mentí—. ¿Dijo adónde iba después de la fiesta?

—Creo que a ver una película. Y como no coge el móvil, supongo que lo tendrá desconectado. ¿Está todo bien?

No quería asustarla, pero tampoco iba a decirle que estaba todo bien. Yo presentía que nada estaba bien. Lo último que sabía de Vee era que estaba en una fiesta con Elliot. Y ahora no cogía el móvil.

—Me parece que no —dije—. Voy a dar una vuelta a ver si la encuentro. Empezaré por el cine. ¿Le importaría echar un vistazo por el paseo marítimo?

Era la noche del domingo previo a las vacaciones de Semana Santa, y el cine estaba repleto. Me puse en la cola de la taquilla, atenta a cualquier indicio de que me hubieran seguido. Nada alarmante hasta el momento, y el apiñamiento de cuerpos ofrecía un buen resguardo. Me dije que Patch iba a ocuparse de Dabria y que yo no tenía nada que temer, pero no estaba de más mantenerse alerta.

Naturalmente, en mi fuero interno sabía que Dabria no era mi mayor preocupación. Tarde o temprano, Patch iba a saber que yo no estaba en el Delphic. De acuerdo con la experiencia pasada, no tenía ninguna esperanza de poder esconderme de él durante mucho tiempo. Me encontraría. Y entonces me vería obligada a enfrentarle con la pregunta que me causaba pavor. En realidad, lo que me causaba pavor era la respuesta. Porque en mi mente había una sombra de duda, un susurro que me decía que Dabria me había contado la verdad sobre lo que necesitaba Patch para convertirse en humano.

Llegué a la taquilla. La película de las nueve y media estaba comenzando.

—Una para *El sacrificio* —pedí sin pensar, y al punto el título me resultó misteriosamente irónico. Hurgué en mis bolsillos y empujé un buen puñado de monedas por debajo de la ventanilla, rogando que fuera suficiente.

—¡Jolines! —refunfuñó la taquillera, mirando las monedas desparramadas debajo de la ventanilla. La conocía del instituto. Era una alumna de los cursos superiores y se llamaba Kaylie o Kylie—. Qué amable de tu parte —ironizó—. Como si no tuviera gente esperando ni nada.

La gente de la cola murmuraba.

—He vaciado la hucha —intenté ser graciosa.

—No me digas. ¿Y esto es todo lo que había? —replicó, y resopló mientras separaba las monedas de veinticinco, diez, cinco y un céntimo en montoncitos.

—Pues sí.

—Ya, ya. —Metió las monedas en la caja y deslizó mi entrada y las monedas sobrantes por debajo de la ventanilla—. Están esas cosas llamadas tarjetas de crédito…

Cogí la entrada.

—Por casualidad, ¿no has visto a Vee?

—¿Qué Vee?

—Vee Sky. De cuarto. Estaba con Elliot Saunders.

Kaylie o Kylie abrió los ojos desmesuradamente.

—¿Te parece que estoy aquí para memorizar las caras que pasan?

—Olvídalo. —Tomé aire y me dirigí a la entrada.

El cine de Coldwater tiene dos salas a ambos lados de un puesto de palomitas. Después de que el chico de la puerta rompiera mi entrada por la mitad, entré en la sala 2 y me sumergí en la oscuridad. La película ya había empezado.

La sala estaba casi llena, excepto unas pocas butacas aisladas. Bajé por el pasillo buscando a Vee. Al final del pasillo giré y recorrí el frente de la sala. Era difícil distinguir las caras en la oscuridad, pero estaba casi segura de que Vee no estaba allí.

Salí y me dirigí a la sala 1. No estaba tan llena. Di otra vuelta, pero allí tampoco encontré a Vee. Me senté en una butaca del fondo e intenté aclararme.

Me daba la impresión de que aquella noche era como un cuento tenebroso en el que me había extraviado y del que no sabía cómo salir. Un cuento con ángeles caídos, híbridos humanos y sacrificios. Me froté la marca de nacimiento con el pulgar. No quería pensar en la posibilidad de que fuera la descendiente de un Nefilim.

Saqué el móvil de emergencia y me fijé en si tenía llamadas perdidas. Nada. Estaba guardando el móvil cuando una caja de palomitas apareció a mi lado.

—¿Tienes hambre? —preguntó una voz junto a mi hombro, una serena pero no precisamente alegre. Traté de mantener la calma—. Levántate y sal de la sala —añadió Patch—. Te seguiré de cerca.

No me moví.

—Sal —insistió—. Tenemos que hablar.

—¿Sobre cómo vas a sacrificarme para convertirte en humano? —repuse con voz suave mientras mis entrañas se volvían de plomo.

—Si de verdad te lo creyeras, sería muy gracioso.

—¡Me lo creo! —Al menos hasta cierto punto. Pero una vez más retornaba el mismo pensamiento: si Patch quería matarme, ¿por qué no lo había hecho ya?

—¡Chsss! —dijo el chico de al lado.

Patch insistió:

—Sal o te saco a la fuerza.

Me volví hacia él.

—¿Perdona?

—¡Chsss! —volvió a chistar el chico.

—Es por su culpa —le dije señalando a Patch.

El chico me miró.

—Oye —me dijo—, si no te callas llamaré al segu-rata.

—Genial, llama al guardia. Dile que se lo lleven —dije señalando otra vez a Patch—. Dile que quiere ma-tarme.

—Yo sí quiero matarte —siseó la novia del chico, inclinándose por delante de él para mirarme.

—¿Quién quiere matarte? —preguntó el chico. To-davía me seguía mirando por encima del hombro, pero ahora con curiosidad.

—Ahí no hay nadie —dijo la novia.

—Puedes hacerte invisible, ¿verdad? —le dije a Patch, asombrada por su poder al mismo tiempo que enfadada porque lo usara.

Él sonrió con cierta tensión en las comisuras.

—¡Está chalada! —refunfuñó la novia haciendo aspavientos. Miró a su novio—: ¡Haz que se calle de una vez!

—Guarda silencio, por favor —me dijo el chico. Se-ñaló la pantalla—. Mira la película. Toma, aquí tienes mi refresco.

Salí al pasillo. Sentía a Patch moverse detrás de mí, a una distancia inquietante, aunque sin tocarme. Siguió así hasta que salimos de la sala.

En el vestíbulo, me cogió del brazo y me guio hacia el lavabo de mujeres.

—¿Qué obsesión tienes con los lavabos de mujeres? —dije.

Me hizo entrar, cerró la puerta con llave y se apo-yó en ella de espaldas, mirándome fijamente. Sus ojos mostraban claros indicios de que quería atizarme de lo lindo.

Yo estaba apoyada en el lavabo, tanteando los bordes con las palmas de las manos.

—Estás furioso porque no he ido al Delphic. —Levanté un hombro tembloroso—. ¿Por qué al Delphic, Patch? Es domingo por la noche. El Delphic cierra temprano. ¿Alguna razón especial para hacerme ir a un parque de atracciones oscuro en el que pronto no habrá un alma?

Se acercó hasta quedar casi pegado a mí.

—Dabria me ha dicho que necesitabas sacrificarme para obtener un cuerpo humano —expliqué.

Patch tardó un instante en responder.

—¿Y tú piensas que yo podría hacerlo?

Me atraganté.

—Entonces, ¿no es verdad?

Nos miramos fijamente.

—Tiene que ser un sacrificio voluntario. No basta con matarte.

—¿Eres la única persona que puede hacerme eso?

—No, pero probablemente sea la única que conoce el resultado final, y la única que lo intentaría. Para eso iba al instituto. Tenía que acercarme a ti. Te necesitaba. Ésa es la razón por la que aparecí en tu vida.

—Dabria me ha dicho que te expulsaron por una chica. —Sentí una irracional punzada de celos. Maldición, aquello no tenía nada que ver conmigo. Se suponía que iba a interrogarlo—. ¿Qué ocurrió? —Ansié que me diera una pista acerca de lo que sentía, pero sus ojos reflejaban una oscuridad fría, sin emociones visibles.

—Se hizo mayor y murió.

—Debe de haber sido duro para ti —murmuré.

Esperó unos segundos antes de responder. Su voz sonó tan grave que me estremecí.

—Si quieres saberlo todo, de acuerdo. Te lo contaré todo. Quién soy y lo que he hecho. Hasta el último detalle. No me dejaré nada, pero tú tienes que preguntarme. Tienes que querer saberlo. Así sabrás quién fui y quién soy ahora. Actualmente no soy un santo —dijo penetrándome con sus ojos, que absorbían toda la luz sin reflejar nada—, pero he sido peor.

Ignoré el nudo que se me hizo en el estómago y dije:

—Cuéntamelo todo.

—La primera vez que la vi, yo todavía era un ángel. Sentí un ansia instantánea y posesiva. Me enloquecí. No sabía nada de ella, salvo que sería capaz de cualquier cosa con tal de acercarme. La observé durante un tiempo, y luego se me metió en la cabeza que si bajaba a la Tierra y poseía un cuerpo sería expulsado del cielo y me convertiría en humano. Lo cierto es que ignoraba todo sobre el Jeshván. Descendí una noche de agosto, pero no logré poseer ningún cuerpo. De regreso al cielo, unos ángeles vengadores me detuvieron y me arrancaron las alas. Me expulsaron del cielo. Ahí empezaron mis verdaderos problemas. Cuando miraba a los humanos, sólo sentía un deseo insaciable de poseer sus cuerpos. Me habían desprovisto de todos mis poderes y no era más que una criatura débil y patética. No era humano. Era un ángel caído. Lo había perdido todo, así de simple. Durante todo este tiempo me he odiado por ello, por renunciar a todo a cambio de nada. —Me miró de una manera singular, haciendo que me sintiera transparente—. Pero si no me hubiesen expulsado, no te habría conocido.

Sentía tantas emociones contradictorias que pensé que me ahogaría. Contuve las lágrimas y proseguí con ímpetu.

—Dabria ha dicho que mi marca de nacimiento significa que estoy emparentada con Chauncey. ¿Es cierto?

—¿De verdad quieres saberlo?

No sabía qué quería. Todo mi mundo parecía una broma de mal gusto, y yo era la única que no entendía sus claves. No era Nora Grey, una chica del montón. Era la descendiente de un ser no humano. Y mi corazón anhelaba a otro no humano. Un ángel oscuro.

—¿Por parte de quién? —pregunté finalmente.

—De tu padre.

—¿Dónde está Chauncey ahora? —Por más que fuésemos parientes, prefería pensar que estaba lejos. Muy lejos. Lo suficiente como para que nuestro vínculo familiar no pareciera real.

—No voy a matarte, Nora. No mato a las personas que son importantes para mí. Y tú eres la primera.

El corazón me dio un vuelco. Apreté las manos contra su estómago, tan firme que su piel ni siquiera cedía. Estaba interponiendo entre los dos una distancia inútil, pues ni una valla electrificada habría hecho que me sintiera a salvo de él.

—Estás invadiendo mi espacio privado —dije, retrocediendo unos centímetros.

Patch apenas insinuó una sonrisa.

—¿Invadiendo? Esto no es un examen de admisión, Nora.

Me coloqué algunos cabellos sueltos tras las orejas y di un paso al costado, bordeando el lavamanos.

—Me estás agobiando. Necesito… espacio.

Lo que necesitaba eran límites. Necesitaba fuerza de voluntad. Necesitaba que me encerraran, pues una vez más quedaba claro que no podía confiar en mí misma cuando Patch estaba presente. Tenía que marcharme sin más demora, y sin embargo… no lo hacía. Trataba de convencerme de que si me quedaba era porque necesitaba respuestas, pero eso era sólo una parte. La otra parte era aquello en lo que no quería pensar. La parte emocional. La parte contra la que era inútil luchar.

—¿Ocultas algo más sobre mí? —quise saber.

—Oculto muchas cosas sobre ti.

Mis entrañas se removieron.

—¿Por ejemplo?

—Por ejemplo, lo que siento estando aquí contigo. —Apoyó una mano en el espejo detrás de mí, arrimando su cuerpo—. No tienes ni idea de lo que me haces sentir.

Sacudí la cabeza.

—No. Para. Esto no está bien.

—Hay diferentes interpretaciones de lo que está bien —murmuró—. Todavía nos encontramos en una zona segura.

Creo que mi instinto de conservación me gritaba: «¡Corre y salva el pellejo!» Desafortunadamente, la sangre me rugía en los oídos y no podía oír con claridad. Y tampoco podía pensar con claridad.

—Definitivamente bien. Bien, por lo general —enumeró las diferentes interpretaciones del término—. Bien en algunos casos. Quizás esté bien...

—Ahora quizá no esté bien. —Respiré hondo. Con el rabillo del ojo divisé una alarma contra incendios en la pared. Estaba a unos cuatro o cinco metros de distancia. Si era lo suficientemente rápida podía atravesar el servicio y accionarla antes de que Patch me detuviera. El personal de seguridad acudiría sin demora. Yo estaría a salvo. Y eso era lo que quería... ¿verdad que sí?

—Yo no lo haría —dijo Patch, meneando la cabeza suavemente.

Así y todo, me abalancé sobre la alarma. Aferré la palanca y tiré hacia abajo para hacerla sonar. Pero la palanca no cedía, por más fuerza que hiciera. Y entonces reconocí la presencia de Patch en mi cabeza, y supe que era un juego psicológico.

Me volví para mirarlo de frente.

—¡Sal de mi mente! —vociferé y arremetí contra su pecho. Patch dio un paso atrás, manteniendo el equilibrio.

—¿A qué viene eso? —preguntó.

—A todo lo que ha ocurrido esta noche. —A su manera de hacer que me volviera loca por él cuando yo sabía que estaba mal. De las cosas que estaban mal, él era la peor. Estaba tan mal que parecía estar bien, y eso me desquiciaba por completo.

Podría haberle dado un puñetazo en la mandíbula si no me hubiera cogido por las muñecas y sujetado contra la pared. Apenas quedaba espacio entre nosotros, sólo un estrecho margen de aire, pero Patch lo suprimió.

—Seamos sinceros, Nora. Tú estás loca por mí. —La profundidad de sus ojos no tenía límites—. Y yo estoy loco por ti. —Se inclinó y puso su boca sobre la mía. En realidad, gran parte de él estaba sobre mí. Varias zonas estratégicas de nuestros cuerpos estaban en contacto, y requerí de toda mi fuerza de voluntad para desprenderme.

Eché la cabeza atrás.

—Aún no he terminado. ¿Qué pasó con Dabria?

—Todo arreglado.

—¿Qué significa eso exactamente?

—Era imposible que conservara sus alas después de planear matarte. Cuando intentara regresar al cielo, los ángeles vengadores se las habrían quitado. Le habría llegado la hora tarde o temprano. Yo simplemente aceleré el trámite.

—Así que... ¿se las cortaste?

—Se estaban deteriorando. Las plumas estaban rotas

y débiles. Si se quedaba en la Tierra mucho tiempo más, cualquier ángel caído que la viera sabría que la habían expulsado. Si no lo hacía yo, lo habría hecho otro.

Esquivé otro de sus avances.

—¿Volverá a molestarme?

—Es difícil saberlo.

Con inesperada rapidez, me agarró del borde del jersey y tiró hacia él. Sus nudillos me rozaron el ombligo. El calor y el frío me invadieron simultáneamente.

—Tú podrías con ella, ángel —dijo—. Os he visto a las dos en acción, y apuesto por ti. Para eso no me necesitas.

—¿Y para qué te necesito?

Se echó a reír, no con brusquedad pero sí con cierta lascivia. Sus ojos estaban enfocados totalmente en mí. Su sonrisa era pura astucia… aunque más tierna. Algo empezó a revolotear detrás de mi ombligo y descendió en espiral.

—La puerta está cerrada con llave —dijo—. Y nosotros tenemos algo pendiente.

Mi cuerpo parecía haber silenciado la parte racional de mi cerebro. La había ahogado, en realidad. Mis manos ascendieron por sus pectorales y mis brazos enlazaron su cuello. Patch me levantó por las caderas y yo rodeé su cintura con mis piernas. Mi pulso se aceleró, pero no me importó. Lo besé en los labios, absorbiendo el éxtasis de su boca, de sus manos sobre mi cuerpo, sintiéndome a punto de estallar…

El móvil sonó en mi bolsillo. Me aparté bruscamente de Patch, respirando con dificultad, y el teléfono volvió a sonar.

—Buzón de voz —dijo Patch.

En lo más profundo de mi conciencia sabía que debía contestar esa llamada. No recordaba bien el porqué; besar a Patch había hecho que hasta la última preocupación se evaporase. Me liberé de él, apartando el rostro para que no pudiera apreciar cuán excitada estaba por haberlo besado durante diez segundos. Por dentro gritaba de felicidad.

—¿Sí? —contesté, conteniendo el impulso de limpiarme el brillo corrido de los labios.

—¡Chica! —dijo Vee. La cobertura no era buena, su voz se oía entrecortada—. ¿Dónde estás?

—¿Dónde estás tú? ¿Sigues con Elliot y Jules? —Me tapé la otra oreja para oír mejor.

—Estoy en el instituto. Hemos forzado la entrada —dijo con voz traviesa—. Queremos jugar al escondite, pero nos falta gente para dos equipos. ¿Conoces a alguien que quiera venir a jugar con nosotros?

De fondo se oía el murmullo de una voz incoherente.

—Elliot quiere que te diga que si no vienes para ser su compañera de equipo... Espera... ¿Qué?

Elliot se puso al teléfono.

—¿Nora? Ven a jugar con nosotros. En caso contrario, aquí hay un árbol muy apropiado para Vee.

Se me heló la sangre.

—¿Elliot? —dije con voz ronca—. ¿Qué dices?

Pero la comunicación se cortó.

CAPÍTULO

uién era? —me preguntó Patch.

Me temblaba todo el cuerpo. Tardé en responder.

—Vee se ha colado en el instituto con Elliot y Jules. Quieren que vaya. Creo que Elliot le hará daño a Vee si no voy. —Lo miré—. Y creo que también se lo hará si voy.

Se cruzó de brazos, frunciendo el entrecejo.

—¿Elliot?

—La semana pasada en la biblioteca encontré un artículo que decía que había sido interrogado por un asesinato cometido en el Kinghorn, el colegio al que iba antes. Desde entonces me da mala espina. Muy mala espina. Creo que hasta entró en mi casa para recuperar el artículo.

—¿Alguna otra cosa que debería saber?

—La chica asesinada era la novia de Elliot. La colgaron de un árbol. Y acaba de decirme: «Si no vienes, aquí hay un árbol muy apropiado para Vee.»

—A Elliot lo tengo visto. Parece creído y un poco agresivo, pero no creo que sea un asesino. —Metió las manos en mi bolsillo delantero y sacó las llaves del Jeep—. Iré a ver qué pasa. No tardaré.

—Creo que deberíamos llamar a la policía.

Negó con la cabeza.

—Lograrás que encierren a Vee en un centro de menores por allanamiento. Una cosa más: ¿quién es Jules?

—El amigo de Elliot. Estaba con nosotras la noche que te vimos.

Frunció el entrecejo aún más.

—Si hubiera habido otro chico lo recordaría.

Abrió la puerta y lo seguí. Un portero vestido con pantalones negros y una camisa granate estaba barriendo los restos de palomitas del pasillo. Parpadeó al ver a Patch saliendo del lavabo de señoras. Lo reconocí del instituto: Brandt Christensen. Estábamos juntos en Literatura. El semestre anterior le había ayudado a escribir un ensayo.

—Elliot me espera a mí, no a ti —le dije a Patch—. Si no aparezco, quién sabe lo que pueda ocurrirle a Vee. Es un riesgo que no estoy dispuesta correr.

—Si dejo que vengas, ¿me harás caso en todo?

—De acuerdo.

—¿Si te digo que saltes?

—Saltaré.

—¿Si te digo que te quedes en el coche?

—Me quedaré en el coche. —Era casi cierto.

En el aparcamiento del cine, Patch apuntó al Jeep con el mando del llavero y los intermitentes parpadearon. De repente se paró en seco y maldijo entre dientes.

—¿Qué pasa? —pregunté.

—Los neumáticos.

Bajé la vista y, tal como me temía, las ruedas del lado del conductor estaban pinchadas.

—¡No puedo creerlo! —dije—. ¿He pisado unos clavos?

Patch se agachó junto a un neumático y le pasó la mano.

—Ha sido un destornillador. Alguien los ha pinchado adrede.

Por un instante pensé que era otro truco psicológico. Tal vez Patch tenía sus razones para no querer que fuera con él al instituto. Después de todo, su antipatía por Vee no era ningún secreto. Pero no lo sentía dentro de mi cabeza. Si estaba alterando mis pensamientos, había encontrado una nueva manera de conseguirlo, porque lo que estaba viendo me parecía muy real.

—¿Quién ha podido haberlo hecho?

Se puso de pie.

—La lista es larga.

—¿Me estás diciendo que tienes muchos enemigos?

—He enfadado a alguna gente. Hay muchas personas que apuestan y pierden. Me culpan de quedarme con sus coches, y otras cosas.

Se acercó a un utilitario, abrió la puerta del conductor y se sentó al volante. Alargó un brazo por debajo y su mano desapareció.

—¿Qué haces? —pregunté retóricamente, parándome junto a la puerta abierta. Sabía perfectamente lo que estaba haciendo.

—Busco la llave de repuesto. —La mano de Patch reapareció tirando de dos cables azules. Con cierta habilidad peló las dos puntas y las unió. El motor arrancó—. Ponte el cinturón.

—No pienso participar en el robo de un coche.

Se encogió de hombros.

—Nosotros lo necesitamos ahora. Ellos no.

—Es robar. Eso está mal.

Pero él no parecía nada preocupado. De hecho se lo veía muy relajado en el asiento del conductor. «No es la primera vez que lo hace», pensé.

—Primera regla del robo de coches —dijo con una sonrisa—: intenta no permanecer en la escena del crimen más tiempo del necesario.

—Un minuto —pedí, y regresé corriendo al cine.

En la entrada, las puertas de cristal reflejaban el aparcamiento a mis espaldas, y vi a Patch bajando del utilitario.

—Hola, Brandt —dije. Él seguía barriendo palomitas con un recogedor de mango largo.

Me miró, pero enseguida algo llamó su atención por encima de mi hombro. Las puertas del cine se abrieron y percibí a Patch detrás de mí. Por su manera de aproximarse, no se diferenciaba mucho de una nube que eclipsa el sol, oscureciendo sutilmente el paisaje, anunciado una tormenta.

—¿Qué te cuentas? —dijo Brandt, algo vacilante.

—Tengo un problema con el coche —dije, tratando de poner cara simpática—. Sé que es un incordio, pero como te ayudé con aquel ensayo sobre Shakespeare el semestre pasado...

—Quieres que te deje mi coche.

—Bueno... sí.

—Es un cacharro. No es un Jeep Commander. —Miró a Patch como disculpándose.

—¿Anda?

—Si por andar entiendes que las ruedas giren, sí, anda. Pero no está para prestarlo.

Patch sacó su cartera y extrajo tres billetes de cien dólares nuevecitos. Disimulando la sorpresa, lo dejé hacer.

—He cambiado de idea —dijo Brandt, los ojos como

platos, guardándose el dinero. Hurgó en sus bolsillos y arrojó a Patch unas llaves.

—¿Marca y color? —preguntó Patch, atrapándolas al vuelo.

—Depende. Mitad Volkswagen, mitad Chevette. Solía ser azul. Eso fue antes de oxidarse y volverse anaranjado. ¿Me lo devolveréis con el depósito lleno? —preguntó Brandt, probando suerte.

Patch sacó otro billete de veinte.

—Por si nos olvidamos —dijo metiéndolo en el bolsillo de la pechera del uniforme de Brandt.

Una vez fuera le dije a Patch:

—Podría haberlo convencido para que me lo prestara. Sólo necesitaba un minuto más. Y, por cierto, ¿por qué recoges mesas en el Borderline si estás forrado?

—No lo estoy. Gané el dinero en una partida de billar hace un par de noches. —Metió la llave en la cerradura del coche de Brandt y abrió la puerta del pasajero para que subiera.

Patch condujo a través de la ciudad por calles silenciosas y oscuras. No tardamos mucho en llegar al instituto. Aparcó a un lado del edificio y apagó el motor. El campus estaba poblado de árboles de ramas retorcidas y sombrías, cubiertas tan sólo por una niebla húmeda. Detrás de ellos asomaba el Coldwater High.

La parte más antigua del edificio databa del siglo XIX, y después del atardecer se parecía mucho a una catedral. Gris y ominoso, muy oscuro, muy abandonado.

—Acabo de tener un mal presentimiento —dije, escudriñando el edificio en busca de ventanas.

—Quédate en el coche y procura que no te vean —dijo Patch, entregándome las llaves—. Si alguien sale del edificio, lárgate.

Bajó del coche. Llevaba su camiseta negra ajustada, tejanos oscuros y botas. Con su pelo negro y su piel morena, era difícil distinguirlo del fondo. Cruzó la calle y, en pocos segundos, se camufló por completo en la noche.

CAPÍTULO

Los primeros cinco minutos pasaron volando. Los siguientes diez minutos se estiraron hasta volverse veinte. Yo intentaba ignorar la sensación espeluznante de estar siendo vigilada. Miraba con ojos de miope las penumbras que circundaban el edificio.

¿Por qué tardaba tanto Patch? Barajé algunas hipótesis, sintiéndome más intranquila aún. ¿Y si no lograba dar con Vee? ¿Qué pasaría cuando se encontrara con Elliot? No creía que éste pudiese doblegarlo, pero siempre había una posibilidad, si Elliot disponía del elemento sorpresa.

El móvil sonó en mi bolsillo y me llevé un susto de muerte.

—Te estoy viendo —me dijo Elliot cuando contesté—. Sentada ahí fuera en ese coche.

—¿Dónde estás?

—Mirándote desde una ventana de la segunda planta. Estamos jugando dentro.

—No me apetece jugar.

Colgó.

Con el corazón en la garganta, salí del coche. Levanté la vista hacia las ventanas opacas del colegio. No creía que Elliot supiera que Patch estaba dentro. Por su voz parecía impaciente, no molesto ni irritado. Mi única esperanza era que Patch tuviera un plan y se asegurara de que nada nos ocurriera a Vee y a mí. La luna estaba nublada, y bajo una sombra de miedo me dirigí a la puerta.

Me adentré en las penumbras. Mis ojos tardaron en acostumbrarse a la tenue luz de la farola que entraba por el ventanuco encima de la puerta. Las baldosas del suelo reflejaban un brillo ceroso. Las taquillas estaban alineadas a ambos lados del pasillo como soldados robot durmientes. Más que una sensación de tranquilidad, irradiaban una amenaza oculta.

Las luces exteriores iluminaban los primeros metros de la entrada, pero más adelante ya no se veía nada. A un lado de la puerta estaba el cuadro de mandos. Accioné los interruptores de las luces. No se encendieron.

Puesto que en la calle había luz, deduje que alguien había cortado la electricidad en el interior. Me pregunté si formaba parte del plan de Elliot. No podría verlo, como tampoco a Vee ni a Patch. Iba a tener que buscar a tientas en todas las aulas, en un juego lento de descarte hasta que lo encontrara. Juntos daríamos con Vee.

Avancé lentamente guiándome por la pared. A lo largo de la semana recorría ese tramo de pasillo varias veces, pero en la oscuridad de repente me resultó desconocido. Y más largo. Mucho más largo.

En la primera intersección repasé mentalmente los alrededores. A la izquierda tenía las salas de música y la cafetería. A la derecha, los despachos administrativos y una escalera de caracol. Seguí recto, adentrándome en la zona de aulas.

Mi pie tropezó con algo, trastabillé y caí al suelo. Una luz gris brumosa se filtró por una claraboya justo encima de mi cabeza, a medida que la luna se abría paso entre las nubes iluminando el cuerpo con que había tropezado. Jules estaba tumbado de espaldas, su expresión congelada en una mirada vacía. Tenía el largo pelo rubio revuelto sobre el rostro y los brazos extendidos a ambos lados.

Retrocedí a cuatro patas y me cubrí la boca en medio de un jadeo. Mis piernas temblaban con la adrenalina. Muy despacio, apoyé las manos en el pecho de Jules. No respiraba. Estaba muerto.

Me puse de pie y ahogué un grito. Quería llamar a Patch a voces, pero eso revelaría a Elliot mi ubicación, si es que no la conocía ya. Sobresaltada, caí en la cuenta de que podía estar a pocos metros de mí, regodeándose con su perverso juego.

La luna palideció y yo escudriñé el pasillo, desesperada. Todavía tenía un largo tramo por delante. La biblioteca estaba en la planta superior, por un tramo de escaleras a mi izquierda. Las aulas empezaban a la derecha. Tras un momento de indecisión, escogí la biblioteca, siguiendo a tientas el oscuro pasillo para apartarme del cuerpo de Jules. Me goteaba la nariz, y reparé en que estaba llorando en silencio. ¿Por qué había muerto Jules? ¿Quién lo había matado? Y si él estaba muerto, ¿también lo estaba Vee?

Las puertas de la biblioteca estaban abiertas y entré a ciegas. Más allá de las estanterías, al otro lado de la estancia principal, había tres pequeñas salas de estudio insonorizadas; si Elliot quería aislar a Vee, ése era el lugar ideal para encerrarla.

Me dirigía hacia allí cuando oí un gemido de hombre. Me paré en seco.

Las luces del pasillo exterior se encendieron, iluminando un poco la biblioteca. Elliot yacía en el suelo a pocos metros, pálido y con la boca abierta. Sus ojos se volvieron en mi dirección, y alargó su brazo hacia mí.

Se me escapó un grito desgarrador. Me di la vuelta y eché a correr hacia la puerta, apartando sillas de mi camino con empujones y patadas. «¡Corre! —me ordené—. ¡Encuentra una salida!»

Salí tambaleándome, y justo entonces las luces del pasillo se apagaron, sumiéndolo todo una vez más en la oscuridad.

—¡Patch! —grité con voz entrecortada y me atraganté.

Jules estaba muerto. Elliot, casi muerto. ¿Quién los había atacado? Traté de comprender lo que pasaba, pero no me quedaba capacidad de razonamiento.

Un empujón en la espalda me hizo perder el equilibrio. Otro empujón me lanzó a un lado. Me golpeé la cabeza contra una taquilla, quedando aturdida.

Un haz de luz barrió mi campo de visión, y unos ojos oscuros detrás de un pasamontañas me miraron. La luz venía de una linterna de minero sujeta sobre la frente.

Me levanté e intenté echar a correr, pero mi atacante fue más rápido y me atrapó, empujándome de espaldas contra la taquilla.

—¿Me dabas por muerto? —Detecté en su voz una sonrisa gélida y arrogante—. No podía dejar pasar la última oportunidad de jugar contigo. Cuéntame. ¿Quién creías que era el chico malo? ¿Elliot? ¿O acaso pensaste que tu mejor amiga podía hacer esto? Es lo que tiene el miedo. Saca lo peor de nosotros.

—¿Eres tú? —Me temblaba la voz.

Jules se quitó la linterna y el pasamontañas.

—En persona.

—¿Cómo lo has hecho? —balbuceé—. No respirabas. Estabas muerto.

—Todo ha sido gracias a ti, Nora. Si tu mente no fuera tan débil, no podría haber hecho nada. ¿Te desanima saber que de todas las mentes que he invadido la tuya es la más maleable? ¿Y la que mejor me lo ha hecho pasar?

Me lamí los labios. Mi boca tenía un extraño sabor seco y pegajoso. Podía oler el miedo en mi aliento.

—¿Dónde está Vee?

Me abofeteó la mejilla.

—No cambies de tema. Tienes que aprender a controlar tu miedo. El miedo socava la lógica y ofrece muchas posibilidades a alguien como yo.

Desconocía esa faceta de Jules. Siempre tan callado, huraño, indiferente a su entorno. Permanecía en un segundo plano, sin llamar apenas la atención, despertando pocas sospechas. «Muy listo», pensé.

Me agarró del brazo y me arrastró.

Lo arañé y me revolví, pero él me dio un puñetazo en el estómago. Me tambaleé, boqueando. Deslicé la espalda contra la taquilla hasta quedar encogida en el suelo. Un soplo de aire me entró por la boca y me atraganté.

Jules se palpó las marcas que mis uñas le habían dejado en el antebrazo.

—Esto te costará caro.

—¿Por qué me has hecho venir aquí? ¿Qué pretendes? —gemí.

Me cogió del brazo levantándome de un tirón y me llevó a rastras por el pasillo. Dándole una patada a una puerta abierta, me lanzó dentro, y yo caí con las palmas sobre el suelo. Luego entró y cerró la puerta violentamente.

Reconocí los olores familiares del polvo de tiza y los productos químicos rancios. Ilustraciones del cuerpo humano y de células decoraban las paredes. En la parte delantera del aula había una larga mesa de granito con un fregadero. Delante estaban las mesas del laboratorio, también de granito, dispuestas en hileras. Estábamos en el laboratorio de Biología del entrenador McConaughy.

Un destello metálico a mi lado llamó mi atención. Un escalpelo tirado en el suelo, cerca de la papelera. Olvidado por el entrenador y por el empleado de la limpieza. Me lo metí en la cinturilla del pantalón justo cuando Jules me levantó bruscamente.

—He tenido que cortar la corriente —dijo, y dejó la linterna sobre la mesa más próxima—. No se puede jugar al escondite si hay luz.

Acercó dos sillas arrastrándolas y las colocó una enfrente de la otra.

—Siéntate —ordenó.

Lancé una mirada a las ventanas de la pared opuesta. Me pregunté si podría abrir una y escapar antes de que Jules me pillara. Entre otros mil pensamientos que me instaban a la autoconservación, me dije que no tenía que parecer asustada. Algún rincón de mi mente todavía albergaba los consejos del curso de defensa personal que hice con mi madre tras la muerte de papá. Mantener el contacto visual, mostrarse segura, apelar al sentido común… y otras cosas que eran más fáciles de decir que de poner en práctica.

Jules me cogió por los hombros, obligándome a sentarme. El frío metal se escurrió en mis tejanos.

—Dame tu móvil —me ordenó extendiendo la mano.

—Lo he dejado en el coche.

Soltó una risita.

—¿Pretendes jugar conmigo? Tengo a tu mejor amiga encerrada en alguna parte del edificio. Si quieres jugar conmigo, ella se va a sentir excluida, ¿no crees? Tendré que inventarme un juego especial para ella.

Saqué el móvil y se lo entregué.

Con una fuerza sobrenatural lo partió por la mitad.

—Ahora estamos sólo tú y yo. —Se dejó caer en la silla frente a la mía y estiró las piernas voluptuosamente. Dejó un brazo colgando del respaldo—. Hablemos, Nora.

Me incorporé e intenté correr, pero él me retuvo por la cintura antes de que diera tres pasos y volvió a sentarme.

—Yo solía tener caballos —dijo—. Hace mucho tiempo, en Francia, tenía un establo de preciosos ejemplares. Los caballos españoles son mis favoritos. Los cogían en estado salvaje y me los traían directamente a mí. Los domaba en pocas semanas. Pero siempre había algún caballo loco e indómito. ¿Sabes lo que le hacía a un animal que no se dejaba domar?

Me encogí de hombros.

—Coopera y no tendrás nada que temer —dijo.

No me fie ni por un segundo. Había un brillo siniestro en sus ojos.

—He visto a Elliot en la biblioteca —dije con voz temblorosa. Elliot no me gustaba ni confiaba en él, pero no merecía tener una muerte lenta y dolorosa—. ¿Tú le has hecho daño?

Se acercó, como si fuera a compartir un secreto.

—Si vas a cometer un crimen, nunca dejes pruebas. Elliot formaba parte de todo esto. Sabía demasiado.

—¿Por eso estoy aquí? ¿Por el artículo que encontré sobre Kjirsten Halverson?

Jules sonrió.

—A Elliot se le olvidó mencionarme que estabas al tanto de lo de Kjirsten.

—¿Tú la mataste? —pregunté con repentina inspiración.

—Tenía que poner a prueba la lealtad de Elliot. Tenía que quedarme con lo más importante. Elliot estaba en el Kinghorn gracias a una beca, y nadie dejaba de recordárselo. Hasta que aparecí yo. Fui su protector. Al final tuvo que escoger entre Kjirsten y yo. O sea, entre el dinero y el amor. Aparentemente no hay placer alguno en ser un indigente entre príncipes. Lo soborné, y fue entonces cuando supe que podía contar con él cuando llegara la hora de vérmelas contigo.

—¿Qué tengo que ver yo?

—¿Todavía no lo has adivinado? —La luz destacaba la crueldad de su rostro y creaba la ilusión de que sus ojos eran de plata fundida—. He estado jugando contigo. Te he usado como una especie de intermediario, porque a quien de verdad quiero hacerle daño no se le puede hacer daño. ¿Sabes quién es esa persona?

Mi cuerpo se aflojó y mis ojos se desenfocaron. El rostro de Jules parecía una pintura impresionista, borrosa en los bordes, carente de detalle. La sangre se agotaba en mi cerebro, y tuve la sensación de que me escurría sobre la silla. Me había sentido así suficientes veces como para saber que necesitaba hierro. De inmediato.

Volvió a abofetearme.

—Concéntrate. ¿De quién te estoy hablando?

—No lo sé —admití apenas por encima de un susurro.

—¿Sabes por qué no se le puede hacer daño? Porque no tiene un cuerpo humano. Su cuerpo carece de sensaciones físicas. Si lo encierro y lo torturo no consigo nada. No siente nada, ni un ápice de dolor. ¿Seguro que todavía no sabes quién es? Últimamente has pasado bastante tiempo con esa persona. ¿Qué te pasa, Nora? ¿Es que no imaginas de quién se trata?

Un hilo de sudor corría por mi espalda.

—Cada año, a comienzos del mes hebreo de Jeshván, él toma posesión de mi cuerpo —continuó—. Durante dos semanas enteras, tiempo durante el cual cedo las riendas de mi existencia. No dispongo de libertad ni capacidad de elección. Durante esas dos semanas no puedo liberarme, pues presto mi cuerpo a otro ser. Podría convencerme a mí mismo de que nada está ocurriendo, pero no, imposible, permanezco ahí, prisionero dentro de mi propio cuerpo, viviéndolo a cada instante. ¿Sabes lo que se siente? ¿Tienes alguna idea? —gritó.

Guardé silencio, sabiendo que hablar sería peligroso. Jules se echó a reír, con un resoplido entre dientes. Su risa me pareció lo más siniestro que había oído jamás.

—Hice un juramento permitiéndole tomar posesión de mi cuerpo durante el Jeshván —prosiguió—. Yo entonces tenía dieciséis años. —Se encogió de hombros, pero fue un movimiento rígido—. Me torturó para obligarme a jurar. Después me dijo que yo no era humano. ¿Puedes creerlo? Que no era humano. Me dijo que mi madre, una humana, fornicaba con un ángel caído. —Enseñó una sonrisa odiosa; tenía la frente salpicada de sudor—. ¿Te he dicho que heredé algunos rasgos de mi padre? Soy un embaucador, igual que él. Hago que veas cosas irreales, que oigas voces... Como ahora. ¿Puedes oírme, Nora? ¿Sigues asustada?

Me dio un golpecito en la frente.

—¿Hay alguien ahí, Nora? ¡No oigo nada!

Jules era Chauncey. Era un Nefilim. Recordé mi marca de nacimiento, y lo que Dabria me había dicho. Jules y yo teníamos la misma sangre. Llevaba en mis venas la sangre de un monstruo. Cerré los ojos y me resbaló una lágrima.

—¿Recuerdas la primera noche que nos vimos? Salté delante de tu coche. Estaba oscuro y había niebla. Estabas con los nervios a flor de piel, por lo que fue más sencillo engañarte. Disfruté asustándote. Aquella noche le tomé el gusto.

—Si hubieses sido tú, me habría dado cuenta —murmuré—. No hay mucha gente tan alta como tú.

—No me estás escuchando. Puedo hacer que veas lo que yo quiera. ¿Crees que me pasó por alto un detalle tan obvio como la estatura? Viste lo que yo quise que vieras. Viste a un hombre común y corriente con un pasamontañas negro.

Seguí sentada, muerta de miedo. No estaba loca. Jules estaba detrás de todo aquello. Él sí que estaba loco. Podía crear juegos psicológicos puesto que su padre era un ángel caído y él había heredado sus poderes.

—Así pues, no registraste mi habitación —dije—. Sólo me hiciste creer que lo habías hecho. Por eso estaba todo en orden cuando vino la policía.

Aplaudió lentamente mi deducción.

—¿Quieres saber la mejor parte? Podrías haberme apartado de tu mente. No podría haberme metido en tu cabeza sin tu permiso. Me metía, y tú nunca lo impedías. Eras débil. Eras una presa fácil.

Todo tenía sentido, y me maldije por ser tan frágil. Yo era un libro abierto. No había nada que impidiera a Jules absorberme en sus juegos psicológicos, a menos que aprendiera a apartarlo de mi mente.

—Ponte en mi lugar —dijo—. Tu cuerpo invadido año tras año. Imagina un odio tan intenso que sólo la venganza puede aliviar. Imagina la cantidad de energías y recursos invertidos para vigilar de cerca a tu objeto de venganza, esperando pacientemente el momento en que el destino te conceda la oportunidad no sólo de desquitarte, sino de inclinar la balanza a tu favor. —Clavó sus ojos en los míos—. Tú eres esa oportunidad. Si te hago daño, se lo haré a Patch.

—Estás sobrevalorando lo que Patch siente por mí —repuse, la frente perlada de sudor.

—Llevo siglos observando a Patch. El verano pasado hizo la primera visita a tu casa, aunque tú no lo notaste. Te siguió algunas veces cuando ibas de compras. De vez en cuando se desviaba de su camino para cruzarse contigo. Luego se matriculó en tu colegio. Me pregunté qué tenías de especial y me esforcé por averiguarlo. Hace tiempo que te observo.

El pavor se apoderó de mí. En ese instante supe que lo que siempre había sentido que me seguía como un fantasma no era la presencia de mi padre. Era Jules. Ahora sentía la misma presencia helada y sobrenatural, sólo que cien veces amplificada.

—No quería que Patch sospechara y se echara atrás —continuó—. Así que Elliot entró en escena y no tardó en confirmarme lo que ya suponía. Patch está enamorado de ti.

Todo encajaba. Jules no se había puesto enfermo la noche del Delphic cuando se marchó al lavabo. Y tampoco la noche en que fuimos al Borderline. Durante todo este tiempo tenía que permanecer invisible para Patch. En el momento que Patch lo viera, el juego habría acabado. Patch sospecharía que Jules —Chauncey— estaba tramando algo. Elliot era los ojos y los oídos de Jules, y le llevaba toda la información.

—El plan era matarte en el campamento, pero Elliot no logró convencerte de que vinieras —dijo Jules—. Hoy te he seguido hasta el restaurante Blind Joe's y te he disparado. Imagínate la sorpresa cuando he descubierto que había matado a una mendiga que llevaba tu abrigo. Pero mira por dónde, ha habido un final feliz. —Su tonó se relajó—. Ahora te tengo.

Me removí en el asiento, y el escalpelo se deslizó más adentro de mi pantalón. Si no tenía cuidado, quedaría fuera de mi alcance. Si Jules me obligaba a ponerme de pie, caería por la pernera. Y eso sería el fin.

—Deja que adivine lo que estás pensando —dijo, poniéndose de pie para ir la parte delantera del aula—. Estás empezando a desear no haber conocido a Patch. Que nunca se hubiera enamorado de ti. Venga, ríete del lío en que te ha metido. Ríete de tu pésima decisión.

Escucharlo hablar del amor de Patch me colmó de una esperanza irracional.

Saqué el escalpelo de mis tejanos y me puse de pie de un salto.

—¡No te acerques o te apuñalo! ¡Te juro que lo haré!

Jules emitió un sonido gutural y barrió con el brazo la mesa principal. Los cacharros de laboratorio se hicieron pedazos contra la pizarra y los papeles se desperdigaron por el suelo. Vino hacia mí dando zancadas. Muerta de miedo, lancé una estocada con toda mi fuerza. Lo alcancé en la palma de la mano, haciéndole un corte.

Jules siseó y retrocedió.

Sin esperar, le clavé el escalpelo en el muslo.

Él miró boquiabierto el mango que sobresalía de su pierna. Lo extrajo con las dos manos, y una mueca de dolor en el rostro. El escalpelo se le escurrió de las manos y cayó al suelo.

Dio un paso tambaleante hacia mí.

Lancé un chillido y lo esquivé, pero me golpeé la cadera con el borde de una mesa, perdí el equilibrio y caí al suelo. El escalpelo estaba a pocos centímetros de distancia.

Jules me puso boca abajo y se sentó a horcajadas sobre mí. Presionó mi cara contra el suelo, aplastando mi nariz y amortiguando mis gritos.

—Un intento valiente —gruñó—. Pero eso no me matará. Soy un Nefilim. Soy inmortal.

Traté de coger el escalpelo, clavando los dedos de los pies en el suelo para estirarme esos últimos centímetros vitales. Lo rocé con los dedos. Ya casi lo tenía, pero entonces Jules me alejó arrastrándome.

Le lancé un taconazo a la entrepierna; él gimió y se fue cojeando a un costado. Me levanté, pero Jules rodó hasta la puerta y se puso de rodillas para impedirme el paso.

El pelo le tapaba los ojos. Gotas de sudor caían por su cara. Tenía la boca torcida en un gesto de dolor.

Cada músculo de mi cuerpo era un resorte dispuesto a saltar.

—Te deseo buena suerte en tu intento de huida —dijo con una sonrisa cínica que parecía demandarle un gran esfuerzo—. Ya verás de lo que te hablo. —Y entonces se desplomó.

CAPÍTULO

No sabía dónde estaba Vee. Necesitaba pensar como Jules: ¿dónde la escondería si fuese él?

En un sitio del que fuera difícil escapar y que fuera difícil de encontrar, razoné.

Repasé el edificio mentalmente, limitándome a las plantas superiores. Las posibilidades eran que Vee estuviera en la segunda, la última, sin contar la pequeña tercera planta, que era más bien un ático. Una escalera de caracol estrecha a la que sólo se accedía desde la segunda planta conducía al ático. Arriba había dos aulas tipo bungalow: el aula de español avanzado y la redacción de la revista digital.

Vee estaba en la redacción. Lo sabía.

Avanzando lo más rápidamente posible en la oscuridad, acometí a ciegas dos tramos de peldaños. Después de un par de intentos fallidos encontré la estrecha escalera que conducía a la redacción de la revista digital. Al llegar arriba empujé la puerta.

—¿Vee? —llamé en voz baja.

Ella respondió con un gemido.

—Soy yo —dije, dando cada paso con sumo cuidado

por el pasillo entre escritorios, intentando no tropezar con nada para no dar ninguna pista a Jules—. ¿Estás herida? Tenemos que salir de aquí. —La encontré echa un ovillo en el fondo de la sala, apretando las rodillas contra el pecho.

—Jules me ha golpeado en la cabeza —dijo—. Creo que me he desmayado. Ahora no veo. ¡No veo nada!

—No, no es eso. Jules ha cortado la corriente y está todo oscuro. Coge mi mano. Tenemos que bajar ahora mismo.

—Creo que me ha hecho daño. Me late la cabeza. ¡Creo que me he quedado ciega!

—No estás ciega —susurré, sacudiéndola suavemente—. Yo tampoco veo nada. Tendremos que bajar las escaleras a tientas. Saldremos por el gimnasio.

—Ha puesto cadenas en todas las puertas.

Un silencio tenso se interpuso entre nosotras. Recordé a Jules deseándome suerte al escapar, y ahora sabía por qué. Un escalofrío se extendió desde mi corazón al resto de mi cuerpo.

—La puerta por la que entré no estaba bloqueada —dije finalmente—. Es la puerta del lado este.

—Pues debe de ser la única. Yo he visto cuando ponía cadenas en las otras. Ha dicho que así nadie estaría tentado de escaparse mientras jugábamos al escondite. Ha dicho que fuera no valía esconderse.

—Si esa puerta es la única desbloqueada, intentará bloquearla. Nos esperará allí. Pero no iremos por allí. Saldremos por una ventana —dije mientras urdía un plan—. Por el otro lado del edificio. Es decir, por este lado. ¿Tienes tu móvil?

—Jules me lo ha quitado.

—Una vez que salgamos nos separaremos. Si Jules nos persigue, tendrá que decidirse por una de las dos. La otra irá por ayuda. —Ya sabía a quién elegiría Jules. Vee no le servía para nada, sólo como señuelo para atraerme—. Corre tan rápido como puedas y encuentra una cabina. Llama a la policía. Diles que Elliot está en la biblioteca.

—¿Está vivo? —preguntó Vee con voz temblorosa.

—No lo sé.

Permanecimos acurrucadas juntas, y noté que tiraba de su camisa para secarse las lágrimas.

—Todo esto es culpa mía.

—La culpa es de Jules.

—Tengo miedo.

—Estaremos bien —dije tratando de transmitirle confianza—. He apuñalado a Jules en la pierna con un escalpelo. Está sangrando mucho. Es probable que renuncie a perseguirnos y vaya en busca de ayuda médica.

Vee sollozó. Las dos sabíamos que yo estaba mintiendo. El deseo de venganza de Jules se imponía a su herida. Se imponía a todo.

Bajamos las escaleras, pegadas a la pared, hasta que llegamos a la planta principal.

—Por aquí —le susurré al oído, cogiéndola de la mano mientras caminábamos por el pasillo a toda prisa, dirigiéndonos al ala oeste.

No habíamos avanzado mucho cuando un sonido gutural, nada alegre, se propagó por aquel túnel de oscuridad.

—Vaya, vaya, ¿qué tenemos aquí? —dijo la voz de Jules.

—Corre —le dije a Vee, y le di un apretón en la mano—. Me quiere a mí. Llama a la policía. ¡Corre!

Vee echó a correr. Sus pasos se esfumaron de un modo deprimentemente rápido. Me pregunté por un instante si Patch seguía en el edificio, pero fue sólo un pensamiento tangencial. Mi mayor concentración estaba puesta en no perder el conocimiento. Porque una vez más me hallaba a solas con Jules.

—Contactar con la policía le llevará por lo menos veinte minutos —me dijo Jules, el taconeo de sus zapatos aproximándose—. Yo no necesito tanto tiempo.

Me di la vuelta y eché a correr. Él se lanzó en mi persecución.

Palpando las paredes con las manos, giré a la derecha en la primera intersección y corrí por un pasillo perpendicular. Obligada a seguir las paredes para guiarme, mis manos golpeaban contra los bordes de las taquillas y las jambas de las puertas, lastimándome. Giré otra vez a la derecha, corriendo tan rápido como podía hacia la doble puerta del gimnasio.

Si llegaba a tiempo a mi taquilla en el gimnasio, podría encerrarme dentro. En el vestuario de las chicas había unos armarios enormes de pared a pared y desde el suelo hasta el techo. A Jules le llevaría su tiempo revisarlos uno por uno. Con suerte, la policía llegaría antes de que él me encontrara.

Entré en el gimnasio y corrí hacia el vestuario. Al girar el pomo de la puerta sentí un terror frío y punzante: la puerta estaba cerrada con llave. Volví a insistir, pero no cedía. Me di la vuelta buscando frenéticamente otra salida, pero estaba atrapada en el gimnasio. Me apoyé de espaldas en la puerta, cerré los ojos con fuerza para evitar el desmayo y oí mi respiración irregular.

Cuando volví a abrir los ojos, vi a Jules avanzando bajo el brumoso resplandor lunar que entraba por las claraboyas. Se había atado la camisa alrededor del muslo y una mancha de sangre se filtraba a través de la tela. Se había quedado en camiseta y pantalones. Llevaba una pistola metida en la cinturilla.

—Por favor, deja que me vaya —supliqué.

—Vee me ha contado algo interesante sobre ti. Le tienes miedo a las alturas. —Levantó la vista hacia las vigas del gimnasio. Una sonrisa dividió su rostro.

El aire estaba impregnado con los olores del sudor y el barniz de la madera. Habían apagado la calefacción por las vacaciones de primavera y la temperatura era fría. Las sombras se expandían por el suelo pulido mientras la luna se abría paso entre las nubes. Jules estaba de espaldas a las gradas, y de pronto vi a Patch moverse detrás de él.

—¿Fuiste tú el que atacó a Marcie Millar? —le pregunté a Jules para distraerlo.

—Elliot me dijo que había cierta hostilidad entre vosotras. No quería que nadie más tuviera el placer de torturar a mi chica.

—¿Y la ventana de mi habitación? ¿Eras tú el que me espiaba mientras dormía?

—Nada personal, descuida.

De repente, Jules se puso rígido un instante, y al siguiente se abalanzó sobre mí. Me agarró por la muñeca y me puso de espaldas contra su pecho. Sentí el frío cañón de una pistola contra la nuca.

—Quítate la gorra —le ordenó a Patch—. Quiero ver la cara que pondrás cuando la mate. No puedes evitarlo. Como yo no puedo evitar el juramento que te hice.

Patch se acercó unos pasos, despacio, pero yo percibía su alerta contenida. La pistola aumentó la presión y yo me sobresalté.

—Un paso más y será su último aliento —advirtió Jules.

Patch estudiaba la distancia entre nosotros, calculando la rapidez con que podría cubrirla. Jules también se percató.

—No lo intentes —dijo.

—No vas a dispararle, Chauncey.

—¿No? —Jules apretó el gatillo. La pistola hizo clic y yo abrí la boca para gritar, pero todo lo que salió fue un llanto trémulo.

—Es un revólver —explicó Jules—. Las cinco recámaras restantes están cargadas.

«¿Lista para poner en práctica esos movimientos de boxeo de los que tanto alardeas», me dijo Patch telepáticamente.

—¿Qué? —balbuceé.

Súbitamente me inundó una oleada de fuerza. Una fuerza exterior que se expandió hasta llenarme. Mi cuerpo fue perdiendo su propia fuerza y libertad a medida que Patch tomaba posesión de mí.

Antes de que fuera consciente de cuánto me aterraba esa pérdida de control, sentí un dolor punzante en el puño. Patch estaba utilizando mi puño para golpear a Jules. El arma cayó de su mano y se deslizó por el suelo del gimnasio hasta quedar a unos metros de distancia.

Patch hizo que mis manos arrastraran a Jules contra las gradas. Jules tropezó y cayó aparatosamente. Lo siguiente que supe fue que mis manos lo cogían por la garganta y le golpeaban la cabeza contra las gradas. Allí lo sostuve, apretando mis dedos alrededor de su cuello. Sus ojos se hincharon y desorbitaron. Trataba de hablar moviendo los labios, pero Patch no aflojaba.

«No podré estar dentro de ti mucho tiempo más —me dijo Patch mentalmente—. No estamos en Jeshván y no me está permitido. En cuanto me salga, echa a correr. ¿Has entendido? Corre tan rápido como puedas. Chauncey estará demasiado débil y aturdido para meterse en tu cabeza. Corre y no te detengas.»

Oí un zumbido agudo y sentí cómo mi cuerpo se desprendía de la posesión de Patch.

Las venas se marcaban en el cuello de Jules, y su cabeza colgaba a un lado.

«Venga —oí a Patch que lo apremiaba—. Desmáyate... desmáyate...»

Pero ya era demasiado tarde. Patch desapareció de mi interior. Se fue tan de repente que me quedé aturdida.

Volvía a tener el control de mis manos, y solté a Jules impulsivamente. Él luchaba por respirar y me miraba entre parpadeos. Patch estaba en el suelo a varios metros de mí, inmóvil.

De inmediato crucé el gimnasio corriendo a toda velocidad. Me lancé contra la puerta, esperando salir al pasillo, pero fue como chocar contra una pared. La empujé una y otra vez, sabiendo que estaba desbloqueada. Hacía cinco minutos había entrado por allí. Cargué con todo mi peso, en vano. La puerta no se abrió.

Me di la vuelta, la adrenalina haciéndome temblar las rodillas.

—¡Sal de mi mente! —le grité a Jules.

Él se incorporó para sentarse en el escalón más bajo de las gradas, mientras se masajeaba la garganta.

—No —respondió.

Volví a intentarlo con la puerta. Le di una buena patada a la barra y luego golpeé con las manos el cristal.

—¡Socorro! ¡Ayuda, por favor! ¡Auxilio!

Miré por encima del hombro y vi que Jules se acercaba cojeando, su pierna herida flaqueando a cada paso. Cerré los ojos con fuerza, tratando de concentrarme. La puerta se abriría en cuanto localizara su voz y la ahuyentara. Rastreé todos los rincones de mi mente, pero no pude encontrarla. Estaba en lo más profundo, escondiéndose de mí. Abrí los ojos. Jules estaba mucho más cerca. Más me valía encontrar otra manera de salir.

En lo alto de las gradas había una escalera de hierro

empotrada en la pared. Llegaba hasta la cuadrícula de las vigas en el techo. En el extremo opuesto de las vigas, sobre la pared de enfrente, casi justo encima de donde yo estaba, había un conducto de ventilación. Si llegaba hasta allí, podría escabullirme por el tejado.

Pasé corriendo junto a Jules en una carrera enloquecida y subí las gradas. Mis suelas resonaban sobre la madera, produciendo un eco en todo el gimnasio, lo que no me permitía oír si Jules me seguía de cerca. Llegué hasta el primer peldaño de la escalera y empecé a trepar. Con el rabillo del ojo vi la fuente de agua allá abajo, lejos. Se veía muy pequeña, lo que significaba que estaba a una altura considerable. Muy alto.

«No mires hacia abajo —me dije—. Concéntrate en mirar hacia arriba.» Subí con cuidado un escalón más. La escalera se movió, pues no estaba bien sujeta a la pared.

De pronto oí la risa de Jules y perdí la concentración. Imágenes de una caída pasaron por mi mente. Claro, él las estaba implantando. Luego mi cerebro dio un vuelco, y ya no recordaba cómo subir o bajar, ni podía distinguir mis pensamientos de los de Jules.

Mi miedo era tan denso que empañó mi visión. No sabía en qué peldaño me encontraba. ¿Mis pies estaban bien colocados? ¿Estaba a punto de resbalar? Aferrándome a un peldaño con ambas manos, apoyé la frente contra los nudillos. «Respira —me dije—. Respira.»

Y entonces lo oí.

Un crujido metálico perezoso y agonizante. Cerré los ojos para evitar el vértigo.

Las abrazaderas metálicas que fijaban la parte superior de la escalera a la pared se aflojaron. El quejido metálico se convirtió en un gemido agudo, a la vez que el siguiente conjunto de abrazaderas se desprendía de la pared. Con un grito atrapado en la garganta vi cómo la parte superior se soltaba. Aferrada a la escalera con brazos y piernas, me preparé para una caída hacia atrás. La escalera osciló un momento, sucumbiendo pacientemente a la gravedad.

Y entonces todo sucedió muy rápido. Las vigas y las claraboyas desaparecieron en medio de un mareo confuso. Y yo caí hasta que, súbitamente, la escalera se detuvo en seco. Rebotó violentamente, perpendicular a la pared, a unos treinta metros de altura. El impacto de la caída hizo que se me soltaran las piernas, quedando sujeta a la escalera tan sólo por las manos.

—¡Socorro! —grité pataleando en el aire.

La escalera se tambaleaba, descendiendo unos metros más. Se me salió una zapatilla, que quedó enganchada en los dedos del pie por un instante, para luego caer. Al cabo de un largo momento la oí estamparse contra el suelo del gimnasio.

Me mordía la lengua mientras el dolor en los brazos se hacía más intenso. Se estaban desprendiendo de sus articulaciones.

Y entonces, en medio del miedo y del pánico, oí la voz de Patch.

«Apártalo de tu mente. Sigue subiendo. La escalera está intacta.»

—No puedo —dije sollozando—. ¡Me caeré!

«Apártalo de tu mente. Cierra los ojos y escucha mi voz.»

Lo hice mientras tragaba saliva. Me aferré a la voz de Patch y noté que una superficie sólida se formaba bajo mis pies, que ya no colgaban en el vacío. Sentí un peldaño haciendo presión bajo mis suelas. Concentrándome más en la voz de Patch, esperé a que todo volviera a su lugar. Patch tenía razón. Estaba en la escalera. Y la escalera, fijada a la pared. Recuperé mi determinación anterior y seguí subiendo.

Al llegar a lo más alto me senté precariamente sobre la viga más cercana. La rodeé con los brazos y balanceé una pierna para pasarla por encima. Estaba de cara a la pared, con el conducto de ventilación a mis espaldas, pero ya nada podía hacer. Con mucho cuidado me arrodillé sobre la viga. Poniendo toda mi concentración en ello, empecé a avanzar lentamente hacia atrás dispuesta a atravesar la extensión del gimnasio.

Demasiado tarde.

Jules había trepado en un santiamén, y ahora lo tenía a menos de cinco metros de distancia. Se encaramó a la viga. Apoyó las manos y empezó a arrastrarse hacia mí. Tenía una marca oscura en la parte interior de la muñeca; atravesaba sus venas en un ángulo de noventa grados y era casi negro. Cualquiera habría pensado que se trataba de una cicatriz, pero para mí significaba mucho más. El vínculo familiar era evidente: teníamos la misma sangre, las mismas marcas idénticas.

Ambos estábamos montados sobre la viga, cara a cara, a tres metros de distancia.

—¿Un último deseo? —me preguntó.

Miré hacia abajo, pese a que me mareaba. Patch permanecía inmóvil tendido en el suelo, como si estuviera muerto. En ese instante deseé retroceder en el tiempo y revivir cada momento con él. Otra sonrisa secreta, otra risa compartida. Otro beso ardoroso. Encontrarlo a él había sido como encontrar a alguien a quien no sabía que andaba buscando. Había aparecido en mi vida demasiado tarde, y ahora se estaba marchando demasiado pronto. Lo recordé prometiéndome que renunciaría a todo por mí. Ya lo había hecho. Había renunciado a su propio cuerpo humano para que yo pudiera vivir.

Me tambaleé e instintivamente recuperé el equilibrio.

La risa de Jules me llegó como un susurro gélido.

—Para mí es lo mismo si te disparo o si te dejas caer. No hay diferencia.

—Sí hay diferencia —dije. Mi voz sonaba débil pero segura—. Tú y yo tenemos la misma sangre. —Levanté mi mano vacilante, enseñándole la marca—. Soy tu descendencia. Si sacrifico mi sangre voluntariamente, Patch se convertirá en humano y tú morirás. Así está escrito en el *Libro de Enoc*.

Jules me miró con ojos desprovistos de brillo, absorbiendo cada una de mis palabras. Por su expresión adiviné que estaba sopesándolas. Un rubor se expandió por su rostro, y entonces supe que me creía.

—Tú... —farfulló.

Se me acercó con una rapidez frenética, al tiempo que se llevaba la mano a la cintura para sacar el revólver.

Las lágrimas me escocían los ojos. Sin tiempo para más, me dejé caer de la viga.

CAPÍTULO

30

Una puerta se abrió y se cerró. Esperaba oír pasos, pero el único sonido provenía del tictac de un reloj; un latido rítmico y constante a través del silencio.

El sonido comenzó a desvanecerse, disminuyendo poco a poco. Me preguntaba si lo oiría detenerse por completo. De repente sentí miedo de ese instante, insegura de lo que vendría después.

Un sonido mucho más vibrante eclipsó el reloj. Era un sonido relajante, etéreo, una danza melódica en el aire. «Alas —pensé—, que vienen para llevarme.»

Contuve el aliento y esperé, esperé. Y entonces el reloj empezó a dar marcha atrás. En lugar de hacerse más lento, el tictac se volvió más firme. Una espiral de líquido se formó dentro de mí, en remolinos cada vez más profundos. Me sentí arrastrada hasta el presente. Me deslicé por el interior de mí misma, hasta desembarcar en un lugar oscuro y cálido.

Abrí los ojos parpadeando y reconocí los paneles de roble de un techo inclinado. Estaba en mi habitación. Me inundó una sensación de tranquilidad y entonces recordé dónde había estado. En el gimnasio con Jules.

Me estremecí.

—¿Patch? —dije con voz ronca. Intenté sentarme, y luego prorrumpí en un sollozo apagado. Algo pasaba con mi cuerpo. Me dolía cada músculo, cada hueso, cada célula. Me sentía como un cardenal gigante.

Oí movimiento cerca de la puerta. Patch se asomó. Tenía los labios apretados, pero sin su habitual mueca de sarcasmo. Sus ojos contenían una profundidad desconocida y un aire protector.

—Peleaste muy bien en el gimnasio —dijo—. Pero creo que te vendría bien seguir con las clases de boxeo.

De repente, lo recordé todo. Las lágrimas me brotaron de lo más profundo.

—¿Qué pasó? ¿Dónde está Jules? ¿Cómo he llegado aquí? —Mi voz se quebró—. Me dejé caer de la viga...

—Fuiste muy valiente para hacer eso. —La voz de Patch sonaba ronca.

Entró y cerró la puerta, y yo supe que era su manera de dejar fuera todo lo malo. Estaba poniendo una línea divisoria entre todo lo que había ocurrido y yo. Se acercó y se sentó en la cama a mi lado.

—¿Qué más recuerdas?

Intenté reconstruir mis recuerdos, retrotrayéndome. Recordé el batir de alas que había oído poco después de arrojarme al vacío. Sin duda había muerto. Un ángel había venido a llevarse mi alma.

—Estoy muerta, ¿verdad? —dije suavemente, mareada de miedo—. ¿Soy un fantasma?

—Cuando saltaste, tu sacrificio mató a Jules. Técnicamente, si tú regresas, él también debería hacerlo. Pero como él no tiene alma, no dispone de nada para reanimar su cuerpo.

356

—¿He regresado? —dije, y rogué que no fuera una esperanza infundada.

—No acepté tu sacrificio. Lo rechacé.

Un «Oh» se posó sobre mis labios, pero no salió de mi boca.

—¿Quieres decir que renunciaste a convertirte en humano por mí?

Levantó mi mano vendada. Debajo de toda la gasa me latían los nudillos de tanto atizar a Jules. Patch me besó cada uno de los dedos, tomándose su tiempo, sin despegar sus ojos de los míos.

—¿De qué me sirve un cuerpo si no puedo tenerte?

Más lágrimas resbalaron por mis mejillas. Patch me abrazó, estrechando mi cabeza contra su pecho. Poco a poco el miedo se alejó, y supe que todo había terminado. Todo iba a estar bien.

De repente me aparté bruscamente. Si Patch había rechazado el sacrificio, entonces….

—Me has salvado la vida. Date la vuelta —le ordené con seriedad.

Patch esbozó una sonrisa astuta y obedeció. Le levanté la camiseta hasta los hombros. Su espalda era suave; los músculos, definidos. Las cicatrices habían desaparecido.

—No puedes ver mis alas —dijo—. Están hechas de materia espiritual, aunque semejen plumas.

—¿Ahora eres un ángel custodio? —Todavía estaba demasiado impresionada como para asimilarlo, pero al mismo tiempo sentía asombro… curiosidad… felicidad.

—Soy *tu* ángel custodio —precisó.

—¿Tengo mi propio ángel custodio? ¿Cuál es exactamente tu función?

—Custodiar tu cuerpo. —Su sonrisa se ladeó aún

más—. Me tomo muy en serio mi trabajo, lo cual significa que tendré que relacionarme con tu cuerpo a un nivel personal.

Sentí mariposas en el estómago.

—¿Significa que ahora puedes sentir?

Me miró en silencio por un momento.

—No, pero significa que no estoy en la lista negra.

Abajo se oyó el ruido sordo de la puerta del garaje que se abría.

—¡Mi madre! —dije con voz ahogada. Miré el reloj en la mesilla de noche. Eran más de las dos de la madrugada—. Deben de haber abierto la carretera. ¿Cómo funciona esto de ser un ángel custodio? ¿Soy la única persona que puede verte? Quiero decir, ¿eres invisible para los demás?

Patch me miró fijamente, como si creyera que yo bromeaba.

—¿No eres invisible? —chillé—. ¡Pues vete ahora mismo!

Hice un movimiento para empujarlo fuera de la cama, pero fue interrumpido por una dolorosa punzada en las costillas.

—Si te encuentra aquí me matará. ¿Sabes trepar a los árboles? Dime que sí.

Él sonrió burlonamente.

—Sé volar.

«Ah. Vale. De acuerdo, muy bien.»

—La policía y los bomberos han estado aquí —añadió—. Habrá que vaciar la habitación principal, pero lograron impedir que el fuego se expandiera. La policía regresará y hará algunas preguntas. Yo diría que ya han intentado localizarte en el móvil desde el cual llamaste al teléfono de emergencia.

—Se lo quedó Jules.

Patch asintió.

—Lo suponía. No me importa lo que le digas a la policía, pero te agradecería que me dejaras fuera de esto. —Abrió la ventana de mi habitación—. Una cosa más. Vee llegó a la comisaría justo a tiempo y los médicos del servicio de urgencias salvaron a Elliot. Está en el hospital, pero se recuperará.

Oí la puerta principal, que se cerraba. Mi madre estaba en casa.

—¿Nora? —llamó. Dejó el bolso y las llaves en la mesilla de la entrada. Sus tacones altos resonaron en el entarimado—. ¡Nora! ¡Hay una cinta de la policía delante de la puerta principal! ¿Qué ha sucedido?

Miré la ventana. Patch se había ido, pero había una pluma negra adherida en el lado exterior del cristal, fijada por la lluvia nocturna. O por la magia de un ángel.

Abajo, mi madre encendió la luz del pasillo, y un haz se coló por la rendija inferior de mi puerta. Contuve el aliento y me puse a contar, dando por supuesto que tenía tiempo antes de…

—¡Nora! —gritó ella—. ¡Qué le ha pasado a la barandilla!

Menos mal que todavía no había visto su habitación.

El cielo era de un azul claro y limpio. El sol empezaba a asomar por el horizonte. Era lunes, un nuevo día; los horrores de las últimas veinticuatro horas habían quedado atrás. Había dormido cinco horas a pierna suelta y, aparte de los dolores que sentía en todo el cuerpo por haber sido absorbida por la muerte y luego escupida, me sentía increíblemente renovada. No quería empañar el momento recordándome que la policía vendría para recabar mi versión de los hechos de la noche anterior. Todavía no había decidido qué iba a contarles.

Fui al baño con sigilo (vestida con mi camisa de dormir, evitando preguntarme cómo me había cambiado, ya que supuestamente iba vestida con ropa de calle cuando Patch me trajo a casa) y comencé con la rutina de la mañana. Me lavé la cara con agua fría, me cepillé los dientes y me volví a atar el pelo con una gomita. Ya en mi habitación, me puse una camisa limpia y unos tejanos limpios.

Llamé a Vee.

—¿Cómo estás? —le pregunté.

—Bien. ¿Y tú?

—Bien.

Silencio.

—Vale —se apresuró a decir—. Todavía estoy aterrorizada. ¿Y tú?

—Totalmente.

—Patch me llamó por la noche. Me dijo que Jules te había dado una paliza de muerte pero que estabas bien.

—¿De verdad? ¿Patch te llamó?

—Llamaba desde el Jeep. Dijo que estabas durmiendo en el asiento trasero y que te llevaba a casa. Explicó que pasaba de casualidad por el instituto cuando oyó un grito y te encontró desmayada en el gimnasio. Luego levantó la vista y vio a Jules saltar desde una viga. Cree que Jules sufrió una crisis nerviosa, un efecto secundario del peso de la culpa que sentía por haberte aterrorizado.

No me di cuenta de que estaba conteniendo el aliento hasta que lo solté. Al parecer, Patch había arreglado algunos detalles.

—Ya sabes que no me lo trago —continuó Vee—. Ya sabes que creo que Patch mató a Jules.

En el lugar de Vee, yo probablemente pensaría lo mismo.

—¿Qué piensa la policía? —pregunté.

—Enciende la tele. En el Canal Cinco lo están cubriendo en directo justo ahora. Dicen que Jules se coló en el instituto y se suicidó. Un trágico suicidio adolescente. Piden a la gente que tenga alguna información que llame al teléfono que aparece en pantalla.

—¿Qué le dijiste tú a la policía cuando llamaste?

—Estaba asustada. No quería que me trincaran por allanamiento. Así que hice una llamada anónima desde una cabina.

—Vale, si la versión de la policía es un suicidio, supongo que eso fue lo que ocurrió. Al fin y al cabo, ésta es la América de hoy en día. Los forenses están de nuestra parte.

—Me estás ocultando algo —dijo Vee—. ¿Qué pasó exactamente después de que me fuera?

Ahí es donde el asunto se complicaba. Vee era mi mejor amiga y nuestro lema era «Nada de secretos». Pero algunas cosas son imposibles de explicar. La primera, que Patch era un ángel caído reconvertido en ángel custodio. Y la segunda, que yo había saltado de la viga y había muerto, pero todavía estaba viva.

—Recuerdo que Jules me arrinconó en el gimnasio —dije—. Y que me hablaba de todo el dolor y el sufrimiento que pensaba infligirme. Después de eso no recuerdo muy bien los detalles.

—¿Es demasiado tarde para disculparme? —dijo Vee. Sonaba más sincera que nunca—. Tenías razón con respecto a Jules y a Elliot.

—Disculpas aceptadas.

—Deberíamos ir de compras —dijo—. Siento la imperiosa necesidad de comprarme zapatos. Montones de pares. Lo que necesitamos es una buena terapia de compra de zapatos pasados de moda.

Sonó el timbre y miré el reloj.

—Tengo que hacer una declaración a la policía sobre los hechos de anoche, pero te llamaré en cuanto acabe.

—¿Anoche? —Vee levantó la voz, despavorida—. ¿Cómo es que saben que estabas en el instituto? No les habrás dado mi nombre, ¿verdad?

—En realidad ocurrió algo antes. —Algo llamado Dabria—. Ya te llamaré —dije, y colgué antes de que tuviera que salir del paso con otra explicación falaz.

Recorrí cojeando el recibidor, y justo al llegar a lo alto de la escalera vi que mi madre hacía pasar a dos personas.

Los inspectores Basso y Holstijic.

Los condujo al salón, y si bien Holstijic se dejó caer en el sofá, su compañero permaneció de pie. Estaba de espaldas a mí, pero mientras yo bajaba un escalón crujió en mitad de la escalera, y él se dio la vuelta.

—Nora Grey —dijo con su voz de poli duro—. Nos volvemos a ver.

Mi madre pestañeó.

—¿Se conocían?

—Su hija tiene una vida emocionante. Casi tenemos que venir cada semana a su casa.

Mi madre me dirigió una mirada inquisitiva y yo me encogí de hombros, haciéndome la despistada, sugiriendo que eran bromas de policías.

—¿Por qué no te sientas, Nora, y nos cuentas qué ocurrió? —dijo el inspector Holstijic.

Me senté en uno de los sillones de felpa.

—Anoche, justo antes de las nueve, estaba en la cocina bebiendo un vaso de leche cuando apareció la señorita Greene, mi psicóloga del instituto.

—¿Entró en la casa sin más? —preguntó Basso.

—Me dijo que yo tenía algo suyo. Entonces subí corriendo la escalera y me encerré en la habitación de mi madre.

—Retrocede —pidió Basso—. ¿Qué era eso que ella quería?

—No lo especificó. Pero dijo que en realidad ella no era psicóloga. Dijo que estaba usando su puesto de trabajo para espiar a los alumnos. —Miré a todos alternativamente—. Está loca, ¿no?

Los inspectores cruzaron miradas.

—Buscaré su nombre y veré lo que encuentro —dijo Holstijic, poniéndose otra vez de pie.

—Déjame aclarar esto —dijo su compañero—. ¿Dices que te acusó de robarle algo que le pertenecía a ella pero no te dijo qué era?

Otra pregunta complicada.

—Estaba histérica. Sólo entendí la mitad de lo que dijo. Corrí y me encerré en la habitación principal, pero ella rompió la puerta. Yo estaba escondida en la chimenea, y ella dijo que le iba a prender fuego a la casa, habitación por habitación, hasta encontrarme. Después encendió un fuego. Justo en medio de la habitación.

—¿Cómo lo encendió? —preguntó mi madre.

—No lo sé. Yo estaba escondida en la chimenea.

—Esto es de locos —dijo el inspector Basso—. Nunca he oído nada similar.

—¿Creen que volverá? —preguntó mi madre, acercándose a mí por detrás y poniendo sus manos protectoras sobre mis hombros—. ¿Nora está a salvo?

—Puede que le interese instalar un sistema de seguridad. —Basso abrió su cartera y le entregó una tarjeta—. Son buenos profesionales. Dígales que va de mi parte y le harán un descuento.

Horas después de que los inspectores se hubieran marchado, volvió a sonar el timbre.

—Deben de ser los del sistema de alarma —dijo mi madre al cruzarse conmigo en el pasillo—. Han dicho que enviarían a un técnico hoy mismo. No soporto la idea de dormir aquí sin ninguna clase de protección hasta que encuentren a esa Greene y la encierren. ¿Es que en el instituto ni siquiera se toman la molestia de comprobar las referencias? —Abrió la puerta. Era Patch. Llevaba unos tejanos gastados y una camiseta blanca ceñida, y traía una caja de herramientas en la mano izquierda.

—Buenas tardes, señora Grey.

—Patch. —No podría precisar el tono de mi madre. Una mezcla de sorpresa y de turbación—. ¿Vienes a ver a Nora?

Él sonrió.

—Vengo a hacer un informe de su casa para instalar el sistema de alarma.

—Creía que tenías otro trabajo —repuso mi madre—. ¿No recogías las mesas en el Borderline?

—Este trabajo es nuevo. —Patch me miró, y yo me acaloré en muchas partes a la vez. De hecho, estaba muy cerca de tener fiebre—. ¿Vienes un momento?

Lo seguí fuera hasta donde estaba su moto.

—Todavía tenemos mucho de que hablar —dije.

—¿Hablar? —Negó con la cabeza, con expresión de deseo. «Y si te beso», susurró en mis pensamientos.

No fue una pregunta, sino más bien una advertencia. Sonrió al ver que yo no protestaba, y acercó su boca a la mía. El primer contacto fue sólo eso, un contacto. Muy suave. Me relamí y su sonrisa se acentuó.

—¿Más? —me preguntó.

Enredé las manos en su pelo, atrayéndolo hacia mí.

—Más.

AGRADECIMIENTOS

Gracias a Caleb Warnock y a mis compañeros escritores del curso Writing in Depth; no podría haber contado con mejor compañía a la hora de realizar este viaje. Mi reconocimiento para Laura Andersen, Ginger Churchill y Patty Esden, que en ningún momento me permitieron abandonar y que fueron sinceras (incluso cuando yo no lo quería). Y un agradecimiento especial a Eric James Stone por ayudarme con el ajuste de los últimos detalles.

También debo dar las gracias a Katie Jeppson, Ali Eisenach, Kylie Wright, Megan y Josh Walsh, Lindsey Leavitt, y Riley y Jace Fitzpatrick, tanto por el cuidado de los niños como por la información sobre procedimientos quirúrgicos, las ideas que me aportaron y la inmerecida paciencia que tuvieron conmigo.

Ha sido un placer absoluto trabajar con Emily Meehan, mi sabia editora, y con mis numerosos amigos de la editorial Simon and Schuster BFYR, quienes me han animado y colaborado para hacer que todo esto fuera posible: Justin Chanda, Anne Zafian, Courtney Bongiolatti, Dorothy Gribbin, Chava Wolin, Lucy Ruth Cummins, Lucille Retino, Elke Villa, Chrissy Noh, Julia Maguire y Anna McKean. ¡Gracias a todos ellos!

Me siento muy agradecida de que Catherine Drayton entrara en mi vida en el momento oportuno. Gracias por ayudarme a sacar esto adelante. Nunca olvidaré la llamada cuando me enteré de que habían comprado mi libro…

Gracias a James Porto por una cubierta que superó con creces mis expectativas. Y mil gracias también a mi correctora, Valerie Shea.

Y, sobre todo, gracias a mi madre. Por todo. Besos y abrazos.